KB234867

소년, 소녀를 만나다

소년, 소녀를 만나다

초판 1쇄 펴냄   2024년 2월 10일

지은이   유이립
그린이   옙비

발행인   박민홍
책임편집   허문원
디자인   양동엽
인쇄   디앤와이 프린팅
발행처   그래비티북스
등록   2017년 10월 31일 (제2017-000220호)
주소   13595 경기 성남시 분당구 황새울로200번길 36(수내동, 동부루트빌딩 711호)
전화   031-711-4501
팩스   070-4170-4608
전자우편   say2@cremuge.com
ISBN   979-11-89852-41-2 03810

그래비티북스 _ 주식회사 무게중심의 출판 전문 브랜드입니다.

소년, 소녀를 만나다

유이립 SF 장편소설 — **옙비** 그림

GRAVITY BOOKS

차례

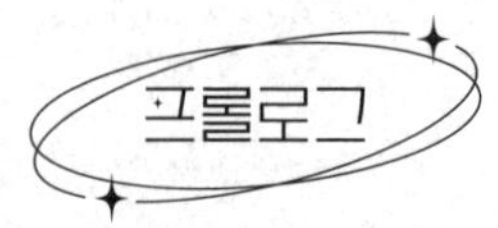

위이이잉~ 교정에 급박한 사이렌 소리가 날카롭게 울려 퍼졌다.

"공습경보다!"

누군가 비명을 질렀다. 사이렌과 함께 안내방송이 나왔다.

경고! 전투기들이 접근 중. 폭격이 예상되니 즉시 방공호로 대피하라!

훈련받은 대로 현 위치에서 가장 가까운 방공호를 떠올렸다. 가장 가까운 곳은 도서관 옆의 지하 방공호였다. 성서하는 김은정을 이끌고 달리기 시작했다. 분수대, 화단, 안내판, 건물 기둥, 학교 기물 곳곳에서 램프가 돌출되더니 공습경보를 불길하게 울려댔다. 의심할 여지가 없었다. 공격받고 있었다.

지하 주차장 같은 어두운 내리막길 끝에 방공호가 기다리고 있었다. 성서하가 학생 카드를 출입구 렌즈에 인식시켰다. 접이식 셔터 입구가 위로 올라가며 접히자 방공호 내부가 드러났다. 차가운 시멘트 바닥에, 벽면은 싸늘한 회색이며 붙박이 가구들이 벽면을 가득 채웠기에 공간이 비좁았다. 성서하는 김은정과 함께 세상의 멸망을 맞이할 곳을 보았다. 비좁은 공간이 옹졸해 보여서 내키지 않았지만…… 같이 있을 수만 있다면야.

"괜찮아요?"

✦

　방공호 내부로 들어오자마자 김은정이 숨을 헐떡이면서 먼저 물었다. 자신도 힘들 텐데. 성서하는 김은정의 이런 성실한 면이 좋았다.

　"괜찮아요."

　벽면 안쪽이 움푹 들어간 곳에 모니터가 부착돼 있었다. 성서하는 교육받은 대로 방공호 인원의 이름을 입력했다. 김은정의 이름을 입력할 때는 마치 자신이 김은정을 소유한 것 같아서 짜릿한 전율을 느꼈다. 모니터에 피해 상황이 표시됐다. 간단하게 점과 선으로 표시된 대륙 지도에 비행기가 나타나 폭탄을 투하했다. 모니터에서 차가운 목소리가 흘러나왔다.

　방위 위성 라인 전멸.

　방위 위성 라인은 외계인들과 대치 중인 전선을 의미했다.

　달 방어 기지 파괴.

　외계인들이 태양계 외곽의 방위 위성 라인을 붕괴시켰고, 어느새 달을 지나 지구로 들어온 게 분명했다. 쿵! 하는 소리와 함께 방공호가 가볍게 떨렸다. 덜컹덜컹. 방공호 안 장비들은 분명 모두 고정돼 있을 텐데 어디선가 덜그럭 흔들리는 게 느껴졌다. 무언가 자신을 향해 기울었다. 성서하가 돌아보니 김은정이었다. 보이지 않는 막이 있는 듯 서로 몸이 닿지는 않았지만, 쾅! 쾅! 쾅! 소리가 들릴 때마다 두려웠는지 김은정이 성서하에게로 기울어졌다. 조금만 더……. 성서하는 폭격이 계속 이어지기를 빌었다. 쿵! 모니터의 지도가 대륙을 넘어 지구 전체를 떠올렸다.

"대전략급 폭격이에요. 지구 전체에 동시다발적으로 폭격을 가하고 있어요."

파일럿병과 생도인 성서하가 설명했다. 쿵! 쿵! 방공호가 점점 크게 떨었다. 모니터에서 설명이 흘러나왔다.

태평양 방위 전선 전멸 임박. 장병들에게 각자 도생 지시.

지도 위에 점으로 표시된 도시들이 하나, 둘 지워지기 시작했다. 세상이 한순간에 멸망하고 있었다. 방공호 밖에 어떤 추억이 있었더라도 이제 다시는 찾아갈 수 없게 됐다. 갑작스러운 기습에 "아!" 하는 비명 소리 한 번 제대로 못 지르고 온 세상이 산산조각 나 버렸다.

"……우리 둘만 남았네요."

김은정이 가슴을 누르며 떨리는 목소리로 말했다.

"예. 다행이에요!"

성서하는 자기도 모르게 큰 목소리로 대답했다.

"뭐가요?"

"……우리 둘이 무사해서 다행이라고요."

성서하는 가슴 떨리는 속내를 숨겼다. 김은정은 고개를 살짝 숙이고 있었다. 한지같이 새하얀 얼굴이지만 늘 기운이 없어 보였다. 눈이 크지 않았지만, 눈매가 또렷한 게 모양은 좋았다. 나이도 어린데 웃으면 입가에 벌써 주름이 잡혔다. 김은정은 무슨 생각 중일까? 궁금했다. 요란 떨지 않는 침착한 모습이 성숙해 보여. 내가 생각한 그런 사람일 것 같아. 성서하는 살짝 숙인 김은정의 얼굴에서 시선을 떼지 않았다. 무슨 생각을 하는지 모르지만, 같은 생각을 하면 하나가 될 수 있을 것 같았다. 당신을 닮은 성숙한 사람. 지금보다 더 나은 사람. 세상 끝에서 잠잠하던 김은정이 갑자기 입을 열었다.

"나가서 사람들을 도와야겠어요. 밖에 부상자들이 있을지도 몰라요."

"안 돼요!"

성서하는 자신도 모르게 목소리를 높였다. 김은정과 조금이라도 더 단둘이 있고 싶었다. 성서하는 김은정이 한눈을 파는

✦

사이에 모니터를 터치하여 '공습 훈련 종료'라고 쓰인 알람을 폭격 경고 메시지로 가렸다.

"아까 비행기가 투척한 폭탄에 화생방 표시가 되어 있었어요. 밖은 화생방 상황이에요. 나가면 교관님께 중독 판정을 받고 감점당할지도 몰라요."

화생방 표시 따위 없었다. 김은정을 잡아 두기 위한 거짓말이었다. 성서하는 김은정을 붙잡고 싶었다. 부상자 따위는 내버려 두고 나와 단둘이 있자고. 여기서 내 말을 듣고, 내 생각을 하고……. 그냥 이 순간을…… 단둘이…… 내가 느끼는 대로 같이 느끼자고. 붙잡아 두고 싶다는 욕심이 솟아올랐다. 김은정은 아무 말 없이 벽에 고정된 의자로 가서 앉았다. 성서하는 붙박이 함을 열어 비상식량 팩을 꺼냈다. 설명서대로 팩을 조심스레 찢어서 그릇으로 만들었다.

"우리 식사나 하면서 훈련이 종료되길 기다릴까요?"

김은정의 대답을 기다리지 않고 그릇에 시리얼 가루를 부었다. 조잡한 그릇과 가루음식이 마치 어린애들 소꿉장난 같았다.

"아……."

김은정은 조그만 탄성을 내지르더니 처음 보는 눈빛으로 자신을 쳐다보고 있었다. 책임감 있는 면에 놀라고, 감탄하고, 새로이 보게 됐다는 듯. 의지할 만한 성숙한 사람이라고 여기는 듯했다. 성서하는 자신을 쳐다보는 김은정의 시선을 의식하면서 비상식량 우유를 꺼내서 시리얼 그릇에 부었다. 세상에서 제일 중요한 일을 하는 것 같은 매우 신중한 태도였다. 차가운 은색 LED 조명 빛이 우유에 비쳤다. 김은정의 얼굴도 떠올랐다. 아기자기한 소꿉장난이 마음에 들었는지 웃고 있었다.

'세상의 멸망이 오면 누구와 함께 있을 거야?'라는 질문이 학교에서 유행이었다. 질문에 대답할 시간이 왔다. 그 질문에 성서하는 김은정을 붙잡아 두었다. 내가 좋아하는 사람. 김은정이 성서하에게 말했다.

"세상이 멸망하는 순간 성서하 군과 함께 있어서 다행이에요. 고마워요."

"예. 저도요."

그리고 서로에게 감사했다.

학교 곳곳에 설치된 스피커에서 훈련 상황이 끝났으니 얼른 집합하라는 방송이 요동쳤다. 성서하와 김은정이 지하 주차장 같은 방공호 밖으로 나왔다. 밝은 햇살이 눈을 찔러 성서하와 김은정은 손을 들어 눈을 가렸다. 그러다가 서로 눈을 마주치고는 아무 말 없이 웃었다. 장교 예복을 닮은 근사한 교복 차림의 두 사람 위로 파란 하늘에 삼각형 모양의 전투기들이 하얀 꼬리 같은 항적을 남기며 지나갔다.

김은정과 기숙사 앞에서 헤어진 성서하는 파일럿병과 집합 장소인 기숙사 로비에 도착했다. 로비 벽면, 황금 테두리를 가진 명패에 엄격한 글씨체로 'UN 연합사 항공우주국 군사 고등학교'라고 순백에 가까운 은으로 새겨져 있었다.

소년과 소녀

"얼른 일어나야지!"

엄마의 목소리가 들렸다. 성서하는 등교 준비를 위해 이불을 젖혔다가 오늘이 어떤 날인지 떠올렸다. 이 좋은 날을 만끽하려 다시 이불을 덮었다.

"엄마, 오늘은 학교 안 가도 되는 날이야!"

"무슨 학교를 안 가? 고교 진학 입학 설명회 날이잖아!"

다 아는구나. 성서하는 눈을 질끈 감았다. 오늘은 수업 대신 입학 설명회에 가야 했다. 방문을 열자 엄마 얼굴이 보였다.

"엄마, 그래도 공부를 계속해 보는 게 어떨까? 일단 공부를 붙잡고 있으면 나중에 하고 싶은 일이······."

따위의 말을 시작하는 순간, 엄마의 입술이 먼저 빠르게 움직였다.

"너 공부 못하잖아! 공부 못하면 다른 일을 할 수 있을지 알아봐야지. 어영부영하다가 인생 끝낼 거니?"

그렇다고 대놓고 공부 못한다고 말씀하시는 게 어디 있습니까, 어마마마?

"우리 아들 괴짜잖아! 너 뚱한 얼굴이 엄마가 봐도 무슨 생각을 하는 건지 알 수가 없어. 뭘 해도 진득이 한 적 없고, 매번 이랬다가 저랬다가……. 딱히 뭘 잘하려고 노력하지도 않고 어영부영하기만 하고. 얼른 밥 먹고 엄마가 알아본 학교에 가!"

엄마가 던진 "우리 아들 괴짜잖아!"라는 말은 임팩트가 강했다. 성서하는 털썩 식탁에 앉는 걸로 항복했다. 엄마의 손이 바삐 움직이더니, 밥그릇 옆에 입학 설명회 홍보지가 턱! 놓였다. 종이보다 재활용이 쉬운 필름 식 일회용 전자 페이퍼였다.

그대가 오기를 기다리고 있습니다!

필름 홍보지의 글이 반짝이며 빛을 냈다.

"엄마, 그냥 평범하게 살면 안 될까? 공부 못하지만, 공부하는 척 일반 학교에 다니거나 홈스쿨링을……."

마지막으로 반항해 보지만…….

"자식은 부모를 속일 수 없어! 넌 엄마가 잡아 줘야 해!"

텔레비전에서 오늘도 시위가 있다는 뉴스를 본 엄마가 말했다.

"어머! 그 학교 가는 길에 시위 있구나! 조심해, 휘말리지 말고! 알았지?"

엄마는 속마음을 숨기고 있었다. 아들의 미래를 누군가의 지시로 결정한 게 분명했다. 엄마가 믿는 종교. 최근에 이상한 메일과 문자를 잔뜩 보내 어떤 학교로 진학시키라고 적극 권유했다. 엄마에게 등을 떠밀린 성서하가 결국 집을 나섰다. 엄마는 거실 한쪽에 자리 잡은 흉상 앞에 무릎을 꿇고 양손을 모아 기도인지 명상인지 애매한 걸 하고 있었다. 세상에서 제일 유명한 프랑스 사람의 흉상이었다. 알리제, 저 사람은 신이 아닌데? 성서하는 따지지 않고, 현관문을 닫으며 집 밖으로 나갔다.

지하철역으로 가는 내내 "우리 아들 괴짜잖아!"라는 소리가 마음속에서 반복됐다. 성서하는 지금이라도 현관문을 박차고 들어가 흉상을 가리키며, "느끼한 바게트 닮은 아저씨에게 왜 빌어? 엄마도 괴짜야!"라고 되갚아 주고 싶었다.

홍보지에 적힌 주소는 서울에 있는 어느 고등학교였지만, 실제 가려는 학교는 아니었다. 특수 목적 고등학교는 지방에 있기 때문에, 임시로 정해 놓은 입학 설명회 장소였다.

"호호호. 우리 아들이 머리는 좋은데, 공부를 안 해서…….아직 되고 싶은 게 없을 뿐이니, 곧 하고 싶은 일이 생기겠죠."

엄마가 아줌마들한테 하는 소리를 몇 번 들은 적이 있다. 엄마가 호호호 웃기에 방심했다. 호호호 웃었으니 내버려 둘 거라고 믿다가 갑자기 허를 찔렸다. 성서하는 홍보지를 살폈다. 한 장을 넘기니 1차 세계대전 모병 포스터처럼 웬 군인이 '그대를 원해!'라며 삿대질을 하고 있었다. 2년제 군사 고등학교였다. 되고 싶은 것도, 하고 싶은 것도 없는 성서하는 에스컬레이터를 타고 지하역으로 빨려 들어갔다.

목적지 역에 도착했다. 성서하는 에스컬레이터를 타고 지하에서 따가운 햇살이 비추는 광장으로 나왔다.

"알리제는 신이다! 구세주다! 사회 모두가 알리제의 복음을 따르라!"

"인간을 신격화하지 마라! 정치에서 손을 떼라! 종교는 정치에 관여하지 않는다!"

서로 대립하는 엇갈린 구호가 하나로 묶여서 성서하의 귀로 줄줄이 흘러들었다. 알리제가 뭐라고? 느끼한 프랑스 아저씨가 왜? 성서하는 방심하고 있다가 난데없이 쏟아진 구호에 날이 섰다. 밥 먹을 때 봤던 뉴스가 떠올랐다. '대통령이 알리제에게 반인반신 구세주라는 표현을 썼기에 이에 대해 찬성, 반대파의 시위가 격화됐다.'라는.

미래와 학업에도 아무런 뜻이 없는 성서하가 그런 일에 관심 있을 리 없었다. 광장은 두 패로 갈라져 냄비처럼 펄펄 끓고 있었다. 시위대는 중앙을 선점하려고 두 패로 갈라져 있었는데, 성서하는 도화선같이 가늘고 예민해 보이는 중앙을 유유히 걸어갔다. 두 개로 갈라진 세상의 시선을 한 몸에 받았지만, 이미 아침에 '우리 아들 괴짜!'라는 충격을 맞았기 때문에 조금도 위축되지 않았다.

"알리제는 언제나 옳다! 진정한 소통과 평화를! 인류애를 실천하자!"

"왜 종교가 정치, 사회 모든 분야를 조종하려 하나! 알리제는 위선자이다! 종교인이 아니다! 정치 협잡꾼이다!"

각자의 구호가 화살이 되어 중앙으로 쏟아져 내렸다. 피켓은 무기가 되어 앞으로 휘둘러졌고, 플래카드는 전쟁을 독려하듯이 뱀 혓바닥처럼 날름거렸다.

지구 밖에서는 외계인이 인류를 공격해 대치하고 있는 상황이었다. 전쟁 중에도 사람들은 알리제 때문에 둘로 나뉘어 혈기 왕성하게 싸웠다.

엄마, 나만 괴짜 아냐. 이 사람들 봐봐. 다 큰 어른들이 아침부터 기운이 넘쳐서 싸우려고 해. 전쟁터를 지나는 성서하는 이 와중에도 괴짜라고 불린 수모를 어떻게 되갚을까 스스로에게 되새김질했다.

갑자기 와~ 하는 함성과 함께 시위대는 중앙으로 모든 총력을 기울였다. 거대한 사람 물결이 파도처럼 몰아쳤다. 경찰들이 방패를 들고 중앙으로 파고들었다. 어깨와 어깨 사이 좁은 틈새를 파고늘어 금을 가르고는 방패로 양측을 떼어냈다.

성서하의 시야가 몰아치는 사람 파도에 좁아졌다가 파도가 후퇴할 때 확 트이며 한 사람이 보였다. 나이 지긋한 중년 남자가 머리에 붉은 띠를 매고 주저앉아 있었다. 허리를 다친 듯 일어서지 못했다.

"괜찮아요?!"

모두가 돌아볼 정도로 큰 소리를 내며 성서하가 달려갔다. 중년 남자의 옆구리에 손을 넣어 일으키려 했지만, "으으윽!" 신음 소리가 거부했다.

성서하의 귀에 앞으로 나서는 발자국 소리가 들렸다. 알리제 추종 시위대에서 얼굴이 길쭉하고 사납게 생긴 남자가 전면에 나섰다.

"우리는 알리제님의 복음을 받들어 구인류의 과오를 반성하고 신인류로 나아가려 한다!"

남자 뒤로 우르르 몰려든 사람들이 외쳤다.

"구인류에서 벗어나 신인류로 진화한다!"

사람들이 모여들더니 서로의 겨드랑이에 손을 끼고 스크럼을 짰다. 후우~ 후우~ 호흡도 같이 내쉬고 들이마셨다. 숨소리가 스크럼 사이를 메아리처럼 부지런히 헤맸다. 성서하는 다친 사람을 일으키려 온 정신을 쏟고 있었다. 헛소리 집어치워! 여기 사람이 쓰러져 있어. 다쳤단 말이야. 소통과 인류애를 외치는 시위보다 앰뷸런스가 필요해!

하지만 모두 넋을 잃고 스크럼에 시선이 팔려 있었다. 성서하는 위세를 드러내며 강요하는 분위기가 마음에 안 들어 스크럼에 등을 보였다. 흥분한 스크럼들이 우르르 소떼처럼 중앙으로 달려 나왔다. 경찰 드론들이 요란한 사이렌을 울리며 뒤늦게 경고음을 냈다.

"막아!"

경찰들이 외치는 소리를 통해 아수라장이 성서하의 어깨 너머에서 전달됐다. 아스팔트 진동이 '쿵쿵쿵' 박자에서 '드드득'으로 변하며 광장의 모든 사람들을 압도하는 순간, 성서하가 격하게 고개를 돌리며 툭 외쳤다.

"뭐 어쩌라고! 좀 조용히 해!"

스크럼은 갑자기 막아선 엉뚱한 말에 방향을 잃어버렸다. 성서하가 워낙 당당하게 외쳤기 때문에 스크럼들은 '우리가 뭘 잘못하고 있는 거야?' 스스로를 되돌아보는 표정을 지었다. 이 틈을 타서 경찰들이 방패를 들고 스크럼 앞을 막아섰다.

선동한 남자가 방패들 사이로 얼굴을 내밀고 성서하에게 삿대질했다. 성서하는 힐끗 쳐다보고는 명백히 무시하는 태도로 가운뎃손가락을 세웠다.

"사람을 밟아 죽일 뻔했어! 미안하지도 않아?!"

이게 본래 하려던 말이었다. 하지만 성서하가 외친 말에 스크럼들은 하나의 표정으로 대답했다. '응. 그러려고 했어. 죽이려고 했어.' 상대를 뼛속까지 증오하는 얼굴들이었다.

성서하는 환자를 부축해 시위 장소 밖으로 빠져나왔다. 평범한 아저씨였다. 대단한 정치인도 아니고, 그냥 소시민이다. 단지 반대편에 서 있다는 이유로 이토록 증오하는 거라고? 경찰들이 다가와 성서하와 환자를 에스코트했다. 성서하는 얌전히 경찰들을 따라 골목으로 걸어갔다. 그동안 스크럼들이 죽일 듯이 노려보는 게 느껴졌다. 시선 때문에 등이 따가워도 한 번도 뒤돌아보지 않았다.

성서하는 교문을 지나서 학교 운동장으로 들어섰다. UN 연합사 항공우주국 2년제 군사 고등학교의 입학 설명회가 시작되고 있었다. 과거 고등학교에 설치됐던 부사관 학과를 흡수하여 연합사를 위한 전문 인력 양성을 위해 설립됐다. 교문 앞에서 캐주얼 정장을 입은 학교 관계자가 외쳤다.

"군사 고등학교는 UN의 종교 분야 협력 파트너 알리제교의 신자들을 우대합니다. 신자 분들은 교직원 도우미분들에게 알려 주시기 바랍니다!"

전쟁을 가르치는 학교에서 인류애를 우선하는 종교를 우대하는 모순이라니. 알리제는 소통과 인류애를 내세웠지만 어느 분야에서든 신자들만을 우대했다. 알리제를 믿지 않으면 아무것도 선택할 수 없게. 운동장 구령대 위를 비행하는 드론이 확성기 역할을 했다.

"저희 학교는 총 4가지 병과가 있습니다. 첫 번째, 기동보병과로 2년 6개월 학습 후 6개월 실습을 통해 하사로 임명됩니다. 재학 기간 동안 마이스터 과정을 병행하기에 전기, 기계 분야의 자격증을 취득할 수 있습니다."

두 번째 병과는 우주전함 캐리어 운용 학과라고 설명했다. 성서하는 집중하지 못하고 이리저리 둘러보다가 순간, 누군가를 보게 됐다. 학생들에게 줄을 서라 해도 안

서고, 모이라 해도 안 모이고, 모였다 해도 한시도 쉬지 않고 말하고 행동하고 제각기 왁자지껄하는데…… 홀로 휩쓸리지 않는 사람이 있었다. 성서하 뒤로, 뒤로, 뒤로, 뒤에, 또 뒤에.

한 여학생이 잔 몸짓 없이 단정하게 서 있었다. 교복에 핑크색 베레모를 쓰는 일탈을 하고 있었다. 피부색은 윤기 나는 화이트가 아니라 수수한 한지 색에 가까웠다. 눈은 고양이 눈을 닮았지만 크지 않았다. 균형이 잘 잡힌 계란형 얼굴이었지만, 어딘가 결핍된 느낌이 들었다. 머리카락은 어깨보다 조금 더 내려오는 생머리였다. 백팩 가방을 메고 온 학생들 사이에서 대학생처럼 숄더백을 어깨에 메고 있어서 성숙하게 보였다.

모두가 말하고 행동하고 떠들고 시끄럽게 뒤섞이는 데 이유

가 있어 보였지만, 실은 아무 이유 없다는 걸 성서하는 잘 알고 있었다. 가라고 해서 왔고, 줄을 서라니까 서고, 떠들고 싶으니까 떠들고. 충동대로, 몸에 밴 습관처럼, 내면에 그러지 말아야 할 이유가 없기에. 하지만 홀로 휩쓸리지 않고 꼿꼿이 서 있는 소녀는 꼭 그래야만 하는 이유가 있어 보였다. 눈이 가지 않을 수 없었다.

'내성적이지만 성숙하고 진지하고 어른스러운…… 그런 사람일 것 같아.'

보면 볼수록, 어영부영한 성서하 자신에게 무엇이 비어 있는지 알게 해주었다. 성서하는 저 이름 모를 소녀를 볼수록 저 소녀를 보기만 해도, 눈을 감고 인상을 떠오르기만 해도 비어 있던 자신이 가득 차오르는 걸 느낄 수 있었다. 난 오늘 여기서 너를, 당신을. 그대를 봤어.

"파일럿병과는 정훈병과처럼 임관하면 부사관이 아니라 준사관, 준위 계급에 임명됩니다. 군내 대학을 통해 장교로 진급할 수 있습니다."

드론의 설명에 소녀가 고개를 들어 눈을 빛내기 시작했다. 점으로 보이는 드론을 응시하는 게 아니었다. 초롱초롱한 눈이 파일럿병과에 감탄하고 있었다.

그 순간, 어영부영하게 살아왔던, 되고 싶은 게 없었던 성서하는 되고 싶은 게 생겼다. 운동장에서 설명이 끝나고 모두가 자유롭게 교내에 전시된 홍보 물품을 살펴볼 시간이었다. 소녀는 학교 건물 1층 로비로 향했다. 성서하는 홀린 것처럼 소녀를 뒤따라갔다. 소녀는 로비 전시대에서 전자잉크 필름으로 만들어진 홍보지 한 장을 집어 들고는 "저는 이미 정훈병과에 지원했어요."라고 말했다. 희끗희끗한 새치에 안경을 낀 중년 남자 교직원의 시선이 소녀의 가슴팍으로 향했다. 이름표를 봤는지 이름을 말했다.

"예. 김은정 양, 고마워요. 합격하길 빌게요."

김은정. 성서하는 소녀의 이름을 알게 됐다. 소녀는 교문으로 향했다. 성서하는 잰걸음으로 쫓아갔다. 어떻게 말을 걸지 아무 생각 없었지만, 2시간 전처럼 어영부영하며 살 생각은 없었다. 성서하가 두 발자국 뒤에 접근해서 손을 뻗었다. "저기요." 하고 말을 걸려 했지만, 다음 말을 잇지 못했다.

김은정의 숄더백 뒤에 알리제 배지가 달려 있었다. 그것도 순금으로 눈부시게 빛나는, 열성 신자만이 가지는 특별한 배지. 교문 밖으로 나간 소녀는 멀어지면서 점점 작은 점이 되었다가 흔적도 없이 사라졌다. 어떤 사람을 열렬히 사랑하게 될 것 같은데, 그 사람의 마음속에 무언가가 이미 있었다. 1시간 전에 겪었던 시위를 떠올렸다. 소통과 인류애라고는 하지만 자신들과 같은 구호를 외치고, 같은 걸 믿고, 같은 생각을 하고, 같은 사람들을 우대하라는 폭력이었다. 성서하는 자신이 사랑하는 사람의 마음을 점유한 그것에 반항하고 싶어졌다.

심드렁하게 입학 설명을 듣고 있던 주홍연의 눈빛이 순간 반짝거렸다. 학교 오는 길에 보았던, 시위대 한복판에서 웃기는 해프닝을 만들었던 괴짜 녀석이 보였다. 눈썹이 짙고, 얼굴이 불만으로 가득 찬 게 반항적으로 보이는 남학생. 남학생은 폰으로 뭔가를 열심히 작성 중이었다. 이름 성서하. 뭐야, 벌써 입학 신청해? 성실한 거야, 고지식한 거야? 괴짜같이 생겨 가지고. 주홍연은 속으로 남학생을 박박 긁었다.

주홍연의 얼굴은 까무잡잡하고 역삼각형에 눈동자는 야생동물이었다. 머리카락은 찰랑이는 단발이었다. 가만히 있어도 입매가 비웃는 걸로 보여 흡사 악의 세력 간부처럼 보였다. 몸 전체에서 느껴지는 기가 세서 감히 범접하기 힘들어 딱 봐도 아웃사이더처럼 보였다. 주홍연이 발끝으로 성서하를 툭툭 건드리며 신경을 긁었지만, 성서하는 입학 신청에 몰입했기에 아무것도 느끼지 못하는 듯 보였다. 주홍연은 막무가내로 시비 거는 게 아니었다. 괴짜끼리는 서로 알아본다는 법칙에 따라 인사를 겸해 떠보는 사회적인 행동이었다. 성서하의 부지런함에 주홍연도 폰으로 입학 신청을 했다. 보병 과정이나 기타 기술직은 하사로 임관했다. 오로지 파일럿과 정훈병과만이 준위였다. 파일럿은 특수 병과이고, 정훈은 한 단계 위에 있어야 선전을 할 수 있기에. 주홍연의 부모님은 그녀가 정훈병과에 지원하기를 바랐다. 내가 정훈 과정을 잘할 수 있을까? 남들에게 영감을 주고 북돋워 줄 수 있을까?

주홍연은 고개를 저었다. 아니야. 눈 안쪽에서, 마음속에서 폭군이 일어났다. 한강 주변의 빌딩들은 초토화되고, 검게 눌어붙은 잿빛이 한강변에 펼쳐져 있다. 저 멀리서 뭔가가 폭발하여 버섯구름이 솟아오르며, 한강 표면을 붉은 파괴로 물들였다. 음, 이게 낫지. 주홍연은 히죽 웃으며 부모님의 간청을 접어버렸다. 정훈보다 이게 더 재밌어. 전투기로 뭔가를 파괴한다는 폭력이 아니라, 주홍연의 내면은……

"기브미어헬, 예!"

악역 레슬러의 대사를 혼잣말하고는 웃으며 1차 지망으로 파일럿병과를 신청했다. 악당 기질을 누그러뜨릴 수 없었다. 2차 지망 병과도 파일럿으로 체크했다. 본래 그러면 안 되지만, 삐딱한 마음으로 억지를 부렸다. 심심한 천국보다 재밌는 지옥이라는 말처럼, 주홍연은 어딜 가든 그곳을 지옥으로 만드는 재능이 있었다. 천성이 아웃사이더이지만 내성적인 성격이 아닌 빌리 더 키드나 시드 비셔스 같은 무법자였다. 입가에 악의 간부 같은 미소를 지으며 신청을 완료했다.

주홍연이 정신을 차려보니 옆에 있던 그 녀석이 보이지 않았다. 악당 기질에 도취됐기에 기이한 녀석 따위 금세 잊어버렸다. 그러나 교문으로 걸어가던 중에 성서하가 털썩 무릎을 꿇고 있는 걸 보게 됐다. 모두 교문 쪽으로 걸어가고 있는데 혼자 무릎을 꿇고 있는 모습이 세상에 반항한다는 선언처럼 보였다.

"우아아아아악!"

왜 소리를 지르는 거야? 역시 괴상한 성질을 못 숨길 줄 알았어. 주홍연은 혼자 심각하게 "역시⋯⋯."라며 고개를 끄덕였다. 저 녀석, 뭘 보고 있는 거야? 성서하의 시선이 교문으로 향해 있기에 따라가 봤지만, 아무것도 없었다. 뭐야?

"이상한 녀석."

주홍연은 성서하가 스스로 회복하고 교문 밖으로 나갈 때까지 지켜봤다.

고생이 많을 것 같아. 저 녀석 챙겨주는 사람은⋯⋯. 엄마나 혹은⋯⋯.

성서하는 군사 고등학교 파일럿병과에 합격했다. 학교가 있는 도시는 우주로 파병 가는 병력을 지원하기 위한 군사 특수 지역이었다. 시내를 중심으로 삼각형 모양으로 군인 가족 거주지

와 우주산업 종사자들의 직장과 군부대 위치가 분산돼 있었다. 학교는 시내와 2km 정도 떨어져 있었다. 신입생들은 병과별 기숙사에 배치받은 후, 파란색 활동복으로 갈아입고 대강당에 집합했다.

"신입생, 뭐 하는 거야?"

성서하는 대강당에서 김은정을 찾으려고 두리번거렸다. 팔뚝에 인솔자 완장을 차고 있던 남자 선배 중 하나가 성서하를 지적했다. 성서하는 못 들은 척 몸을 돌려 부지런히 김은정을 찾아다녔다. 우왕좌왕하던 학생들이 병과 별로 줄을 맞춰 서기 시작했기에 시간이 얼마 없었다. 김은정은 합격했을까? 지금 나와 같은 자리에 있을까? 아니라면 어떡해야 하지? 천장의 스피커에서 안내하는 방송이 나왔다.

신입생 여러분, 우리 학교에 오신 걸 환영합니다. 환영식을 할 예정이니 각 병과별로 줄을 맞춰 서 있으면……

학생들이 줄을 맞추려 모이는 움직임이 빨라졌다. 사람 틈새가 빽빽하여 파고들기 번거로워졌다. 성서하는 그때 보았다.

"파일럿들은 정말 멋있지 않아요?"

김은정이 누군가에게 말을 걸고 있었다. 김은정 옆의 학생이 누군지는 중요치 않았다. 중요한 건 파일럿들이 멋있다는 말이었다.

"말썽쟁이 녀석, 이리 와!"

인솔자 선배가 성서하의 어깨를 꽉 잡았다. 성서하는 선배에게 이끌려 파일럿병과 집합지로 이동했다. 다행이었다. 함께 이 학교에 다니게 되어서. 그리고 자신이 파일럿병과 학생이어서.

"야, 너 엊그제 환영회 날에 강당에서 왜 그랬어?"

파일럿병과 신입생인 주홍연이 물었다. 키는 170 살짝 넘고 눈썹은 진하고 얼굴은 뚱한 게 늘 삐져 있는 것처럼 보이는 성서 하에게.

"몰라도 된다고."

강당에서 왜 선배에게 뒷덜미를 잡혀 왔는지 아까부터 물었 는데 대답을 회피하자 더 알고 싶어졌다. 주홍연은 고양이과보 다 개과 인상이었다. 입꼬리가 단정치 못하고 늘 올라가 있는 게 세상만사 다 비웃는 것으로 보였다. 사람들이 입꼬리에서 시 선을 떼지 못하면 말하곤 했다.

"왜 그렇게 봐? 삐뚤빼뚤한 게 나쁘지는 않잖아?"

중학교 때부터 왕따나 괴롭힘 같은 폭력 상황을 제외한 모든 교칙을 위반했기에 홈스쿨링으로 전환됐다. 지역 교육청 폴리스 가 이름을 외우고 있을 정도로 문제아였지만, 악의적인 장난보 다 자신을 과시하고 표현하는 장난을 즐겼다. 누군가 왜냐고 물 으면 대답하지 않았는데, 대답하지 않고 입을 다물어도 입꼬리 가 올라가 있는 모습이 삐딱해 보여서 대답이 되어 버렸다. 혹 은 "저항하는 자체로 삶에 원동력을 얻고, 목표를 가지는 거야. 부딪히지 않고는 아무것도 될 수 없어. 난 내가 좋아하는 나를 만들어가고 있어."라고 말할 때도 있었다.

주홍연과 파일럿병과 학생들은 파란색 활동복 차림으로 활주로를 청소하고 있었다. 누군가 야밤에 활주로에 'I'M EVIL.'이라고 붉은 스프레이로 낙서해 놨기 때문이다.

분명 너희 중에 범인이 있을 것이라고 생각한다! 도주한 범인의 마지막 모습이 파일럿병과 기숙사 쪽 CCTV에 잡혔다!

손잡이가 긴 솔로 활주로 바닥을 문대는 학생들 머리 위에서 드론이 요란하게 떠들었다. 교관이 드론을 통해 학생들을 감시하고 있었다. 하필 누군가가 기숙사 입구의 CCTV 케이블을 끊었기에 누군지 식별하지 못했다고 했다. 주홍연은 주변 눈치를 보다가 솔질을 멈추었다.

"그날 왜 그랬던 거야?"

"몰라도 된다고!"

"그냥 말해 주지? 비싼 척하기는. 너, 생긴 건 꼭 괴짜같이 생겨서는 보면 볼수록 무슨 생각인지 안 읽혀. 이거 혹시 네가 한 짓 아냐?"

학생들이 일제히 솔질을 멈추고 성서하를 돌아봤다. 성서하가 화를 냈다.

"아니야! 뒤집어씌우지 마!"

"알았어. 아니면 아니지, 왜 화를 내?"

"……."

"왜 이렇게 심각해? 진짜 네가 했어?"

"나한테 괴짜 같다고 하지 마. 그렇지 않아도 엄마가 나보고 괴짜라고 그래서 나 심리적 외상을 입었다고."

"고작 그걸로 심리적 외상? 거창하네. 알았어. 너무 심각하니까 내가 죽을죄를 진 것 같네. 그런데 고작 그 정도 정신력으로 비행할 수 있겠어?"

"아냐! 난 반드시 훌륭한 파일럿이 될 거야!"

성서하가 갑자기 정색하더니 하늘을 보며 말했다.

"깜짝이야! 이 녀석, 엉뚱하게."

주홍연은 성서하가 어떤 유형인지 대충 파악했다. 괴짜 녀석. 넌 나처럼 똑바로 못 서는 유형이야. 앞으로 사이좋게 삐딱하게 굴자.

"그런데 이 꽃잎은 뭐야?"

성서하가 솔에서 꽃잎을 털어냈다. 활주로 밖에서 분홍색 꽃잎이 날아오고 있었다. 주홍연이 설명해 줬다.

"너 이거 몰라? 우리 학교 상징이잖아. 해당화."

바닷가 근처에서 잘 자라는 장미의 일종인 해당화가 군사 학교 상징이라니. 성서하가 물었다.

"이 꽃이 왜 학교 상징이야? 군사 학교니까 소나무나 대나무같이 절개를 상징하는 것이어야 하지 않아?"

이 학교에는 두 가지 유형의 학생이 온다. 하나는 그냥 학생, 다른 하나는 알리제 신자 학생. 알리제 신자 학생들은 사전에 각자 사는 지역에 있는 복음센터에서 교육을 받기 때문에 이 학교의 상징이 왜 해당화인지 알고 있었다.

주홍연이 얼른 대답을 하지 못하고 눈을 돌렸다. 오지영과 눈이 마주쳤다. 다른 학생들보다 한 살 많은 오지영도 알리제 신자였다. 볼살이 통통해 동안으로 보였지만 말할 때마다 볼살이 실룩거리는 게 욕심쟁이라는 걸 숨기지 못했다. 주홍연이 대답했다.

"해당화의 꽃말이 '이끄시는 대로'야. 왜일까 궁금하지 않아?"

주홍연이 생각하기에도 군사보다 종교적인 꽃말이었다. 성서하가 어떻게 반응할지 궁금했다. 알리제 신자의 의무는 전도였다. 알리제 복음으로 소통과 인류애를 전파하고 신자로 만들어야 했다. 어떻게 반응할까? 이 녀석, 전도할 수 있을까?

"생각해 보니 이 낙서, 이거 네가 했지?"

기대했던 반응 대신 성서하에게서 엉뚱한 질문이 나왔다.

"뭐야! 갑자기 엉뚱하게. 너 진짜 괴짜 같다."

성서하가 휙 돌아보더니 눈을 가늘게 했다.

"나 직관력 강해. 증거 따위 없지만, 분명 네가 범인일 것 같아!"

주홍연은 대답하지 않고 오지영과 눈빛을 주고받으며 웃음으로 질문을 뭉갰다. 아무리 봐도 이상한 녀석. 귀엽네. 이 녀석 챙겨주는 사람 참 골치 아프겠다. 엄마나 혹시 여자친구가 있으면……. 그래, 사실 내가 했다. 어쩔래?

주홍연은 성서하에게 조심스럽게 제의했다. 앞으로 재미있는 장난칠 때마다 공범으로 삼아 줄 테니 자신을 우러러보라고. 소시민같이 팍팍한 너의 학교생활을 매우 스릴 넘치게 만들어 주겠다고.

"교관님, 얘가 했대요!"

성서하는 그 제의를 듣자마자 확신을 갖고 주홍연이 범인이라고 소리 질렀고, 주홍연은 성서하의 뒤에서 팔뚝으로 목을 졸랐다.

"사내자식이 입이 싸 가지고!"

이 와중에 매우 조용히 솔질하는 사람이 있었다. 한 학년 위 선배로, 얼굴을 푹 숙이고 있기에 인상이 드러나지 않았다. 신입생 후배들은 애써 존재를 무시하고 있었다. 교관에게 들은 바로는 생활 태도 점수가 좋지 않아 후배들과 같이 청소시키는 모욕적인 벌을 주었다고 했다. 신입생들은 무거운 분위기의 선배를 쳐다보지 않았는데, 유독 집요하게 행동 하나하나 놓치지 않고 쳐다보는 학생이 있었다. 오지영이었다. 오지영이 알기로는 선배는 알리제교에 반대하는 반알리제였다.

전도가 첫 번째 의무라면, 반알리제들을 감시하고 밀고해야 하는 것은 두 번째 의무였다. 알리제 신자 학생들은 알리제에게 반대하는 선배의 사소한 잘못을 교관들에게 고자질했다. 이렇게 생활 태도 점수를 깎아서 밑바닥까지 끌어내렸다고 했다.

알리제 열성 신자인 주홍연도 사전에 알고 있었다. 하지만

잔인하고 불쌍하기에, 제대로 청소하는지 감시해야 하는 의무를
성서하와 장난치면서 외면했다. 오지영은 당연한 벌이고 모욕이
라고 생각하기에 반알리제에게서 한 시도 눈을 떼지 않았다.

너도 나와 같다면

신학기가 시작되자 봄의 햇살이 무르익었다. 신입생들도 무르익은 햇살만큼 학교에 적응했다. 기초교육 과정이 어느 정도 진전되자 학교는 모든 병과가 한데 모이는 토론 교양수업을 열었다. 기동보병과 기갑 같은 남초 병과에서는 여학생들을 보고 싶어서 지원했다. 개인보다 팀워크를 중시하는 캐리어병과에서는 토론을 팀워크의 일부로 여기고 지원했다. 정훈병과에서는 토론 수업이 자신들의 주된 영역이라고 생각했기에 의무적으로 지원했다. 파일럿병과의 학생들은 전문 교육 과정을 따라가기에도 바빴지만, 모두가 참여하는 토론 수업이라는 취지 때문에 열심히 하는 학생들을 보냈다. 그래서 훌륭한 파일럿이 되고자 노력하는 성서하도 토론 수업에 참여하게 됐다.

"우리는 그간 잘못 생각해 왔습니다. 신을 하나로 정해 놓고 숭배하기에 사람들의 모든 시스템이 그걸 닮아 버렸습니다. 대표적으로 옛날에 왕 하나가 모두를 지배하지 않았습니까? 잘못된 의식체계가 시스템에 영향을 끼치는 예입니다. 토론 주제에 맞게 열린 사회와 성숙한 시민 의식을 지향하려면 단 하나의 일인자에게 기도하는 어리석은 짓 따위는 폐기해 버리고! 명상을 통해 우리 자신의 내면을 돌아보며 소통과 인류애를 깨달아 우리 모두 더 나은 사람이 되도록……."

토론 교실은 고대 그리스 극장처럼 좌석들이 계단처럼 층층이 올라갔다. 열린 사회와 성숙한 시민 의식이 토론 주제였지만, 토론보다는 알리제 복음이 일방적으로 홍보되고 있었다.

정익준이라는 뚱뚱하고 눈이 가느다란 기갑병과 학생이 알리제교의 교리인 알리제 복음을 적극적으로 선전했다. 알리제 신자들은 자신들이 신자임을 어디서든 거리낌 없이 표현했다. 얼핏 들으면 그럴싸한 말 같지만…… 성서하는 거짓말이라고 생각했다.

엄마가 자신을 이 학교로 보내려고 핑계를 댔다. 뚱한 얼굴이 내 자식이어도 무슨 생각인지 모르겠다며, 내가 봐도 괴짜 같다며, 매사에 어영부영하고, 딱히 무얼 잘하려고 노력하지도 않으니 미리 정해 주겠다는 핑계를 댔다.

알리제교 지령인지 알리제 신자들 사이에서 이 학교로 자식을 보내는 게 유행인지 정확히는 모르겠지만, 알리제 때문이라는 걸 알았다. 솔직히 말했으면 따랐을지도 모른다. 하지만 엄마는 미래를 아직 딱 부러지게 결정하지 못한 자신의 상황을 이용했다. 이건 거짓말이었다.

결과적으로 김은정을 보고 입학을 결심했지만, 마음에 상처가 없을 리 없었다. 시위대도 소통과 인류애를 말했지만 결국은 폭력이었다. 지금 저 기갑병과 학생도 문제점 지적으로 시작해서 알리제 옹호로 끝날 게 분명한 뻔한 거짓말을 하고 있었다. 생각의 강요는 폭력이다. 성서하가 정익준의 말에 끼어들었다.

"사이비 자기계발서도 문제점 지적으로 시작하지만 결론은 우리 E북이 좋다, 동영상 강의가 좋다며 팔아먹어요. 기도하는 게 나쁘다고? 그런데 왜 돌로 된 흉상을 집집마다 놔두고 그 앞에서 명상합니까?"

엄마가 거실 장식장에 둔 알리제 흉상이 온 집안을 내려다보고 있었다. 마치 감시하듯이.

"그게 또 다른 기도 아닌가요? 더 나은 사람이라는 걸 누가 결정하는데요? 자신이 결정하면 되지 누군가에게 물어봐야 합니까? 왜 똑같은 방식인 명상으로 수련해야 하나요? 게임하면서, 책 읽으면서 마음을 다잡을 수도 있어요. 특정한 하나를 숭배하지 않는다고요? 그런데 왜 죽은 지 수십 년도 넘은 프랑스 아저씨 알리제 사진을 보면 기를 받아 간다면서 좋아합니까? 왜 인간을 신으로 숭배하십니까? 입으로는 엄정한 이성과 자기 수련을 논하면서 기를 받아 간다고 표현하세요? 엉성한 게 너무 아마추어 같지 않습니까?"

성서하가 말을 마치자 한쪽에서는 동의하는 것 같은 키득거리는 웃음이 터져 나왔지만, 다른 쪽에서는 침묵이 무겁게 내리깔렸다. 알리제 얘기를 꺼내면 세상은 이분되었다. 사랑하거나, 거부하거나.

인본주의를 기반으로, 뉴에이지 사상과 결합하여 명상과 공동체 생활 속의 소통을 통해 인류애를 실현해 우리 모두 성인이 되자고 주장한 알리제는 프랑스 사람이었다. 여성형 이름이지만 남자였고, 심리학자이자 아마추어 발명가였다. 살아생전 그의 종교와 복음은 진지하게 받아들여지지 못했다. 알리제의 행동은 점잖은 종교인보다는 가십을 만드는 엔터테이너의 것이었고, 방송 출현과 팟캐스트를 통해 전도를 했으니 무게를 가지지 못했다. 그러나 그가 죽은 후, 그를 교의 최초의 성인으로 내세우자 교세가 급속도로 증가했다. 성서하가 말한 '아마추어'란 단어는 알리제 신자들에게 매우 민감한 단어였다. 생전의 가벼운 언행과 아마추어 발명가라는 직업 때문에 알리제교는 기존 종교에 비하여 아마추어라는 놀림을 받았다.

'야! 너, 죽을죄를 지은 거야.'

계단식 좌석 최상층에 앉아 있는 주홍연은 성서하를 내려다봤다. 성서하의 새까만 정수리밖에 안 보였지만 특유의 뚱한 얼굴이 떠올랐다.

'정익준 재, 알리제 신자야. 공개적으로 알리제를 웃음거리로 만들었으니 누군가 밀고하겠네.'

성서하를 살리려면 최대한 빨리 전도해서 신자로 만들어야 했다. 아니면 최소한 신자가 되려는 시늉이라도 시켜야 했다. 바보 같은 녀석. 왜 나 없이 까불어 가지고.

"외계인 범족과는 목을 이용한 발성으로 대화하기 어렵습니다. 거의 불가능하다고 추정하고 있습니다."

안경을 끼고 긴치마를 입은 정훈병과의 여선생이 교재 내용을 폰으로 스캔하여 스크린에 띄우며 설명했다. 레이저포인터로 스크린의 어느 지점을 가리켰다.

"자, 여기 그림대로 범족은 생긴 건 고양이 얼굴에 곰의 몸을 가지고 있어요. 발성이 특이해 쇠를 긁는 것 같은 소리가 나죠. 들어볼까요?"

"크극크크르극―"

정훈병과 학생들이 일제히 질겁하며 귀를 틀어막았다.

"리듬감이나 소리의 높낮이가 변화무쌍해서 언어보다 비명에 가깝습니다. 범족과 20년 내내 대립한 전선에서 우연히 획득한 음성입니다. 이게 어떤 뜻인지 아무도 몰라요."

김은정은 토론 수업 때를 떠올리고 있었다. 토론 수업 때 정익준 형제가 알리제 옹호 발언을 한다고, 알리제 신자들은 참석하라는 전체 문자를 받았다. 전체 문자는 '동물농장'이라는 알리제 열성 신자 학생 그룹에서 보냈다.

"여러분, 하트 아시죠? 하트는 일반적으로 사랑을 뜻합니다. 간단한 기호학 들어갈게요. 기호 하트의 기의는 사랑입니다. 그러나 병원에 붙어 있으면 헌혈, 구세군 함에 붙어 있으면 기부를 뜻합니다. 하트의 사랑이라는 일반적인 의미가 장소, 상황에 따라 달라지듯이 범족의 언어도 고착되지 않고 변화합니다.”

그런데 눈썹이 진하고 뚱한 얼굴의 남학생이 알리제를 웃음거리로 만들었다. 레드 스카프를 매고 있는 걸 보니 파일럿병과였다. 그 학생이 자신을 계속 힐끗거리며 쳐다봤기에 인상에 남았다. 발언 후에 멍해 있다가 혼자 놀라더니 자신을 돌아봤는데, 왜 자기를 봤는지 알 수 없었다. 평범한 스타일은 아닌 것 같았다.

“범족의 파괴된 전투기 잔해에서 획득한 언어, 문자, 기호는 날짜, 시간, 장소 심지어 상황에 따라서도 뜻이 달라집니다. UN 항공우주국 정보부는 신분, 계급에 따라서도 다를 거라고 추측하고 있습니다. 이들과 커뮤니케이션을 시도하고 있지만 통일성이 없어서 아직도 진전이 없습니다.”

그 남학생은 누군가 밀고할 것이었다. 자기가 우리에 대해 뭘 안다고. 기분 나빴다. 하지만 그 학생이 안쓰러웠다.

“이렇게 서로 언어를 알 수 없으니 이들이 왜 인류를 공격하는지 이유를 알 수 없습니다. 그들이 우리의 탐사대와 위성을 먼저 공격했기에 전쟁이 벌어져서 대치하고 있습니다만, 우리 쪽에서는 그들의 항성 위치조차 제대로 파악하지 못했습니다. 그러나 우주에서는 보급이 힘들기에 범족의 진격도 한계가 있을 것으로 보고 있습니다. 대립이라고 하지만, 위성이나 함대의 출현이 점점 희미해지고 있는 걸 보니 아마도 잠정적으로 휴전 상황인 걸로 파악하고 있습니다. 전선은 희망적이 되었습니다. 그런데 학생들, 왜 이렇게 웅성대죠? 아! 오늘은 특별한 이벤트가 있는 날이죠."

정훈병과 학생들이 일제히 쑥스럽게 웃었다. 김은정은 알리제 외에는 관심이 없었지만 그 분위기에서 벗어날 수 없었다.

오지영은 여학생들을 모아서 자신을 따르는 패밀리를 만들었다. 같은 알리제 신자지만 존재감이 강한 주홍연이 거슬렸다. 패밀리를 만들자 압박이 됐는지 여학생들은 오지영을 왕언니라 부르며 복종했지만, 주홍연은 그런 것에 휩쓸리지 않는 희귀한 타입이었다. 주홍연한테 누가 위에 있는지 가르쳐 주고 서열 정리를 해야 했지만, 급한 문제가 생겼다.

성서하가 토론 시간 때 반알리제 짓을 했다. 성서하를 눈여겨봤지만, 그냥 어린애였다. 어울리는 친구들도 살펴봤다. 김민섭은 아버지가 군인이어서 주의해야겠지만, 성서하나 서종범은 뭐 이렇다 할 대단한 집안이 아니었다. 성서하가 무슨 생각이 있어서 반알리제 짓을 한 걸로 보이지는 않았다. 정익준이 잘난 체하는 게 있으니 반발심에서 그랬겠지.

'그런데 그게 널 죽일 수도 있었어. 철없고 불쌍한 녀석.'

오지영은 자신이 누구를 죽이거나 살릴 수 있는 위치라는 걸 아무도 모른다는 게 섭섭했다. 자신의 존재를 과시하고 싶었다.

그래서 인터넷에서 유명한 사랑 이야기의 주인공이 자신이라고 거짓말을 했다. 학교에 1년 늦게 들어온 이유가 학업성적 미달이 아니라, 바닷가 마을에서 시를 쓰다가 암에 걸려 시한부 인생을 사는 오빠와 사랑에 빠져서라고 말했다. 너무 허황된 거짓말이었지만, 오지영은 친구들을 자신에게 적응시켰다. 믿지 않으면 곁에 두지 않았다. 오지영은 현실을 왜곡해서라도 사람을 지배하고 싶었다. 이런 재능이 너무 눈에 띄었기에 모든 복음에서 중요한 자리를 제안받았다. 바로 동물농장의 의장 자리였다.

군사 학교이기에 교무실과 학교 행정이 몰려 있는 건물을 중앙사령부라고 불렀다. 중앙사령부 어딘가의 비밀스런 공간에서 오지영은 학생들의 밀실 회의를 열었다. 커튼으로 창문을 가리고 조명 밝기를 낮추었기에 서로의 윤곽만 알아볼 정도였다.

둥근 탁자 위에 촛불 하나가 타오르고 있었다. 밀실 회의에 참여하는 학생들은 동물 가면을 쓰고 있었다. 오지영은 여우 가면을 쓰고 있었다. 개구리, 사자, 올빼미, 코끼리, 돼지 가면을 쓴 학생들이 탁자 앞에 앉아 있었다.

이 군사 학교에는 일반 학교의 학생회 같은 건 없고, 군사 학교답게 성적 우수자들을 교관 대리로 선정했기에 학생의 자율권은 거의 없다시피 했다. 그런데 동물농장 학생들은 교관을 초월하는 재량을 가지고 있었다. 이 학생들이 반알리제 밀고를 검토하여 누구를 죽이고 살릴지를 결정했다.

사회에서는 댓글 알바 에이전시를 고용하거나 선동을 통해

반알리제의 SNS나 소속 집단을 마녀사냥했다. 학교같이 제한적인 공간에서는 동물농장 같은 밀실 회의 단체를 만들어 알리제교의 이단 심문관 역할을 맡겼다.

일반 학생들은 이런 모임이 있다는 걸 상상도 하지 못했다. 알아봤자 교장이 알리제 신자이고 교관이나 선생들도 절반 이상이 알리제 신자이기에 어찌할 수 없었다. 오지영이 거만하고 느린 어조로 회의를 시작했다.

"자, 일단 회의를 시작하기 전에 모든 복음의 지령을 전달하겠습니다. 모든 복음에서는 우리가 신앙 결사 맹세를 하지 않았다는 걸 지적했습니다. 이에 제가 모든 복음에 자아비판 하는 내용의 이메일을 보냈습니다. 자! 우리 모두 오른손을 들고 홀로그램으로 떠오른 문구를 크게 읽으면 됩니다.”

동물 가면을 쓴 학생들이 일제히 오른손을 들었다. 시선들이 원탁 가운데의 홀로그램으로 몰렸다.

“우리의 믿음이 우리의 삶을 이끈다! 맹세한다! 우리가 믿는 바에 따라 심장이 멈출 때까지 행동하리라!”

죽을 수도 있다는 결기가 외침으로 새어 나왔다.

“방금 외친 맹세는 모두 녹음됐고, 모든 복음으로 전송하겠습니다. 우리는 삶과 죽음을 함께하는 형제이자 자매라는 사실을 잊지 않길 바랍니다. 자, 그러면 첫 번째 안건을 사자가 발언하겠습니다. 사자 자매?”

“예. 저는 모든 복음에서 제 역할을 밝히라는 지시를 받았습니다. 제 역할은 모든 복음의 친구를 관리하는 것입니다. 현재 입학 신체검사를 통해 소수의 후보자 군이 형성됐습니다. 여러분에게는 미안하지만 후보자 통제와 관리는 오로지 저와 교장 선생님만이 하게 됩니다. 이상입니다.”

모든 복음의 친구란 마인드컨트롤을 할 수 있는 에스퍼를 의미했다. 알리제는 심리학자 겸 최면술사였기 때문에 특수한 재능을 가진 인간의 신경을 각성시켜 초능력자로 만드는 기술을 발명했다. 알리제가 주장한 소통과 인류애가 전 세계 곳곳에서 실현된 건 전부 사상에 감화되어서가 아니라 에스퍼들의 초능력 마인드컨트롤 때문이기도 했다. 알리제는 인류애 사상을 주장하는 한편, 사상을 위해 마인드컨트롤을 사용하고 신도들에게 보급했다.

"우리 교리를 마음으로 믿으세요. 진정으로 소통과 인류애를 체험하시면……. 믿지 않으시면, 우리 모두의 자의식이 사라져서 하나로 융합되는 마인드텔레파시를 한번 체험해 보실까요? 자, 마인드텔레파시를 통해, 우리의 마음이 하나가 되니 마음이 편안해지셨죠? 개인적인 욕심보다 나와 타인, 세상을 위한 큰 그림이 느껴지시죠? 이게 바로 우리가 주장하는 소통과 인류애예요."

마인드텔레파시라고 했지만, 마음을 조종하는 마인드컨트롤이었다. 초능력의 효과는 일시적이지만, 자의식을 지우고 마음과 마음으로 대화하니 서로의 뜻을 알 수 있었다. 그리고 우리와 같은 생각을 하라, 강요할 수 있었다. 평생 행동과 생각이 바뀌도록 암시를 걸 수도 있었다. 자발적인 소통이 아니라 에스퍼가 교를 이끈다는 걸 알리제 평신자들은 몰랐다.

동물농장 회원들도 이 회의를 통해 알게 됐다. 동물농장의 중요 임무는 학창 시절부터 반알리제의 싹을 자르는 것도 있지만, 에스퍼를 찾아내어 확보하는 것이었다. 여우 가면을 쓴 오지영이 말했다.

"자, 여러분. 사자의 발언이 끝났으니 다시 의장인 제가 발언하겠습니다. 십자가를 섬기는 교회가 우리보고 이단, 사이비라고 부르며 탄압했던 시절이 있었습니다. 우리는 살기 위해 그때부터 가면을 쓰고 몰래 모이게 됐습니다. 그때부터 가면을 쓴 신자들은 알리제교를 대표하여 우리를 핍박하는 사람들에게 보복할 의무가 있었습니다. 우리를 웃음거리로 만든 사람 역시 보복을 받아야 합니다. 지금부터 우리가 제재를 가할 학생에 대해……."

성서하는 파일럿병과 학생들과 비행 시뮬레이션 훈련 중이었다. 드럼통 모양의 비행 시뮬레이터가 바둑판의 점처럼 간격을 두고 배치돼 있었다. 서종범은 까무잡잡하고 키가 작지만 흉근이 발달했다. 김민섭은 체구가 컸지만 얼굴은 새하얗고 뺨이 발그레해서 동안으로 보였다. 말할 때마다 "야……."라고 소심하게 시작하는 말버릇이 있었다.

"의지동무 연대식 한다는 것 들었지? 예뻤으면 하지? 솔직히 말해 봐!"

서종범은 김민섭과 달리 공격적으로 말했다. 알리제교가 이끄는 단체 중 하나인 '가르침대로'에서 군사 학교에 불만을 제기했다. 군사 학교라는 딱딱한 틀 때문에 학생들이 이성 교제를 할 수 있는 권리를 제한한다고 했다. '군사 학교가 딱딱한 게 당연하지.'라는 반발도 있었으나 가르침대로는 인권단체를 표방했기에 순순히 따랐다. 의지동무라는 제도를 만들어 남녀 학생들끼리 짝을 지어주고는 공식적이고 건전한 이성 교제를 할 수 있는 기회를 내주었다.

의지동무 제도가 정착되자 열혈 로맨스는 사라지고 굉장히 사교적이고 건전한 분위기가 정착되어 실속은 없게 됐으나, 학생들은 깊게 생각하지 않고 가르침대로를 긍정적으로 여겼다. 이런 식으로 가르침대로는 인권을 내세워 조직과 시스템을 공격하여 조직 구성원들의 마음을 사로잡았다. 의지동무는 알리제교를 전도하려고 만든 제도였다. 성서하는 이러한 소문을 사전에 들었기에 꺼림칙했다.

"난 관심 없는데……."

"에이~."

서종범과 김민섭이 고개를 저었다.

"아냐. 난 진짜 좋은 파일럿이 되는 것 외에 관심 없어."

"야……, 왜 자꾸 공부벌레 같은 소리를 해?!"

소심한 김민섭이 세게 말했다. 서종범이 웃으며 말했다.

"봐. 이 소심한 덩치가 화를 내잖아. 솔직히 말해. 예쁜 애 만나고 싶다고!"

"정말 아냐~."

성서하는 웃으며 고개를 저었다. 토론 수업 때 발언 후에 뒤늦게 김은정이 알리제 신자라는 걸 떠올렸다. 깜짝 놀라서 쳐다보니 김은정은 자신과 눈이 마주치자 고개를 돌려버렸다. 알리제 신자니까 역시 화가 난 걸까? 내 존재를 알리기도 전에 벌써 원수가 되어 버린 걸까? 걱정됐다.

특별한 이벤트가 있는 날이어서 그런지 수업 종료 후 저녁 식사가 30분 빨리 시작됐다. 학생들은 저녁 식사를 마치고, 파란색 활동복으로 갈아입은 후 대강당에 집합했다. 햇살이 점점 진해져 아직 날이 저물지 않은 채 늦은 오후에 머무르고 있었다. 반구형의 돔 지붕을 가진 대강당에 학생들이 몰려들었다. 학생들은 강당 무대를 앞에 두고, 각 병과별로 바닥에 앉아서 대기했다. 김은정의 개인 홀로그램에 알람이 울렸다.

- 나와 가장 잘 맞는 의지동무를 찾아라!

학교에서 발송한 성향 테스트였다.

- 나는 외향적이다? 내향적이다?

학생들이 각자 고개를 파묻고 테스트 문항에 체크하기 시작했다. 이런 식으로 비슷한 성향을 추려내어 서로 의지할 수 있는 친구가 되어 주라고 추천했다. 학생들끼리 얼굴 한 번 보지 않고, 왜 이렇게 성향 테스트로 뽑을까? 알리제 신자가 부담스러워 피하는 학생들이 있기에 이런 식으로 매칭시킨다는 소문이 있었다. 김은정은 알리제 복음 외에 관심이 없었기에 무성의하게 체크한 후에 전송했다. 무대 위에 선배들이 대형 홀로그램을 띄웠다. 팔뚝에 교관 대리 완장을 찬 남자 선배 중 한 명이 폰으로 마이크 기능을 켜고는 말했다.

"친애하는 1학년들. 잠시 후 매칭이 끝난 순서대로 발표하게 됩니다. 발표가 시작되면 혼잡스러우니, 홀로그램에 자기 번호가 떠오른 학생들은 저쪽 작은 문 앞으로 모여서 서로 연락처를 교환하시기 바랍니다."

"예!"

군사 학교답게 1학년들이 짧고 굵게 대답했다.

“어떤 애가 좋을까?”

“잘생겨야지.”

“그럼. 얼굴 뜯어먹는다는 심정으로 찍었어.”

정훈병과는 여학생 비율이 높았다. 여학생들은 자기들끼리 하나, 둘 모여 무리를 지었는데, 김은정은 혼자 섬으로 남아 있었다. 내성적이어서 대화 속도와 화제를 잘 따라가지 못했다. 자신보다 말투가 느리고 어눌한 학생을 만나본 적이 없을 정도였다. 알리제 복음에만 관심이 있었다. 그리고 그 외에 아무것도 선택하고 싶지 않았다.

“아직도 친구가 없다는 건 인간으로서 흠이야. 게다가 너 말투가 그게 뭐야. 느릿느릿 그렇게 말하면 무시당해.”

같은 알리제 신자인 오지영이 지적했다. 대인관계에 예민한지 알리제 신자 모임에서 모임 관계 그 이상으로 친밀한 사람이 없다는 걸 예리하게 포착했다. 가련하게 여기는 것 같지만 무시하는 투였다. 하지만 반박할 말이 없었다. 스크린에 매칭된 학생 번호가 떠올랐다.

 - 211448, 556211

“우~”

학생들이 환호성을 질렀다. 두 학생이 일어나더니 작은 문으로 향했다. 호기심 어린 학생들의 시선이 따라붙었다.

 - 211456, 333321

멀어서 작은 점으로 보이는 학생 둘이 일어서서 작은 문으로 향했다. 어김없이 학생들의 시선이 뒤따라갔다.

　- 211012, 333559

211012. 김은정의 번호였다.

"은정아, 파이팅!"

친구가 없는데 누가 응원할까? 민청하였다. 까무잡잡하고 약간 큰 얼굴에 눈매가 예리했다. 첫 수업 때 자기소개를 하는 시간을 가졌는데 취미로 무술을 했다고 말했다.

"으응. 고마워."

갑자기 응원해 주기에 우물거리며 대답했다. 김은정은 작은 문으로 걸어가며 최대한 앞만 바라봤다. 누가 나올지 부끄러웠고, 자기를 뒤따라오는 시선들이 부담스러웠다.

그때 갑자기 홀로그램에 떠 있던 숫자가 지워지고 긴급 뉴스가 떴다.

　- 20년간 대치했던 전선 균형 붕괴. 범족, 예상치 못한 빠른 속도로 태양계 내로 진격 중으로 확인. 목표는 달 방어 기지로 추정. 올림푸스 방어 위성 3기 파괴. 범족의 에이스 파일럿 그레이 데몬 관측.

학생들마저 전쟁을 배워야 하는 이유였다.

"꺅!"

"아악!"

흥분한 학생들이 일제히 일어나며 비명을 질렀다. 12기의 올림푸스 방어 위성은 인류가 태양계를 수호하기 위해 만든 비장의 무기였다. 그중 3기가 벌써 파괴되다니. 게다가 그레이 데몬이라 불리는 에이스마저 관측됐다. 대강당 스피커에서 기숙사 생활 교관의 목소리가 흘러나왔다.

— 뉴스는 그만 보고, 우리는 군사 학교이니 먼저 행동부터 한다. 학생들은 즉시 기숙사로 귀환한다. 의지동무 연대식 발표는 내일 주중에 각자의 메일로 보낼 예정이다. 그리고 우리는 군사 학교니 경계 등급을 자체적으로 라운드하우스로 올린다.

라운드하우스. 긴장하며 일상을 보내자는 등급이었다. 김은정은 작은 문으로 향하다가 계속 가야 할지 말아야 할지 몰라서 멈춰 섰다.

"학생, 오늘은 자네까지야!"

단상 위의 남자 선배가 계속 가라고 손짓했다. 김은정은 작은 문 옆에 서 있었고, 잠시 후 어떤 학생이 김은정 앞으로 다가왔다. 김은정은 그 학생의 얼굴을 본 후에 걱정에 빠졌다. 어떡하지? 토론 수업 때 알리제님을 웃음거리로 만들었던 그 학생이었다.

후배들이 줄지어 대강당을 빠져나가는 동안 교관 대리 선배들은 폰으로 뉴스채널에 접속했다. 단아한 머리 모양을 한 여성 아나운서가 온몸으로 분노하고 있었다.

— 인류가 급박한 상황에 처하게 됐습니다. 그런데 서방 국가들은 왜 아직도 UN에 적극적으로 협력하지 않는지 의문입니다. 그들이 외계인들과 결탁했다는 소문이 사실인가 봅니다.

서방 국가들은 기독교 문명이기에 알리제교가 모든 분야를 장악하도록 내버려 두지 않았다. UN이 알리제교에 휘둘리자, UN 연합사 항공 우주군에 합류하지 않고 자체적으로 인류 방위군을 만들었다. 알리제교가 장악한 국가들은 완전히 알리제에 빠지지 않은 서방 국가들을 비난하는 프로파간다를 했다. 알리제 신자들이 증오하고 미워하도록.

알리제가 죽은 후, 알리제교는 마인드컨트롤을 통해 빠르게 급성장하다가 유엔 인권위원회에 세뇌 활동이 포착되어 강제로 해체될 위기에 봉착했다. 그러나 우연히 마인드컨트롤이 외계인 범족과 유일하게 대화할 수 있는 채널이라는 게 밝혀졌다.

UN의 우주 탐사대가 태양계 밖을 벗어나다가 범족과 접촉했다. 범족은 인류의 탐사 드론에 문자 기호를 담아서 자신들의 뜻을 알렸다. 정독이 아니라 마인드 기술 중 하나인 마인드텔레파시로 스캔하듯이 읽으면 범족의 문자를 이해할 수 있었다. 그래서 그들의 종족명이 범족이라는 걸 알 수 있었다. 사람들은 언어가 안 통해서 커뮤니케이션할 수 없다면서 종족명은 어떻게 알고 있는지 그 모순에 대해 의심을 품지 않았다.

이후 UN을 도와 마인드컨트롤을 사용하여 국가 간의 분쟁을 조정했다. 외계인을 막기 위해 초국가적인 단합을 이끌어 냈기에 이단에서 공신으로 승격했다. 단, 마인드컨트롤은 너무 위험하니 끝까지 비밀로 유지하고 통제받으라는 조건이 붙었다.

강한 힘을 좋은 일에 사용했기에 해체 위기를 넘겼다. 그런데 사람을 조종하는 힘은 선거를 조종할 수도 있다. 누가 이 힘에 가장 먼저 관심을 가질까? 서방 국가들은 저항하고 있지만, 다른 국가들은 정치인들이 하나, 둘 포섭됐다. 마인드컨트롤을 편리하게 사용하고 싶은 권력자들이 많아지자 통제는 어느새 슬쩍 풀려 버렸다. 알리제교는 알리제 신도 누구에게나 영향을 끼칠 수 있는 독자적인 그림자 정부를 세우고는 모든 분야에 동물 농장 같은 하부조직을 두었다.

알리제교의 최고위 조직 모든 복음과 UN의 권력자들은 범족과 커뮤니케이션을 할 수 있는데 할 수 없다고 속이고, 전쟁을 하지 않을 수도 있었는데 전쟁이 일어나 버린 진짜 이유를 감추었다.

파일럿병과는 비행 실습에서 스트레스를 많이 받기에 1인 1실이었지만, 그 외 병과들은 4인이나 6인이 같은 방을 사용했다. 김은정은 저녁 식사를 마치고 일찍 자기 방으로 돌아와 있었다. 다른 학생들은 저녁 식사 후에 교내의 매점이나 카페를 가거나 도서관 미디어센터에서 영화를 보거나 게임센터를 찾아갔다. 김은정은 창문을 열고 복도 청소도구함에서 빗자루를 가져왔다. 이렇게 보면 쓰레기이고 저렇게 보면 더 쓸 수 있을 것 같은 청소 드론이 있었지만, 매 순간마다 달라지는 인간의 변덕을 따라가지 못했기에 개인적인 장소는 직접 치우는 게 더 효율적이었다. 김은정은 몇 번 비질을 하다가 놓아 버렸다.

'아…… 그 학생, 알리제님을 우습게 만들었는데.'

분명 알리제교를 환영하지 않는 부류였다. 하필 그런 친구와 엮이다니 가슴이 답답했다. 그래도 전도해야 한다. 소통을 위해서. 잘 모르니까 그런 것이다. 알리제에 대해 잘 모르니까 실수한 것이다.

눈썹 짙고 뚱한 인상이 고집 세고 이기적으로 보여서 말이 통할까, 걱정이었다. 그래도 해야 한다. 자신이 아니라 성서하라는 그 학생을 위해서. 연락처를 주고받았지만 아직 한 번도 연락하지 않았다. 연락할까? 폰을 들여다보다가 생각이 났다. 파일럿병과 학생들은 저녁 식사 후에 시뮬레이터 훈련을 받는다고 했다. 뜬금없이 전도할 수는 없으니 명분이 필요했다. 한 번도 남자를 사귀어 보지 않은 여학생이 남자를 찾아갈 이유가 뭐가 있을까? 김은정은 진지하게 고민했다. 캐비닛을 열고, 집에서 보내준 과일상자를 꺼냈다. 알리제 협동농장에서 키운 과일이었다. 플라스틱 도시락에 토마토와 사과를 옮겨 담았다.

전투 비행 훈련 교관은 일명 박스악어라고 불렸다. 선글라스로 보이지만 실은 증강현실 고글을 착용한 얼굴이 네모나고 턱이 길쭉하여 생긴 별명이었다. 드럼통을 닮은 시뮬레이터들이 좌우, 위아래로 빙글빙글 회전하고 있었다. 전투 비행 훈련 중이었다.

조종석 전방에 HUD라는 네모난 투명 디스플레이가 달려 있었다. 적의 전투기를 밴딧이라고 불렀다. 전투기의 레이더가 밴딧을 포착하면 HUD에 밴딧의 종류와 속도, 무게, 무장 상태가 만화의 말풍선처럼 표시됐다. 박스악어는 시뮬레이터들을 통제하는 태블릿 PC에 손을 대 난이도를 한 칸 위로 올렸다.

성서하는 구름을 뚫고 솟아올라 밴딧의 꽁무니를 쫓았다. 공중전의 기본은 밴딧의 6시 방향, 데드식스 혹은 꼬리 방향이라고 부르는 후방을 잡아야 하기 때문에 도둑을 쫓는 경찰처럼 추격해야 했다. 밴딧에는 도둑이라는 뜻도 있었다.

레이더가 밴딧을 포착하자 삐- 비프 음을 냈다. 레이더 락온은 매사에 진지했다. 싫은 상대여도 만나면 반드시 아는 체를 하는 것처럼 고지식하게 굴었다.

그런데 밴딧에 걸렸던 레이더 락온이 해제됐다. 상대의 레이더를 무력화시키는 전자전이 시작된 게 분명했다. 재밍에 걸려버렸다. 성서하는 시뮬레이터 상태표시 창을 살폈다. 어느새 난이도가 상승했다.

주홍연은 학교에서 일등을 하라고 사립 비행 학원에서 과외까지 받았다. 부모님이 알리제 고위 신자여서 그런지 욕심이 많았다. 본래 알리제 신자들은 정훈병과를 가서 선전 활동을 배워 알리제교를 전도해야 하는데, 주홍연은 자기 멋대로 파일럿병과에 지원했다. 부모님은 그래도 그중에 일등을 해 알리제교를 따르는 모범적인 학생이 되길 바랐다.

'엄마, 아빠, 미안해. 내가 꼴찌인 것 같아.'

주홍연은 밴딧을 추격해야 하는데 역으로 벌써 세 번이나 격추당했다. 훈련 AI가 가망 없다고 판단했는지 탈락한 지 오래였다. 시뮬레이터 덮개를 열고 나가니 소수의 학생들이 두리번거리고 있었다. 진즉에 탈락한 학생들이었다.

박스악어 교관은 본래 탈락한 학생들에게 얼차려를 주어야 하지만, 태블릿 PC만 들여다보는 게 바빠 보였다. 주홍연은 재빨리 눈치를 살피고는 교관과 마주치기 전에 덮개를 다시 닫았다. 눈치 봤으면 현명하게 행동해야지. 스스로 나가서 저 떨어졌어요, 할 필요는 없잖아? 머리를 삐딱하게 기대고는 눈을 감았다. 잠이나 자자.

범족도 전자전을 하기에 레이더가 먹통이 된다고 들었다. 그럴 경우에는 멀티 락온이 있었다. 눈치 보듯이 전투기 배기 열과 운동 에너지를 감지하여 측정값을 통해 락온을 걸었다.

성서하가 밴딧을 따라 반원을 그리며 선회했다. 밴딧을 놓치지 않고 끈질기게 뒤쫓았기에 측정값이 다 모였는지 멀티 락온이 표시됐다. 멀티 락온은 정밀한 조준이 아니기에 산탄 미사일을 발사한다. 레이더 락온처럼 끝까지 쫓아가는 유도가 아닌, 근접 거리에 도달하면 자동으로 폭발했다. 성서하가 산탄 미사일을 발사했지만 미사일은 밴딧에 근접하기도 전에 저절로 터져버렸다. 뭔가 이상해서 상태표시 창을 살펴보니 또 난이도가 상승해 있었다.

상태표시 창에는 탈락하는 동기들이 속속 표시되고 있었다. 난이도가 연달아 상승하면서 동기들의 탈락 신호가 계속 붉은색으로 떠오르자 성서하는 누군가를 떠올렸다. 반드시 훌륭한 파일럿이 돼야 하는 이유.

성서하는 과감하게 밴딧에 도그파이트를 걸었다. 서로 꼬리를 물기 위해 호전적으로 빙글빙글 도는 걸 도그파이트라고 불렀다. 성서하는 레이더 락온을 막아버린 전자전을 풀기 위해 안티 전자전을 가동시켰다. 비행 좌석 하단에 자리 잡은 모니터 속에서 게임 스킬트리 같은 안티 로직이 표현됐다.

상대에게 역전파를 쏘아 전자전 전파를 막을까. 아니면 혼란시키는 가짜 유도 전파를 보낼까. AI가 최대한 빨리 재밍 상태에서 벗어날 수 있는 루트를 탐색하고는 실행했다.

밴딧의 레이저가 성서하를 스쳐가자 HUD에 경고 표시가 떠올랐다. AI가 조종하는 무인기가 인간 대신 전장에 투입될 수도 있다. 그러나 전자전에 휘말려 재밍될 경우 무인기는 인간을 공격하는 무기가 되어 되돌아온다. 전자전으로 레이더가 무력화되고, 상대 파일럿의 수준이 뛰어나면 멀티 락온 측정값을 모으기 힘들다. 그럴 경우에는 과거 기관총처럼 눈과 손을 이용해 직관적으로 쏠 수 있는 무기가 있어야 했다.

레이저! 성서하는 레이저 조준선을 밴딧에 맞추고 사격했다. 아직도 인간이 필요하기에 일명 주인공 조준이라고 불렀다. 서로 꼬리를 잡히지 않으려 반원을 그리며 좌우로 선회하고, 위로 솟아올랐다가 내려오는 사이 측정값이 잡혔다. 그리고 안티 로직이 성공하여 재밍을 해제하자 레이더 락온이 작동했다. 멀티

락온과 레이더 락온이 일치하자
삐- 비프 음이 울렸다.

성서하는 반원을 그리며
선회하는 밴딧의 꽁무니에
레이저 조준선을 갖다 댔다.
세 개의 조준선이 하나로
일치하자 삼각형으로 변했다.

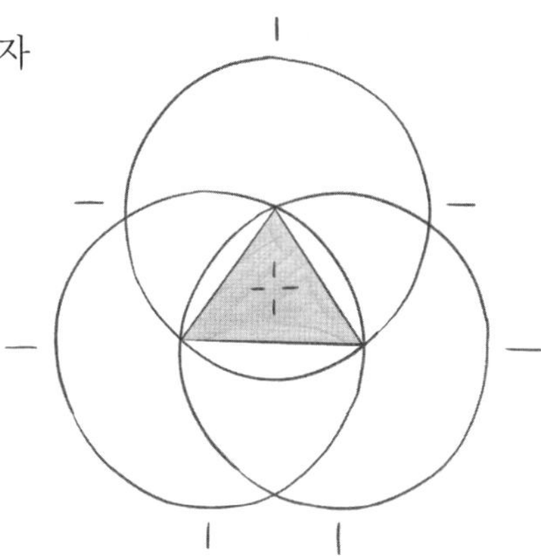

항공 우주전 교본에서 본 적이 있었다.

절대명중의 범위, 쓰리잭팟이 형성됐다!

성서하는 자신이 어떻게 쓰리잭팟을 잡았는지 알지 못했다.
고도의 집중 속에서 자신이 지워져 있었다. 누구보다도 훌륭한
파일럿이 되고자 노력했기에 자신이 지워질 수 있었다.

조종간을 잡은 오른손이 꿈틀댔다. 모든 발사 버튼을 누르자
레이저와 미사일들이 일제히 발사되어 밴딧을 산산조각 냈다.
쾅! 요란한 소리에 귀가 먹먹해 의식이 산만해졌다. 집중에서
깨어난 성서하가 고개를 돌렸다. 상태표시 창에 남아 있는 파일
럿은 혼자뿐이었다. 성서하가 작게 중얼거렸다.

"그동안 열심히 해 왔어. 보여? 네가 나를 하게 만들었어."

성서하가 클리어하자 상태표시 창에 훈련 종료가 떴다.

"학생들은 모두 시뮬레이터 밖으로 나오도록!"

박스악어 교관의 흥분한 듯한 말소리가 이어졌다.

"성서하 학생은 이 시뮬레이터가 도입된 지 15년 만에 전 세

계에서 세 번째로 익스트림 난이도를 통과했다! 그것도 쓰리잭 팟이라는 절대명중의 범위를 만들어 냈다. 이렇게 완벽한 공격으로 통과한 예는 이번이 처음이다!"

박스악어 교관이 따라 치라는 듯이 크게 박수를 쳤다. 시뮬레이터 밖으로 나온 학생들이 어벙한 표정으로 성서하에게 박수를 쳐주었다. 이렇게 큰 규모로 칭찬받은 것은 처음이기에 성서하는 어찌할 바를 몰라 멍하니 서 있었다. 박스악어가 말을 이었다.

"UN 항공우주군 총사령부에 자네 이름이 올라갈 거야. 포상을 기대해도 좋아."

"우아~!"

이제야 부러운 환호성이 크게 터져 나왔다.

"자, 모두 해산! 청소를 마치고 기숙사로 돌아가도록!"

"수고하셨습니다!"

학생들의 인사를 받으며 박스악어 교관이 훈련실을 나갔다. 박스악어 교관이 훈련실을 떠나자 성서하는 동기들에게 둘러싸였다.

"잘했어!"

"대단해!"

"어떻게 했어?"

"정말 모든 락온들이 삼각형으로 변해?"

동기들이 물어봤지만 성서하는 아무 대답도 하지 않고 묵묵히 걸음을 옮겼다. 그의 눈에는 오로지 하나만 보였다. 훈련실 복도에 김은정이 와 있었다. 성서하는 의지동무 연대식 때 훌륭한 파일럿이 되고 싶어서, 그 외에는 관심이 없기에 아무거나 대충 찍었다. 그런데 김은정과 연결됐다. 보통 이런 걸 운명이라고 부르지 않나?

김은정은 시뮬레이터 훈련실 앞에 서 있었다. 들고 있는 도시락이 투명해서 토마토와 사과가 그대로 보였다. 누군가가 자신의 속을 눈치챘을까 부끄러워 도시락을 품 안에 감추었다. 남학생과 단둘이 대화라니. 한 번도 해보지 않은 중요한 일을 앞두고 있었다. 알리제를 제외한 어떠한 화제도 한 번도 제 속도로 따라간 적이 없고, 말투도 어눌하기에 심호흡을 하며 마음의 준비를 했다.

성서하가 백색 LED가 내리쬐는 밝은 교실과 그늘진 복도의 경계선인 문 앞에 선 순간, 등 뒤에서 느껴지는 눈초리와 의미 없는 소음은 백색 빛으로 뿌옇게 변해 생명 없는 그림이 됐다. 성서하가 다가오자 김은정은 문 앞에 뻣뻣하게 서 있다가 결연한 표정을 지으며 손을 내밀었다.

"이거! 알리제 협동농장에서 경작하는 과일이에요! 드세요!"

말을 잘하지 못해 긴장하는 바람에 자신도 모르게 오랜 시간 억눌려 있다가 욱하고 치밀어 오른 목소리로 말했다. 성서하는 김은정의 결핍된 야윈 뺨과 한지 같은 얼굴을 넋 놓고 보다가,

"받아욧!" 하고 재차 터지는 공격적인 목소리에 정신을 차렸다.

'김은정이 나한테 뭔가 주다니.'

감격해서 무릎을 덜덜 떨며 받았다. 공격적으로 말하는 건 토론 때문이 아니라는 걸 귀가 아닌 온몸으로 느꼈다.

'김은정도 이 순간 어찌할 바를 모르고 있다. 나처럼 김은정도 똑같이 떨고 있구나.'

성서하는 한참 전부터 김은정을 생각했기에 입체적으로 보고 있었다.

'가까이서 보니 코밑에 잔털이 많고 피부에 윤기가 없어. 밤 샜나?'

장점보다 단점이 보여 김은정이 이상향에서 사람으로 내려왔 지만, 아이러니하게도 마음이 안정되며 여유가 생겼다.

'더는 밤에 갑자기 욱하고 치밀어 오르지 않을 것 같아.'

"어때욧?!"

김은정은 떨어지면 안 되는 시험에서 정답을 찾는 마음으로 급박하게 몰아세웠다. 자신의 내적 갈등을 설명할 수 없었기에, 그렇다고 언변이 유창하지도 않아서 필사적이었다.

"감사히 받을게요. 제 동기들과 같이 먹어도 되나요?"

"돼요!"

'직접 대화해 보니 그냥 사람이네. 귀여운 사람. 내가 왜 바 보같이 혼자 욱해서는 울고 자책했지?'

성서하는 김은정을 배울 수 있어서 기뻤다.

‘왜 용서받지 못할 거라 자책했을까? 알리제에 다 그런 사람들만 있는 게 아니었어. 이렇게 착한 사람도 있었어.’

김은정은 “돼요!” 거세게 말해 놓고, 자신이 듣기에도 퉁명스럽게 들리는 걸 알기에 무안한 표정을 지었다.

“정말 그래도 돼요? 너무 감사하네요!”

성서하는 자신의 여우짓에 스스로에게 야유를 날리며, 일부러 과장되게 기뻐했다. 김은정은 성서하의 눈치를 힐끔 보더니 어색하게 띄엄띄엄 대답했다.

“잘 먹으면…… 다행이고요. 아니……, 다행이죠.”

자신이 이상해 보일 거라고 생각하는 눈빛이었다.

“보답으로 드릴 게 없어서 미안하네요.”

“꼭 그렇지는……. 괜찮아요. 마음만 받을……게요.”

김은정은 말하는 태도며 억양이 경직되고 답답했다. 분위기도 딱딱해서 듣는 이의 가슴을 무겁게 만들었다.

‘내 기대만큼 대단한 사람이 아니어서 안심이야. 하지만 내 생각처럼 진지하고 내성적인 사람이야. 토론 시간 때 기분이 나빴을 텐데도 이렇게 먼저 와주다니 얼마나 성숙하고 생각이 깊은 거야?’

성서하는 입을 부드럽게 다물며 양 입꼬리를 부드럽게 뒤로 당겼다. 성서하가 잔잔하게 반응하자, 김은정의 긴장이 누그러졌다. 성서하는 둘이 붙어 다니면서 다른 사람들에게 김은정의 어색한 말투를 통역해 주는 자신을 상상했다. ‘은정이가 표현을

잘 못해서 그래요. 은정이가 말하고 싶은 뜻은……'

생각만으로도 뿌듯했다.

'내가 뭔가 해줄 수 있어. 완벽하지 않아서 다행이야.'

김은정은 눈동자를 굴리며 눈치를 보았다.

'또 무슨 얘길 할까? 아직 전도는 아니고. 학생다운 소재를……'

이윽고 성서하에게 말을 건넸다.

"열심히…… 하실 거죠?"

"예?"

'바보야! 앞을 자르고 말하면 어떡해!'

김은정은 자신을 탓한 다음에 입을 열었다.

"파일럿 공부!"

'뜬금없이 공부 열심히 하라니……. 하지만 난 열심히 했잖아? 내가 왜 열심히 했냐면……'

성서하는 씩씩하게 대답했다.

"예. 열심히 하겠습니다!"

김은정은 자신이 뜬금없이 "파일럿 공부!" 해놓고 어색해하다가, 씩씩한 대답을 듣고 처음으로 빙긋 웃었다. 성서하는 자신이 왜 여기에서 열심히 하는지, 왜 열심히 존재하려 하는지 이유를 재확인했다.

'괜히 고민했네. 이런 사람이었구나. 착해서 편안하네.'

김은정은 안도했다.

‘괜히 고민했네. 이런 사람이었구나. 나에게 와주어서 감사할 뿐이야.’

성서하도 안도했다. 서로가 서로의 고민에 해답이 됐다. 서로가 서로를 존중해 주어서 다행이었다.

“그럼…….”

‘이만’까지 해야 하는데, 김은정은 끝까지 말하지 않고 뭉그러뜨리며 어정쩡하게 뒤돌아 작별했다. 성서하는 김은정의 뒷모습을 보다가, 백색 LED가 가득한 훈련실에서 나와 문밖의 그늘진 복도로 한 걸음 내디뎠다. 멀어지는 김은정의 뒷모습이 외로워 보였다.

마주 보고 있으면 제대로 말할 수 없어. 왠지 외로워 보이는 사람. 나도 그 외로움에 들어가고 싶어. 같이 외롭고 싶다. 그럼 말하기 쉬울 거야. 이렇게 직접 찾아오는 걸 보니 알리제 신도이긴 하지만 꽉 막힌 사람이 아니었어. 성숙해 보였어. 생각을 바꿀 가능성이 있어. 내가 생각한 대로 그런 사람이었어.

성서하는 자신이 사랑하는 사람의 마음을 점유한 그것에 반항할 수 있는 기회를 봤다고 생각했다.

시뮬레이터 훈련실에서는 주홍연이 혼자 팔짱을 끼고 엄청 심각한 표정을 짓고 있었다. 타원형으로·생겨 바닥을 기는 청소 드론이 있기는 하지만, 인간의 정의에 따라 쓰레기 종류가 그때그때 달라지니 학생들이 쓰레기가 아닌 건 먼저 치워야 했다.

"저기, 청소해야 하는데……."

다른 학생이 조심스럽게 말을 걸어도 신경도 안 썼다. 성서하, 김은정이 네 의지동무였어? 쟤, 엄청 진지해. 너, 쟤 앞에서는 알리제 아니면 아무것도 선택할 수 없어. 입조심 해라. 그리고 의지동무라 정이 가는 건 이해하겠는데…… 네 친구인 내가 눈앞에 있는데 나한테도 오지. 왠지 섭섭하네. 친구들에게 박수 세례를 받으며 멀어져 가는 성서하의 등이 갑자기 커 보였다.

"그 사람, 어땠어? 토론수업 때 갑자기 나서던데. 부담스럽지 않았어?"

다음날. 김은정이 정훈병과 교실에 들어오자 옆자리의 민청하가 물었다. 문자로 전해 들었지만 한 번 더 듣고 싶다는 게 느껴졌다. 김은정은 고개를 숙이며 턱을 내렸다. 민청아가 분위기를 감지했는지 후다닥 말을 거두었다.

"미안! 미안! 은정이 의지동무인데 아무렴 이상한 사람이겠어?"

김은정은 잠시 음~ 하더니, 신중하게 생각해 대답했다.

"이상한 사람……은…… 아니었어."

"정말? 뚱해 보이던데 친절했어? 성격 좋았어?"

김은정은 이번에도 신중하게"음~"말을 끌다가 대답했다.

"……편안했어."

"그래? 하하하."

민청아는 하하하, 웃었지만 웃기지도 않는데 분위기를 맞춰 주는 티가 났다. 김은정은 자신이 말을 잘 못해 친구를 난처하게 만든 게 미안했다.

"그래. 이상한 사람만 아니면 다행이지."

까르륵! 와와! 중앙에 무리 지어 앉은 여학생들이 소란을 일으켰다.

"야! 굉장한 일이 일어났대! 방금 파일럿병과 의지동무에게서 문자 왔는데, 우리 학교에서 쓰리잭팟이 나왔대."

"정말?! 근데 그게 뭔데?"

"지금 당장 출격해도 외계인과 싸워 이길 수준이라는데?"

"잘 모르지만 아무튼 대단하네. 내 신랑감 후보에 넣지. 근데 누구야? 이름은?"

김은정이 이름을 듣고 미소 지었다. 자기 말대로 열심히 하는 사람이었구나. 좋은 사람이어서 다행이야. 이렇게 좋은 사람이니 전도할 수 있겠어.

"지금부터 우리가 제재를 가할 학생에 대해 밝히겠습니다."

여우 오지영은 잠시 말을 멈추었다. 시뮬레이터 훈련 때의 일이 떠올랐다. 성서하가 익스트림 난이도를 통과하고 쓰리잭팟을 달성하자, 모두가 성서하를 우러러봤다.

문밖으로 걸어가는 성서하가 오지영을 스쳐 지나갈 때, 오지영은 성서하의 뒷모습을 노려봤다. 자기가 저렇게 튀고 모두가 우러러봐야 했다. 저 녀석이 뭐라고. 전 세계에서 알아주는 업적을 성취한 게 부러웠다. '내가 저 위치에 있고, 저 박수 소리를 들어야 하는데…….' 욕망이 끓어올랐다. 반알리제 녀석. 너, 안 봐준다. 두고 보자. 오지영은 침묵을 끊고 입을 열었다.

"파일럿병과의 성서하 학생으로, 이 학생을 적극적으로 제재해야 한다고 선포하겠습니다. 우리 학교 내 모든 알리제 신자들이 공적, 사적으로 가할 수 있는 모든 제재를 동원하여 교만한 입이 다시는 실수하지 못하게 본보기를 보여야 합니다."

사자 가면은 시원스런 입과 눈을 가진 캐리어병과 이광희. 코끼리 가면은 살이 쪄도 흉하게 쪄서 눈까지 파묻힌 기갑병과 정익준. 돼지 가면은 삐쩍 마르고 안경을 껴서 보병 지원자로 보이지 않는 기동보병과 김선호. 개구리 가면은 파일럿병과 주홍연. 가면 속의 숨소리가 거칠어지는 게 불만이 있는 게 분명했다. 다른 여학생들과 달리 주홍연은 오지영의 권위 같은 건 보이지 않는다는 듯 행동했다. 여학생 중 일부가 주홍연을 따라서 이탈하고 있었다. 존재감 강한 주홍연을 꺾어놔야 했다. 오지영이 말했다.

"우리 알리제 신자들을 위한 중요한 결정이니 본 선포에 대한 이의는 받아들이지 않겠습니다!"

성서하의 의지동무 김은정은 올빼미 가면이었다. 오지영이 올빼미를 잠깐 쳐다봤지만 김은정은 어떤 내색도 하지 않았다.

스파이럴 다이브 고백

토요일은 기숙사 대청소하는 날이었다.

"그래도 청소는 해야지."

성서하가 주홍연에게 끌려가면서 말했다. 주홍연은 분명 청소하기 싫어 내빼는 게 분명했다.

"난 더러워도 살아. 깔끔하게 살고 싶은 사람이 하겠지."

성서하는 주홍연에게 잡아끌려서 기숙사를 나왔다. 화단을 따라 분수대로 향했다. 성서하가 말했다.

"그러고 보니, 스쿠터는 잘 있어?"

어느 날 주홍연은 성서하를 급히 불러내더니 스쿠터를 내보였다. 선배들이 오토보드나 스쿠터를 타고 활주로를 고속으로 질주하는 게 부러워서 집에다 스쿠터를 보내달라고 떼를 썼더니 왔다고 했다. 1학년이 가지고 있으면 교관 대리 선배들에게 압수당하니, 같이 숨기자고 했다. 성서하는 거절하려고 했지만,

결국 떼를 쓰는 주홍연에게 졌다.

"스쿠터 안부 궁금하지? 막상 하니까 재미있지? 이렇게 스릴에 중독되는 거야."

"긍정적으로 아드레날린에 중독되는 수는 없을까?"

"중독? 너 벌써 나한테 길든 거야?"

"헛소리 마!"

주홍연은 귀엽다며 성서하의 등을 두드렸다. 그러다 갑자기 정색하고는 주위를 둘러보며 아무도 없는 걸 확인했다.

"너, 어제 징계위원회에 왜 끌려갔어?"

"누가 나를 계속 신고해서 벌점을 받았어."

성서하는 누적된 벌점 때문에 징계위원회의 품행 심의에 소환됐다.

"그런데 증명된 건 없어. 죄다 허위 신고야. 난 파일럿이 돼야 해. 징계가 확정되면 성적 손해 볼까 봐 바락바락 따졌어. 교관들도 할 말이 없었는지 씩씩대기만 하더라."

"어떻게 따졌는데?"

"보통 누가 신고했냐고 따지지만, 나는 시간대를 따졌거든. 먼저 시간대를 묻고 그 시간에 다른 곳에 있었다고 말했어. 거기 CCTV를 찾아보라고. 어차피 난 안 했으니까. 허위 신고인 게 분명하니까. 시작하기도 전에 봉쇄해 버렸지. 심지어 무슨 사건으로 신고됐는지도 안 물었어. 말을 아예 막아 버리니까 괴상하다고, 뚱한 얼굴로 무슨 생각을 하는지 모르겠다고 막 화를 내는 거야. 반항적인 태도가 언젠가 사고 칠 것 같다고 뒤집어씌우는데, 내가 그래 보여?”

“너 토론 때 보니까 욱하는 게 있더라. 그리고 너 엉뚱한 면이 좀 있잖아.”

“그런 말 하지 말랬지. 대체 누가 신고한 거야? 왜 12건이나 신고당했지?”

“무슨 일이었는데?”

“아예 말을 막아 버리니까 어떤 일인지 말도 안 하고 나한테 화만 내더라고.”

“푸핫! 미안한데, 너무 웃긴다. 끌려갔다 왔는데 아직도 이유를 몰라! 넌 진짜 괴짜다!”

“아, 그런 소리 하지 말라고! 품성을 수련하기 위해 종교를 가져 보라며 알리제교를 추천하더라고. 어디서 개가 짖냐는 표정을 지으니까 더 화내더라고.”

이 얘기는 웃기지 않았는지 주홍연은 정색했다. 성서하는 그때 상황을 떠올렸다.

“자네, 인권 보호 지역 소도라고 아나? 전쟁을 원하지 않을 경우 소도로 피신할 수 있네.”

품행 심의 담당자 중 한 명이 박스악어 교관이었다. 다른 두 명의 교관과 테이블 뒤에 앉아 있었다.

“그거 탈영이지 않습니까?”

“자네, 왜 이리 삐딱한 말투인가?”

머리숱과 눈썹이 진한 다른 교관이 지적했다. 성서하는 어깨를 으쓱하며 지적을 넘겼다.

"괴상한 녀석."

비난하는 소리가 들렸지만 성서하는 못 들은 척했다.

"소도는 알리제 단체에서 적십자와 UN 인권위와 함께 만든 인권 보호 지역이라네. 전쟁 중에 뭔가 싫으면 그곳으로 갈 수 있어. 세 개의 조직이 공동 관리하니 싫어도 누가 뭐라 할 사람이 없네."

뭔가 싫으면? 성서하가 알리제교에 싫은 티를 내니까 갑자기 이상한 말을 했다.

"왜 갑자기 이런 얘기를 하십니까?"

"자네 성품을 보아하니 군인이 되면 공동체에 피해를 줄 것 같아서. 그 전에 알아서 선택하라는 뜻이네."

소도가 알리제에 동의하지 않아도 살 수 있는 길이라는 걸 성서하는 직감적으로 알았다. 반발심이 솟아올랐다. 소도라는 곳은 인권 보호 지역이기에 한 번 들어가면 누구도 강제로 밖으로 끌어낼 수 없다. 단, 폐쇄적인 곳이기에 자발적으로 들어가는 교도소 같은 곳이었다. 내가 그런 곳에 왜 가?

"야, 너 말이야. 알리제……님이 뭐가 그리 싫어? 복음 단체 프로그램 중에 재미있는 것들도 많아."

알리제……님이. 주홍연이 처음으로 성서하의 눈치를 보며 말하고 있었다.

"넌 연병장에서 보병 격투 수업은 왜 엿보고 있었어?"

주홍연은 다른 말을 꺼내려다 성서하가 묻자 먼저 대답했다.

"혹시 몰라서. 사람이 무슨 일을 할지 어떻게 알아? 난 들고 일어나는 게 몸에 배었어. 어떤 상황이 오든 싸울 줄 알아야 해. 설령 전투기가 없어도 맨손으로."

성서하는 주홍연 말을 듣고는 지그시 쳐다봤다.

"너, 마치 자유로운 레지스탕스 같아."

반골 기질이 강한 주홍연에게는 칭찬이었는지, 주홍연이 성서하의 등을 호되게 때렸다.

"고마워! 너, 사람 볼 줄 아네!"

성서하가 의도한 바대로 기뻐했다. 성서하가 말을 이었다.

"넌 반골 기질이 강한데, 왜 알리제를 지지해? 뭔가 이상하지 않아?"

주홍연은 깜짝 놀랐는지 눈을 깜박이며 아무 말도 못 했다.

"소통과 인류애, 평화를 주장하며 의도는 선하다고 하는데, 결과는 뭐야? 알리제를 좋아하냐 거부하냐, 이분돼 갈라져 싸우잖아. 그게 소통이야?"

성서하는 그간 알리제에 불만이 쌓여 있었기에 신이 나서 주르륵 말해 버렸다.

"닥쳐!"

주홍연은 굳은 표정으로 단호하게 내뱉었다. 성서하는 주홍연의 대답에 인상을 험악하게 굳혔다.

"나, 입학 설명회 때 봤어. 시위하던 사람들. 알리제를 따르지 않으면 적이야. 뉴스에서도 싸운다는 말밖에 안 나와. 인터넷에서는 누가 알리제를 욕하는지 감시하고 마녀사냥 하잖아."

"닥쳐! 입 다물어!"

주홍연은 크게 소리쳐 기를 꺾어서 논쟁을 끝내려는 듯했지만, 뻔히 속내가 보이기에 성서하는 더욱 불타올랐다.

"욕하면 나쁜 사람이다, 그러니 욕하지 마라, 개새끼들아! 알리제 추종자들 논리가 딱 이거잖아. 본인들 의도는 선하다 하지만 누구보다 폭력적이야."

주홍연은 성서하가 끝까지 밀고 들어오니까 혼란한 표정이었다. 성서하는 주홍연의 표정을 보고 원초적인 쾌감을 느꼈다.

"우린 그간 빅브라더가 선글라스를 쓴 군인이라고 생각했어. 아냐. 스마트폰을 가진 착한 이웃이었어. 정의로운 얼굴로 이웃을 밀고해. 온 세상이 리틀브라더야."

"닥쳐! 닥치라고!"

주홍연이 발작적으로 소리쳤다.

"도대체 뭐가 그리 겁나서 입을 막으려는 거야? 비판적인 입장을 받아들이지 못할 정도로 알리제가 그리 얄팍해?"

"……."

"넌 자유로운 저항군이 좋다면서, 강제로 지배하려는 제국군처럼 행동하고 있어."

주홍연은 고개를 돌려 버렸다. 이대로라면 알리제교에서 배운 대로 성서하를 밀고해야 했다. 그래서 말을 끊으려고 했다.

'바보야, 그게 아니야. 네가 계속 하면 난 너를 밀고해야 해. 그리고 네 의지동무는 절대 이런 얘기를 꺼낼 상대가 아니야. 그 아이가 밀고하면 내가 못 막아.'

반알리제 언행을 하지 말라고 가르치려 했지만 오히려 반격을 맞아 버렸다.

주홍연이 어렸을 적에는 알리제가 비주류였다. 저항군 놀이가 성향에 맞아 즐겁게 살았는데, 요즘은 알리제가 제국군이 되어 식민지를 적극적으로 개척했다. 알리제 제국이 되어 버리자 주홍연은 왠지 모를 상실감을 느꼈다. 주위에 제국군처럼 행세하는 알리제 형제, 자매들이 늘어갔다. 알리제 교세 확장에 무작정 찬성할 수 없는 반골 기질이 주홍연을 사로잡았다.

"야! 너 공습 훈련 때 누구와 같이 있었어?!"

주홍연이 소리를 빽 질렀다.

"뭐?"

갑자기 이상한 질문을 받은 성서하의 말문이 막혔다. 주홍연은 훈련실에 찾아온 김은정을 보자마자 뛰어나가던 성서하의 등을 떠올렸다. 공습 훈련 때도 어딘가에서 숨어 있다 나타난 성서하에게서 향기가 났다. 분명 여성 화장품 냄새였다.

"갑자기 무슨 소리야? 너야말로 진짜 이상해."

주홍연은 속으로 알리제에 대한 고민을 곱씹다가 왜 그 생각이 났는지 스스로도 알 수 없었기에 짜증을 부렸다.

"됐어! 나, 갈 거야."

"마음대로 하세요! 안 잡아!"

왜 그 이야기를 꺼냈는지 그제야 생각났다. 언제부터인가 저녀석이 신경 쓰였다.

주홍연이 떠난 후 성서하는 이제라도 대청소에 합류할까 생각했지만, 어차피 늦게 왔다고 핀잔을 들을 것 같아서 계속 숨어 있기로 했다. 중앙사령부 건물 앞에 도서관 건물이 있기에 책이라도 읽을까 했는데, 중앙사령부 현관 입구가 자동으로 열리더니 김은정이 나왔다. 성서하가 다가가 말을 걸었다.

"오늘은 수업이 없는 토요일인데…… 왜 교복을 입었어요?"

성서하가 보기에 김은정의 몸은 이제 막 고도의 긴장에서 벗어난 상태였다. 약간 후들거리며, 쇠한 기운이 느껴지는 게 분명 공부 아니면 훈련인데? 김은정이 허둥지둥 대답했다.

"아니…… 뭐…… 그게…… 성적 때문에 호출됐어요."

경직된 말투였지만, 성서하는 매 순간 정성이 가득했기에 김은정은 성서하를 예전보다 편하게 대했다. 그래도 말은 끝까지 존댓말과 반말을 오가는 게 완전히는 아니었다. 성서하는 김은정이 "야!" 하고 자신을 편하게 부르는 날을 상상했다. 완전히 편안해져서 자신을 풀어놓으며 다른 연인들처럼 싸울 수 있기를……. 그 날이 오기 전이니, 성서하도 존댓말을 썼다. 김은정이 도서관 옆의 지하 주차장 입구처럼 생긴 방공호에 시선을 멈추었다.

"지난 공습 훈련 때 대단했죠? 그때 보살펴 주셔서 감사해요. 그 후 기숙사로 잘 돌아갔어요?"

의지동무. 학교에서 인정하는 공식적인 교제를 하다가 공습 훈련을 맞이했었다. 성서하는 그때 세상이 멸망했던 순간을 떠올렸다. 서로에게 감사했지.

"친구들이 저보고 어디에 숨어 있었냐고 물었는데……."

성서하는 말하면서 말꼬리를 흐렸다. 세상이 멸망했을 때 서로에게 감사한 일은 누구에게도 말할 수 있는 게 아니었다. 식량 팩을 찢어서 만든 우리만의 소꿉놀이도.

"……."

김은정도 같은 걸 떠올렸는지 대답하지 않았다. 너 어디 있었냐? 누구와 있었냐? 누구와 특수한 관계에 들어갔다면 말할 수 없다. 성서하는 김은정의 침묵을 통해 김은정도 소꿉놀이와 멸망 속에서 서로에게 감사했던 일을 누구에게도 말하지 않았다는 걸, 그리고 특별하게 여기기에 말하지 않은 속마음을 읽어냈다. 김은정도 성서하의 눈치를 읽어냈는지 더더욱 입을 열지 않았다. 성서하가 콧등을 긁으며 쑥스럽게 말했다.

"쿠폰 보낸 거 잘 쓰셨어요?"

"아…… 예. 그거 음악 듣는 데 썼어요. 많이 보내주셔서 친구들에게 좀 베풀었어요. ……그래도 되나요?"

김은정은 친구들에게 좀 베풀었다는 말을 환하게 하다가, 걱정되는지 뒤늦게 "그래도 되나요?"라고 덧붙였다. 성서하는 웃으며 고개를 끄덕였다.

"제가…… 말재주가 없어서…… 아직 말을 못 걸어 본 친구들이 있는데…… 덕분에 많이 대화하게 됐어요."

성서하는 김은정이 간단한 말을 하는데도 몇 번이나 끊겼다가 이어지는 걸 참을성 있게 들어주었다. 김은정이 기숙사로 걷기 시작하자, 성서하가 옆에서 나란히 걸으며 슬쩍 말했다.

"지금 기숙사 대청소 중인데, 대청소 하실 건가요?"

"아……."

의지동무 연대식 때부터 오늘까지, 김은정은 감시자에게 조금도 흠을 잡히지 않으려는 포로처럼 성서하를 깍듯이 대하고, 방심하지 말라는 듯 자기 자신에게도 엄격했다. 그러나 너무 성실했다. 대청소하기 싫은데도 자기 자신을 강제로 끌고 갈 듯했다. 편해지니 조금씩 자신을 풀어놓고 있었지만, 그래도 여전히 성실해서 오도 가도 못했다. 어떻게 할까? 성서하는 머리를 긁적이다가 말했다.

"우리 화단을 따라 걸으며 구보 코스나 정리할까요? 그쪽은 청소할 게 적어요."

"그렇다면……."

김은정은 의지동무가 부탁하니까 못 이기는 척하며 성서하 쪽으로 기울었다.

"이 학교에 어떻게 들어왔어요?"

성서하는 질문에 잠시 멈칫하다가 생각하더니 말했다.

"어머니께서 권유하셔서요."

김은정은 눈을 크게 뜨며 대답을 받아들였다.

"어머님이 알리제교 신도세요?"

성서하의 환했던 얼굴이 찡그려지더니 뚱한 얼굴로 변했다.

"예. 어머니 쪽은 열성이시고, 아빠 쪽은 시큰둥해요. 그런데 알리제교의 의도는 선한데, 결과는 안 좋지 않나요? 알리제 때문에 사람들이 많이 대립하잖아요."

"예. 맞아요. 그런데 그것도 다 소통하는 과정이에요. 결국에는 모두 알리제님과 복음을 선택할 거예요. 왜냐면……."

"알리제 아니면 아무것도 선택할 수 없다는 식이니까, 결국에는 선택하겠죠. 강요로. 선택하지 않으면 마녀사냥으로 말려 죽이겠죠."

성서하는 김은정의 왼쪽 가슴팍에 매달린 알리제 배지에다가 말했다. 그것도 웃으면서. 사랑하는 사람의 마음을 점유한 그것을 공격하고 싶어졌다.

마녀사냥. 알리제를 악으로 단정하는 심한 단어였다. 어? 심한데? 김은정의 성실한 태도는 절대 그냥 넘기지 못했다. 이거 분명 공격인데? 뭐야, 내가 우스워 보이나? 토론 수업 때는 알리제님을 웃음거리로 만들었지? 그냥 해본 말이 아니었어. 이런 사람이었어? 나와 다르네.

분홍색 꽃잎이 바람에 휘날렸다. 활주로가 바닷가 쪽으로 뻗어 있어 해당화가 그곳에서 바람을 타고 학교를 이리저리 휘저었다. 으스대며 말하는 성서하가 꼭 잘난 척하는 꼬마 병정 같았다. 저 꼬마 병정이 혹시 〈화초가〉란 노래를 알까?

입학 전, 학교에 대해 사전에 조사할 때 누군가 말해 주었다.

"거기 가면 다시는 돌아오지 못할지도 몰라. 그 학교에 입학한 알리제 신자들은 모두 어떤 목적으로 사용될 거야. 첫째는 군대를 장악하려고…… ."

고개를 저어 기억을 털어 버렸다. 김은정은 속으로 화초가를 떠올리며 실망으로 가득찬 내면을 가리려 시선을 돌렸다.

해당화야 해당화야 명사십리 해당화야
네 꽃 진다 설워 마라 명년 삼월 다시 오면
너는 다시 피련만 우리 인생 한번 가면
어찌 그리 꽃과 같이 다시 돋아날 줄 아느냐

"그러지 않아요. 소통하는 방법을 개발중이에요. 희망을 가지고 더 기다릴 거예요."

성서하는 알리제를 비난하는 게 좋은지 아직도 얼굴에서 미소가 끊이질 않았다.

"나쁜 사람들이 하루아침에 뉘우칠 리 없으니 기다려야겠죠."

나쁜 사람들? 대놓고 우리보고 나쁘다고 하네. 김은정의 내면에서 커다란 지진이 일어났다. 뉘우친다고? 평생 이렇게 살거야. 너에게 핍박을 당하니까 오히려 평생 알리제의 무당으로, 신부로, 사제로 살고 싶어졌어. 알리제 외에는 아무것도 선택하지 않을 거야.

졸업 후 우주로 파병 가면 반드시 만날 사람이 있었다. 김은정의 평소 성향과는 다른 방향이지만, 성실했기에 마음만 먹으면 얼마든지 타산적인 계획을 치밀하게 세울 수 있었다. 우주에서 누군가를 만나러 가는 데 도움을 줄 수 있는, 아는 파일럿이 필요했다. 성서하가 마음에 들지는 않지만 이용해야 하기에 내색하지 않았다. 침묵이 길어지자 성서하가 말했다.

"이만 돌아갈까요?"

성서하가 먼저 몸을 돌렸다. 일부러 다리를 꼬며 기괴하게 회전했다. 김은정은 성서하가 왜 그러는지 이해할 수 있었다. 관심을 받고 싶어서 일부러 불량스럽게 구는 어린애 같은 응석이었다. 김은정은 성숙한 미소를 지어 보이며 아무 말도 하지 않았다. 딱 보기에도 엉뚱해서 쉽고 편해. 충분히 교화시킬 수 있어. 아직은 전도 대상이야.

기숙사로 돌아가는 길은 침묵이었다. 성서하는 내성적인 김은정이 오늘 말을 많이 해서 지친 거라고 생각해 침묵을 나쁘게 받아들이지 않았다.

"왜 정훈 과정이 강화 보병 훈련을 받아야 하지?"

김은정이 툭 혼잣말하자 성서하의 얼굴이 환해졌다.

"체력 단련을 위해서."

김은정은 혼자 말하고 혼자 답했다. 눈치를 보니 김은정은 자기 생각 속에 파묻혀 있었다. 자신을 옆에다 두고 혼자 생각 속으로 들어가다니 섭섭했다. 하지만 이런 내성적인 면이 김은정의 매력이었다.

"체력 단련하면 건강해지고 좋지 않아요?"

성서하가 정론으로 위로했다. 김은정은 혼잣말에 성서하가 끼어들자 흠칫 놀랐다가 무표정으로 변했다.

"어느 날 세상 사람들 다 좀비가 돼서 세상이 뒤집히면 수업이 중단되지 않겠어요? 단 하루라도 세상이 뒤집힌다면…… 훈련도 빠질 텐데……."

아무리 성실한 김은정도 이 정론은 받아들이기 싫은지 투덜댔다. 혼자 중얼대는 이상한 사람으로 오해받지 않으려는지 진지하게 변명했다. 그런데 성서하는 변명이 더 웃기다고 생각했다. 그냥 침묵해야지. 착하니까 속마음을 그대로 말하네. 역시 서툰 사람. 김은정의 눈이 이상한 변명으로 흔들리며 당황하자 성서하는 못 본 척했다. 이 사람을 위해 내가 해줄 수 있는 일이 있어서 다행이야. 신탁을 기다리는 사제처럼, 항상 김은정에게 목말라 있는 성서하는 김은정의 속마음을 진지하게 받아들였다.

"김은정님 같은 사람이 되고 싶네요."

김은정은 대답이 없었다. 자신의 말을 진지하게 받아들이고 있는 것 같았다. 좋아한다는 신호를 이렇게 은근슬쩍 찔러 넣었으니 눈치챘겠지. 성서하는 정훈병과 기숙사로 멀어지는 김은정의 뒷모습을 바라봤다. 그러고 보니 토요일 날 다들 옅은 파란색 하계 활동복을 입고 있는데, 고작 성적 때문에 호출당했다고 교복을 입고 가? 고지식해서 그런가?

중앙사령부 브리핑실에서 쓰리잭팟 표창장 수여식이 시작됐다. 박스악어는 성서하가 누적된 신고 때문에 못 받을 줄 알았다. 하지만 UN 항공우주군 총사령부에서 교육 위탁 우수 사례로 칭찬하자 얘기가 달라졌다. 성서하 학생 뒤로 같은 병과 학생들이 줄을 맞춰 서 있었다. 학생들이 예식 준비를 끝내자, 볼이 축 늘어졌지만 혈색은 좋은 교장이 나타났다.

교장은 겉으로는 인자해 보이지만, 뒤돌아서면 교관이나 선생에게 '이 새끼, 저 새끼.'라 부르는 걸로 유명했다. 소문난 알리제 신자로, 이번 우수 사례를 알리제 인권센터 가르침대로에 보고했다고 한다. 가르침대로에서 선정하는 올해의 우수 교육자상을 노리고 있다는 소문이 돌았다.

인권센터에서 군 교육기관에 우수 교육자상을 줄 수 있을지 의문이 들지만, 소문난 알리제 신자라면 가능할지도 몰랐다. 성서하 학생에게 세 개의 원이 교집합 기호처럼 겹쳐진 기념물과 상장이 함께 수여됐다.

"학생 여러분, 외계 괴수들이 근접했다고 겁먹을 게 아닙니다. 어제 갑자기 생긴 일이 아닙니다. 소통을 통해 인류애 단합으로 전 세계가 협력하고 있습니다. 오늘도 별다른 것 없습니다. 우리의 형제, 자매들이 곳곳에서 함께 싸우고 있어요. 우린 혼자가 아닙니다. 알리제님의 복음이 우리를 이끌고 있습니다."

수여 받는 성서하는 조금도 격려하지 않고 알리제교 선전만 했다. 교장이 성서하를 보는 눈초리가 곱지 않았는데, 아마 성서하의 프로필을 봤을 것이라 짐작됐다. 성서하의 프로필에 교관이나 선생 중 누군가 종교에 호의적이지 않다는 코멘트를 달아 놨다. 이 코멘트가 달려 있으면 반알리제라는 뜻이었다. 교장은 성서하와 악수도 하지 않고 뒤돌아 나갔다.

"안녕히 가세요!"

학생들 중 일부가 군사 학교식 경례가 아닌 민간인처럼 허물없이 인사했다. 박스악어가 알기로는 이 학생들도 소문난 알리제 신자들이었다. 교장은 손주들에게 인사하듯 인자하게 손을 흔들었다.

"소통해! 인류애 알지? 알리제 복음 매일 읽게나."

　박스악어는 이 모습을 보며 성서하가 품행 심의 때 끈질기게 따졌던 일을 떠올렸다. 같은 공간에서 누구는 손주 취급받고, 누구는 심판대에 올라야 했다.

　성서하는 박스악어가 갑자기 불쑥 다가오자 놀라서 차렷 자세로 굳어 버렸다. 박스악어의 눈이 선글라스로 가려져 있기에 무슨 생각인지 알 수 없었다.

　"자네, 스파이럴 다이브라고 아나?"

　"잘 모르겠습니다."

　"길게 늘어뜨린 용수철을 그리며 급속 하강하는 기술이네. 일종의 치킨게임이야. 대지에 충돌할 듯 회오리를 그리며 강하해서 배짱 없는 적은 추격을 포기하지. 쫓아온다 해도 고도의 비행술이 없으면 회오리 속에서 감을 잃고 땅에 내리꽂히지."

　"도피 기술 아닌가요?"

　이론에서 배운 대로라면 아주 위험한 도피 기술이었다.

　"그렇지. 하지만 진정한 묘미는 말이야, 적을 자연스레 회오리 속으로 유도하여 감각을 잃게 만들 수 있다는 거지. 그때 속도를 줄이면 적이 자신도 모르게 나를 앞질러 땅에 처박히거나 후미를 내주지. 이해하나?"

　성서하는 전술 교육 중에 언급된 손자병법을 떠올렸다.

　"적이 저를 쫓게 만들어 자멸시키는 건가요?"

　"이해했군. 자네라면 해낼 수 있을 거야. 마음속에 담아 두기를 바라네."

'자네라면 해낼 수 있을 거야.' 성서하가 듣고 싶어 했던 말이었다. 특별한 코칭과 함께 격려를 받았다. 나, 특별하구나! 혼자만 특별한 코칭을 받자, 자신이 특별한 존재가 된 것을 실감하고는 우쭐해지며 기분이 좋았다. 가슴 속 안이 부풀어 오르며 뭐든지 할 수 있다는 전능감이 가득 찼다. 손에 쥔 쓰리잭팟 기념물은 자신이 만들어 낸 포상이며 뭐든지 할 수 있는 만능열쇠였다. 이걸로 무엇을 할 수 있을까? 김은정의 하얀 얼굴과 단정한 태도가 떠올랐다.

주홍연은 침대에서 뒹굴고 있었다. 침대는 우주 생활을 고려하여 만들어진 캡슐형 항온 폼이었다. 스마트패드를 켜서 뉴스를 봤다. 단발로 깔끔하게 머리를 자른 여성 진행자와 짧은 머리에 정장을 입은 전직 군인이라는 남자 패널이 말을 주고받으며 전황을 해설하고 있었다.

- 범족의 진격 속도가 아무리 빨라도 3년, 길게 잡으면 8~10년은 걸릴 것으로 추정됩니다. 그러나 우주에서는 부품 소모가 빠르기 때문에 보급 문제로 인해 진격 속도가 늦춰지거나 중단될 가능성이 큽니다. 저들 입장에서는 문명을 유지할 30년 치 예산을 소비해야 할 겁니다. 전황은 희망적입니다.

주홍연의 눈에 뉴스가 들어오지 않았다. 왜 누구와 같이 있었냐고 물었지? 공습 훈련 후 나타난 성서하에게서 여성 화장품 냄새가 났다. 신경이 쓰였다. 알리제 복음 책 어디 있지? E북이 일상화됐지만, 종이책이 갖는 권위는 여전했다.

"강제로 지배하려는 제국군처럼 행동하고 있어."

이 말이 아직도 귀에 남아 있었다. 네가 그런 생각을 가졌다는 것만으로도 반알리제로 분류될 거야. 내가 아니어도 누군가 널 밀고할 거야. 그런데 그게 맞나? 아니지. 그런데 우리는 왜 나 같은 저항자들을 탄압하지? 나는 정말 저항자인가? 이제 아니잖아. 제국의 앞잡이가 되어 버렸잖아. 그런데 복음 책 어디 있지? 환경보호를 위해 종이를 만드는 나무 벌목이 금지되자 재생 용지가 출판업계의 표준이 됐다. 알리제 복음 책을 만들기 위해 알리제 신자들이 성경, 불경, 코란과 세계 명작들을 재생 용지로 만들어 버렸다. 주홍연은 침대 모서리에 머리를 대고 한참을 생각했다. 복음 책, 그게 뭐가 중요한데? 알리제 복음 배웠잖아! 배운 대로 하자. 개인의 차이에 위협 받지 말고 포용하라. 차별, 편견도 위협이다. 포용할 수 있는가? 벌떡 일어나자 주홍연의 몸 모양으로 파여 있던 항온 폼이 서서히 채워졌다.

그 귀여운 녀석을 만나러 가자. 주홍연은 문고리를 잡고는 서성댔다. 자신의 속마음에 놀라면서도 남의 속마음을 엿본 것처럼 깔깔 웃었다. 그리고 곧 이 학교에서 저지를 수 있는 가장 무시무시한 악당 일을 떠올렸다.

저녁 식사 후 어두워지자, 주홍연이 성서하를 문자로 불러냈다. 각 병과별 기숙사 사이에 잔디밭이 있었는데, 사각지대라서 어느 쪽이든 창문을 통해서도 보이지 않았다.

“스쿠터 말이야. 내 의지동무가 기갑병과라서 그쪽 병기창에 숨겨 달라고 했는데, 걸렸어. 오늘 그쪽 교관 대리 선배들이 압수해 갔대. 이 원통한 마음을 어떻게 하냐?”

주홍연은 싸운 일을 잊어버린 것처럼 응석을 부렸다. 똑같이 엷은 파란색 활동복을 입은 성서하와 주홍연이 잔디밭에 앉아 양 무릎을 감싸 안았다.

“그 녀석 그거 보고만 있었대. 저항했어야지. 안 그래? 걔는 대체 나와 무슨 공통점으로 의지동무로 엮인 걸까? 그럼 의미에서 우리 난장판이나 한번 만들자.”

주홍연이 계획을 설명했다.

“너한테 오기 전에 김민섭에게 말하니까 다 죽어가는 그 소심한 목소리로 ‘야…… 무서워.’ 하고는 아무 말 없기에 내가 끊었어. 서종범은 ‘정말? 대단한데!’라며 좋아했지만 ‘문제는 내가 그때 일이 있어서 그 자리에 없을 것 같아.’라며 바로 끊어 버리더라.”

“내 친구들에게 왜 그래?”

“편대 발표 못 봤어? 우리 이제 같은 편대로 편성됐으니 네 친구가 내 친구야.”

“나도 거절할 수 있어?”

“안 돼! 세상을 놀라게 하는 건 우리의 의무야!”

“왜 웅변조로 말하는지 모르지만…… 너무 삐딱하면 잘려.”

“걱정 마. 우리 안 잘려. 범족이 오려면 대략 8~10년 걸릴 테

고, 그 전에 숙련된 파일럿을 키워내야 하니까. 너 억울하게 품
행 심의 당하고도 마음에 억울한 것 없어?"

"있지."

"역시 넌 할 줄 알았어."

어? 난 아직 한다고 안 했는데. 성서하가 쳐다보니 주홍연
의 시선이 밤하늘 어딘가를 보고 있었다. 기쁜 듯 보였다. 옆에
있는 자신이 아닌 다른 무언가와 대화하는 것 같았다. 성서하는
학교 스케줄앱을 통해 그날 연병장에서 어느 병과가 훈련을 받
는지 살폈다. 스케줄 표에 정훈병과가 떠올라 있었다.

달이 떠오른 밤. 김은정은 기숙사 창문을 통해 밖을 내다보
고 있다. 잔디밭 쪽으로 걸어가는 그림자를 보았으나 그 후로
잠잠했다. 폰을 켜서 바닷가 쪽으로 쭉 뻗어 있는 활주로 사진
을 보았다. 1년 전에 이 학교를 찾아와서 찍은 사진이었다. 활주
로 주위에 분홍색 꽃, 해당화가 피어 있었다. 군사 지역이어서
사진 촬영이 금지였지만, 분위기를 파악하기 위해서 몰래 촬영
했다.

입학하기 전에 누군가가 같이 사진을 보며 말했다.

"못 돌아올지도 몰라."

"그래도 갈 거야."

동갑에게도 깍듯이 존댓말을 써야 마음이 편했던 김은정이
반말할 수 있는 편한 상대였다.

"저 해당화에는 〈화초가〉란 노래가 얽혀 있어. '해당화야 해당화야 명사십리 해당화야 / 네 꽃 진다 설워 마라 명년 삼월 다시 오면 / 너는 다시 피련만 우리 인생 한번 가면 / 어찌 그리 꽃과 같이 다시 돌아날 줄 아느냐'"

그가 〈화초가〉라는 노래를 가르쳐 주며 무슨 뜻인지 설명해 주었다. 황후를 잃은 천자가 다른 황후를 맞이할 생각을 하지 않고 온갖 꽃과 나무를 기르는 재미에만 빠져 사는 모습을 그리는 노래라고는 하지만, 이 노래를 부르는 시점은 매우 진지했다. 무당들이 굿을 하기 전날 밤, 자신들의 삶을 한탄하거나 평범한 삶으로 환생하길 기원하며 부르는 노래였다. 입으로는 한탄하면서도 내일 굿을 하기 위해, 굿에 사용될 종이꽃을 접는다. 자신들이 이 삶에 선택받았고, 선택했기에.

"듣기에는 비극의 노래일지 모르나…… 주인공들은 스스로를 어떻게 생각할까?"

테스트였다. 김은정은 무슨 의도인지 알았다. 저 꽃이 있는 학교에 가면, 저 노래의 주인공이 되어 버릴 것이다. 저 꽃의 꽃말은 '이끄시는 대로'. 군사 학교라고 하지만, UN을 장악한 알리제 신도들이 주도하여 세운 학교이기에 종교적인 색과 자신들의 신념을 숨기지 않았다. 누군가가 말했다.

"저기로 가면 평생 이끄시는 대로 살아야 하는데도? 그래도 갈 거야?"

"이끄시는 대로 선택받고 선택하면 두려워할 게 없지. 그래서 갈 거야."

김은정은 선택했다. 알리제의 무당이 되기로. 다른 것과 박
자를 맞추느니 평생 한 박자만 타겠다고. 자신이 선택받고, 선
택했기에 후회하고 한탄하면서도 내일 굿을 하기 위해 종이꽃을
접겠다고. 다른 길은 없다. 오직 이 길만 끝까지 간다. 해당화에
게서 김은정은 자신의 내적 의미를 획득했다.

그때 김은정은 자신이 어떻게 죽어야 할지 깨달았다. 어떻게
죽을지 결정하면 삶의 목표와 가치관이 결정된다. 유별난 길이
아니었다. 신부와 수녀, 스님, 수도사 등 모든 종교인의 고독한
길과 흡사했다.

서늘함이 느껴졌다. 서늘한 기운에 어깨를 움츠리며 김은정
은 뭔가를 떠올려 냈다. 방공호. 그때 성서하는 아이처럼 헤프
게 실실 웃고 있었다. 어른스러운 척했지만, 성서하는 비상식
량 팩을 한 번에 찢지 못해 팩이 누더기가 돼버렸다. 그래도 열
심히 하는 모습이 보기 좋아서 좋게 봐주었다. 김은정은 서늘한
기운에 창문을 닫다가 또 다른 일을 떠올렸다. 사람들을 도우려
고 방공호에서 나가려 하니 성서하가 나가지 못하게 막았다.

성서하는 자신을 걱정해 준 건데 왜 막았다는 느낌이 들까?
왠지 모르지만 매우 불쾌했기에 아무 말 하지 않고 침묵했었다.
그때 나, 분명 뭔가 느꼈기에 속으로 이유를 캐려고 했었지. 그
때 일이 불쾌해서 성서하와 있었다고 누구에게도 말하지 않았
다. 오늘 성서하와 도서관 앞에서 만났을 때도 왠지 화제에 올

리기 꺼려져 침묵했다. 그런데 왜 지금 이 일이 떠오를까?

성서하, 주홍연, 서종범, 김민섭이 같은 편대가 되었다. 편대 명은 샐러맨더로, 성서하가 지었다. 성서하의 콜사인은 위키드 로 기괴하다는 뜻이었는데, 주홍연이 지어 줬다. 주홍연은 레드 얼럿, 서종범은 영웅문, 김민섭은 붉은 매였다. 훈련기를 조종 해 실제로 하늘을 비행해 보는 훈련을 수행하고 복귀 중이었다.

- 위키드, 여기는 레드얼럿. 이대로 돌아가는 건 아냐. 우리의 의무 기억하지? 자, 시작하자!

얌전히 복귀하지 않는다. 성서하가 혹시나 해서 무전 시스템 을 점검해 보니 서종범과 김민섭은 일제히 무전을 끊어 놓았다. 앞으로 벌어질 일이 두려워 모르는 척하고 있었다. 성서하는 피 식 웃고는 품행 심의 때 일을 떠올렸다. 억울하지 않았다면 거 짓말이지. 오른손으로 조종간 방향을 틀고, 왼손으로 스로틀을 앞으로 밀어서 속도를 높였다. 돌고래를 닮은 훈련기는 활주로 로 복귀하지 않고, 연병장으로 향했다.

연병장에서 정훈병과 깃발을 찾아냈다. 키 큰 학생이 깃발을 들고 선두에서 달리고 있었다. 저기다! 성서하는 그곳을 향해 기수를 낮추며 대각선으로 하강했다. 학생들이 우왕좌왕하는 게 느껴졌다. 조종간을 잡아당겼다. 윙~ 훈련기가 상승하는 엔진 소리와 함께 기류를 날카롭게 찢는 소리가 이중 합창곡처럼 들 려왔다. 땅을 긁는 바람이 코러스처럼 따라붙었다. 연병장이 작은 점으로 보일 때까지 상승했다가 기수를 돌렸다. 적이 뒤쫓아 와서 자멸하게 만드는 기술, 스파이럴 다이브가 시작됐다.

성서하는 내리꽂히듯이 수직 하강했다. 턱은 끌어당기고 배와 등을 조종석 시트에 바싹 밀착시켜서 중력에 뭉개지려는 압박을 견뎌냈다.

너를 처음 본 그 순간부터, 너에게 평생 나와 사랑하다 나를 묻어 달라고 할 만큼 이기적이고 싶어졌어. 너를 볼 때마다 네 앞에서 당장 죽고 싶어졌어. 너를 위해서 목숨도 아깝지 않다는 걸 보여, 너를 행복하게 만들고 싶었어. 이끄시는 대로. 이끌리는 대로. 중력이 매섭게 끌어당겼다.

성서하는 90도 수직으로 내리꽂히면서 회오리 같은 나선을 그렸다. 캐노피 밖 모든 풍경이 뒤죽박죽 섞이고, 공간감과 방

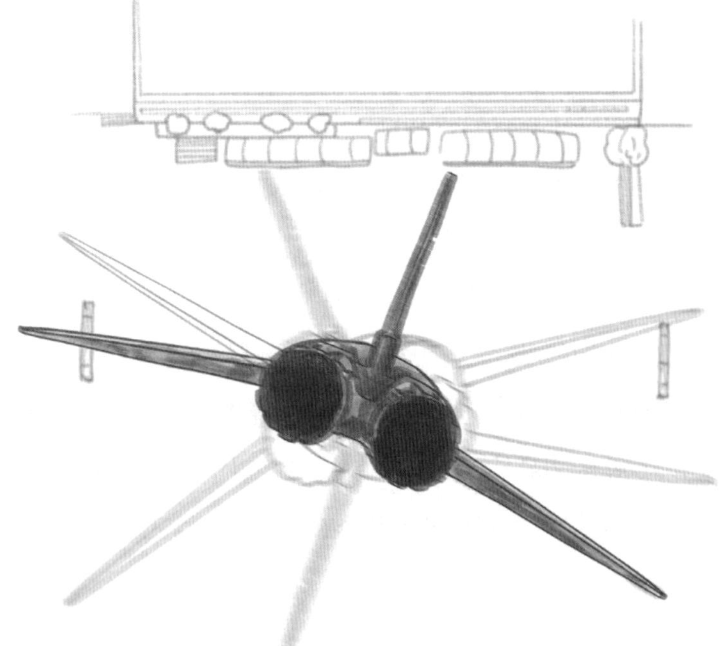

향 감각이 매 순간 위아래, 좌우가 뒤죽박죽 섞였다. 눈앞의 연병장이 점점 가까워지며 오로지 흙만을 내보였다. 흙이 저리 누렇던가? 이 와중에 머릿속에서 가라앉는 배가 떠올랐다. 폭풍우에 휘말리다가 침몰한 배가 바닷속 누런 모래 속으로 처박힌다. 내가 지금 그 꼴이지. 눈으로 보는 위험과 상상 속의 공포가 겹쳐 보였다. 옥상 위에서 아래를 내려다볼 때 뛰어내리고 싶어 하는 원초적인 유혹이 등줄기를 타고 올라왔다. 유혹. 안 돼요. 안 돼요. 돼요. 돼요. 돼요. 공포와 유혹이 뒤섞이며 자신을 잃으려는 순간에 조종간을 잡아당겼다. 안 돼! 공포와 유혹의 극단까지 가지 못하고 멈춰 섰다.

연병장에 침입한 훈련기에 경비 드론들이 출동했다. 주홍연이 높이 솟아오르며 경비 드론들을 유인했다. 가치관을 혼란스럽게 만드는 다툼 때문에 성서하를 강하게 의식하고 재인식했다. 성서하가 했던 말들이 떠올랐다.

"욕하지 마라, 개새끼들아. 이 논리 아니야?"

다 그런 사람만 있는 게 아니야. 시키는 대로 하는 순박함에 마음속 둑이 터졌다. 내 속을 뒤집으면서도 말 잘 듣네. 착하네. 저 녀석 챙겨 주는 엄마나 여자친구가 고생할까 생각했는데……그렇게 고생 안 할 것 같아.

"도대체 뭐가 그리 겁나서 입을 막으려는 거야?"

널 밀고해야 할까 봐 겁나서 내가 제정신이 아니었어.

"정의로운 얼굴로 이웃을 밀고해. 온 세상이 리틀브라더야."

네 말이 맞아. 난 그런 사람이 되지 않을 거야. 내가 너한테 보여줄게. 너에게 나를 보낼게.

주홍연은 성서하와 사고 치는 모습이 상상했던 장면과 달라서 놀랐다. 깔깔댈 줄 알았는데, 조용히 미소 짓다니. 옛 남자친구들의 얼굴이 캐노피에 떠올랐다가 흐릿해졌다.

이렇게 또 사랑을 하게 되네. 캐노피 밖으로 하늘이 보였다. 성서하와 대화하면서 잔디밭에서 바라본 밤하늘이 지금은 푸른 하늘로 바뀌어 있었다. 그때 밤하늘을 쳐다보며 자신에게 물었다. 나는 누구인가?

"강제로 지배하려는 제국군처럼 행동하고 있어."

성서하의 말이 그때도, 지금도 생각났다. 학교를 뒤집는 장난을 통해 정체성을 확인하게 됐다. 난 제국군이 아니야. 그런 사람은 될 수 없어.

김은정은 녹색과 검은색이 얼룩덜룩 뒤섞인 훈련복을 착용하고 연병장을 달리고 있었다. 강화보병과가 선도하고, 정훈병과가 뒤따랐다.

김은정이 고개를 들어 하늘을 쳐다보니 날개 달린 돌고래가 하늘로 치솟고 있었다. 훈련기 배기 노즐에서 나오는 열기로 인해 한순간에 연병장의 모든 공기에 얼룩이 생겼다. 훈련기 배부분에 붉은 스프레이 글자가 보였다.

글자는 왼쪽 날개 아랫면에서 시작하여, 배를 지나 오른쪽 날개 아랫면까지 쓰여 있었다. Z? 훈련 중지? 순간 자신이 성서하에게 했던 말이 기억났다. 김은정은 훈련기의 파일럿이 누구인지 알아볼 수 있었다. 내리꽂히던 훈련기는 방향을 전환하더니 부리나케 활주로 쪽으로 도망쳤다.

김은정을 위해서라면 무슨 일이든 하겠다는 절대적인 선언이었다. 못 알아볼 수 없었다. 갑자기 날아온 화살에 맞은 것처럼 김은정의 가슴이 붙박였다.

화초가에 대해 너에게 말할게. 그리고 내가 어떻게 살아왔는지 다 설명할 거야. 화초가를 빗대서 앞으로 그렇게밖에 살아갈 수 없는 나를 이해시키려 했어. 그다음 너를 전도해서 알리제 복음에 따르게 만들고, 소통해서 너도 행복하고 나도 행복하고. 마지막에는 너와 내가 우주로 파병 가고, 네가 우주에서 나를 누군가에게 데려다주기를 원했어.

김은정은 성서하는 상상할 수도 없는 사악한 미소를 지었다. 난 너를 딱 그만큼만 생각했어. 이제야 보이는 게 있었다. 원치 않은 대고백 쇼는 강요였다. 성서하의 자아가 그대로 느껴졌다. 이렇게 하면 내가 감동할 거라 생각했어? 알리제교를 마녀사냥이라 모욕해 놓고?

자신이 어떻게 죽을지 다짐하는 순간, 왜 방공호에서의 일이 떠올랐는지도 이제야 이해가 됐다. 그 순간은 진실이 아니었다.

누군가의 의도대로 인공적으로 만들어진 순간이었다.

화생방 따위 없었어. 넌 내 선택과 의지를 꺾었어. 나를 네 생각대로 길들이려 했어. 나한테 거짓말하면서. 내가 알리제 배지를 차고 있는 걸 봤을 텐데도 마녀사냥을 하는 사람들이라고 모욕했어. 내 생각을 무시해 놓고 나한테 고백해? 나를, 알리제 신도들을 어떻게 본 거야? 다시는 너한테 기회를 주지 않을 거야. 김은정은 자신과 성서하 사이에 무정한 선을 그었다.

네가 나를 핍박할수록 나는 더욱더 알리제만을 위해 살고, 죽겠어. 고마워. 네가 나를 핍박했기에, 덕분에 어떻게 죽어야 할지 다시 깨달았어. 우리를 우습게 보는 꼬마 병정아. 그래도 전도는 우리의 의무이니까 마지막으로 딱 한 번만 기회를 주려고 해. 앞으로 알리제님을 따른다고 하면 계속 친구로는 남아 있을 수 있어. 믿음 이외에는 너에게 아무런 볼일이 없어. 그리고 믿음이 내 전부야.

생각이 다르다고 무조건 싸움이 되지 않는다. 진짜 싸움은 남이 내 생각을 따르지 않을 때 시작된다. 나와 생각이 달라서가 아니라, 나와 같이 생각하라고 강요할 때, 피 흘리고 통곡하는 비정한 싸움이 벌어진다.

엇갈리는 관계들

요란한 고백 후, 성서하는 김은정이 자신의 마음을 알게 됐는지 궁금했다. 여러 번 문자를 보냈지만 대답이 없다가…….

- 지금 통화 가능하세요?

- 아니요.

이 대답을 마지막으로 김은정에게서 일주일 내내 어떠한 연락도 오지 않았다. 성서하는 일주일 내내 연락했지만 단 한 번도 답장을 받지 못했다.

- 아! 마이크 테스트. 오늘 점호는 연병장에서 하지 않습니다. 학생들은 로비로 집합해 주시기 바랍니다. 제군들 빨리 집합해!

기숙사 생활 교관의 목소리가 방안에 설치된 스피커를 찡-울리며 메아리쳤다. 성서하는 귀를 막으며 로비로 향했다.

"일동 기립! 오와 열을 맞추어 줄을 선다!"

학생들이 생활 교관 앞에 꼿꼿이 기립했다. 생활 교관은 중년 남자로 평소에 구부정한 모습으로 뒷짐을 지고 다녔는데, 오늘은 허리를 똑바로 세우고 있었다.

"제군들, 뉴스를 보자. 절대 동요하지 말도록."

로비 구석에 거대한 홀로그램이 떠올라 있었다. 생활 교관이 리모컨을 조작하자 뉴스가 흘러나왔다.

- 속보입니다. 오늘 아침 UN 항공 우주국 연합사 사령부와 인류 방위군 사령부에서는 범족의 공격에 의하여 달 방어 기지가 완전히 파괴됐다고 발표했습니다.

"악!" 남학생들이 소리 지르자, "꺅!" 반대편 블록에서 여학생들의 소리도 들려왔다.

- 하지만 달 방어 기지를 파괴한 후, 곧바로 함대를 돌려 목성으로 향했다고 알려졌습니다. 범족의 함대가 목성 부근에 있는 올림푸스 방어 위성에게 공격당하자 지원하러 간 것으로 추정됩니다. 그리고 범족이 달 기지로 오는 도중 태양계 외곽 해왕성과 명왕성 사이에 있는 3기의 올림푸스 방어 위성을 파괴했다고 발표했습니다. 연합사 사령부는 범족 에이스 파일럿 그레이 데몬이 어뢰를 투척하여 위성 1기를 파괴했다고 발표했습니다. 다른 2기의 위성도 같은 어뢰 공격으로 파괴된 걸로 추측하고 있습니다. 이제 인류에게는 총 6기의 방어 위성만이 남았습니다.

태양계가 한 건물에 있다면 달은 3층에 위치했다. 지구는 중력과 대기권을 뚫고 가기에 막대한 자원이 소비됐다. 지구에서 다른 행성으로 가려면 1층에서 다른 층까지 쌀가마를 이고 가는 노력과 힘이 필요했지만, 3층에는 중력의 힘이 0이 되는 안전 궤도가 있었다. 3층에 엘리베이터가 있기에 태양계 어디로든 쉽게 갈 수 있었다.

인류에게 달은 우주 멀리 나아갈 수 있는 시외버스 정류장이었다. 그런데 오늘 시외버스 정류장이 파괴됐다. 범족이 목성으로 함대를 돌리는 여유를 부리는 게 당연했다. 우주 멀리 나아갈 수 있는 길이 끊겼으니 인류는 지구에 갇혔고, 태양계 시설과 함대는 달에서 보급받았기에 모두 제자리에 못 박혔다. 사람들은 우주에 무지했던 과거로 되돌아갈 수밖에 없다.

- 달 기지를 노릴 것이라고 예상했기에 해왕성과 명왕성 사이에 전선을 구축하려 했지만, 한 발 늦었습니다. 지금 범족의 함대는 남은 올림푸스 방어 위성 파괴에 전력을 쏟고 있다고 추정하고 있습니다.

"으어어어."

학생들의 굳게 다문 입술 사이로 낮은 신음 소리가 새어 나왔다.

범족의 함대가 벌써 태양계 내로 진입했다. 이대로 가다가는 1년 내로 마주하게 된다. 범족의 진격이 비상식적으로 빨랐다. '저 정도의 과학 기술이 있었으면서 왜 우리와 20년간이나 대치했던 걸까? 그리고 대체 왜 갑자기 적극적인 공세로 바뀐 걸까?'라는 물음이 맴돌았다. 생활 교관이 뉴스를 끄고 학생들에게 말했다.

"친애하는 제군들. 우리는 매일 이 순간을 준비했고 언제나 출격할 수 있도록 준비해 왔다. 우리 자신을 믿자."

지금 이 말을 기점으로 평화로운 일상은 안녕이구나. 성서하는 실감했다. UN 지구 본토 방위 사령부에서 정식으로 데프콘 2등급 파스트페이스를 발령했다고 생활 교관이 설명했다.

"등교하지 말고 훈련복 착용 후 방안에서 대기하도록."

파스트페이스. 오늘 당장이라도 싸울 수 있게 모든 물자와 인력을 예비시키는 등급이었다. 성서하와 학생들은 각자의 방으로 향했다.

성서하는 방으로 들어오자마자 훈련복으로 갈아입기 전에 폰을 꺼내 김은정에게 문자를 보냈다. 눈앞에 큰일이 닥쳐도 자신의 마음보다 김은정의 마음이 알고 싶었다. 김은정에게 자신을 잃었기에 김은정의 마음을 알면 자신의 마음을 알 수 있을 것 같았다.

- 소식 들었나요? 괜찮아요?

하지만 김은정은 성서하의 문자에 답장하지 않았다. 얼마 뒤 성서하는 다시 두 번째 문자를 보냈다.

- 어떤 생각이 드나요?

왜 내 생각을 묻지? 김은정은 성서하가 자신의 생각을 알려고 드는 게 불쾌했다. 내가 두려워서 떠는지 알고 싶어? 그렇지 않아. 지금 이 순간이야말로 알리제님이 이 땅에 사는 모든 사람들에게 가장 중요해지는 순간이야.

자신의 생각을 말하면 성서하가 어떻게 나올지 상상하기도 싫었다. 방공호에서의 일도 떠올랐다. 방 밖에서 들리는 학생들의 발자국 소리가 자연스럽지 않고 긴장한 게 느껴졌다. 모두 겁에 질려 있었다.

김은정은 성서하를 더는 마주 볼 자신이 없었다. 표정을 숨기지 못하니 한동안 피해 다녀야겠다고 생각했다. 성서하가 알리제님을 끝내 거부한다면…… 남보다도 못한 사이가 되겠지.

- 우리 삶은 혼자서 살 수 있는 게 아닌, 너와 나 그리고 사회의 구성원으로 이루어지는 영성의 길이기에 '어떤 가치관을 가지고 있나? 어떤 소통을 하고 있는가?'는 매우 중요한 문제이다.

연락하기 싫었지만 그래도 전도는 의무이기에, 성서하에게 알리제 복음을 인용한 답장을 보냈다. 일주일간의 침묵을 깨고 전도가 시작됐다.

우주에는 낙하산이 필요 없으니 낙하산 탈출 훈련은 하지 않기로 결정됐다. 그간 훈련기를 통해 이착륙 훈련을 받았다. 실전에서 사용될 국산 전투기 '신기전'으로 기종을 변환한 뒤에도 따로 이착륙 훈련을 받아야 하는데, 관제탑 AI가 착륙을 통제해 줄 것이라고 훈련을 중지시켰다. 오로지 전투 훈련에만 집중하기 위한 조치였다. 파일럿병과는 모든 낙하산을 회수해서 기간병들에게 제출하라는 지시를 받았다. 생활 교관은 주홍연에게 그 지시 사항을 전파하게 했다.

주홍연은 "너도 같이 하라는데?"라는 하얀 거짓말로 성서하를 끌어들였다. 낙하산을 한 번에 다 옮길 수 없어서 성서하가 전동 손수레를 끌고 와 나르는 동안, 주홍연이 기숙사 입구에 쌓아 놓기로 했다. 성서하는 전동 손수레를 끌고 중앙사령부 건물 뒤 물자 창고로 향했다. 가는 도중에 김은정을 보게 됐다.

"어?! 잘 지냈어요?"

김은정은 성서하가 너무 친한 척하자 당황했다. 누가 보지 않나 주위를 예민하게 둘러봤다.

"그간 못 봐서 걱정했는데, 잘 지냈어요?"

성서하는 팔뚝으로 이마의 땀을 닦으며 다시 물었다.

'왜 이렇게 반가워하지?'

김은정은 눈을 두세 번 껌뻑이며 당혹스러운 속마음을 담은 표정을 숨기지 않았다. 성서하가 헛기침하더니 입을 열었다.

"저기, 지난번 연병장에서……."

"알리제 복음은 소통을 기반으로 만들어졌지만, 소통은 사랑이 기반이요, 우정 역시……."

'어? 오래간만에 봐서 하는 말이 왜……?'

성서하는 심상치 않은 걸 느꼈다. 김은정이 처음 만나 낯을 가렸을 때처럼 극도로 긴장하고 있었다.

'달 방어 기지가 파괴되니까 너무 긴장했나? 성실하니까 그럴 수도 있겠네. 다시 천천히.'

"저번에 연병장에서 보셨을 텐데…… 스파이럴 다이브! 보셨죠? 제가 했는데."

"복음 말씀이 그리 재미없나요? 뭐 느끼는 게 없나요?"

각자 하고 싶은 말들이 엇갈렸다. 김은정은 평소와 달리 말을 더듬지 않았다. 치솟아 오른 감정 때문에.

'왜지? 전쟁 분위기가 고조되니까 긴장했나?'

보통 사람은 화가 났다고 생각하지만, 성서하는 김은정을 쉽게 봤기에 자기 멋대로 받아들였다.

'뭐야? 아직도 이해 못해? 꼬마 병정아, 너 바보야?'

김은정 역시 성서하를 쉽게 보며 무시했다. 성서하와 김은정은 서로의 말이 상대에게 닿지 않는다는 걸 느끼고는 침묵했다. 김은정이 먼저 입을 열었다.

"……알리제 복음은 읽어 봤어요?"

"읽어 봐야 하나요?"

성서하가 뿌루퉁하게 대답했다. 김은정은 성서하의 감정을 느낄 수 있었다.

'그래. 싫구나.'

"이 시국에 무엇으로 사람들을 단합시키고, 무엇으로 지구를 수호할까요?"

김은정은 외계인들과 전쟁이 시작됐을 때 알리제교가 사람들을 하나로 단합시킨 역사를 생각하며 물었다.

"글쎄요? 무엇으로 하지?"

갑자기 진지한 질문을 받은 성서하는 싸운다는 개념은 있어도 단합이나 수호는 낯선 말이기에 혼잣말로 대수롭지 않게 질문을 되물었다.

김은정이 생각하기에는 당연히 알리제가 나와야 하는데 안 나왔다. 게다가 성서하의 가벼운 혼잣말이 불쾌하게 느껴졌다. 우릴 진짜 싫어하나 보다. 그리고 진짜 우습게 보네.

'성서하 저 녀석, 레이저 공격처럼 직관적이어서 읽기 쉽네.'

마주 보고 있는 성서하와 김은정을 보며 오지영이 생각했다. 보이는 그림만 봐도 어떤 구도인지 감이 잡혔다.

"네 건 네가 갖다 놔!"

주홍연이 오지영의 낙하산을 회수하길 거부했기 때문에 오지영은 씩씩대며 직접 창고까지 걸어가는 중이었다. 아주 잘 왔네. 좋은 걸 봤어. 오지영은 무슨 얘기를 하는지 들으려고 빠르게 다가갔다. 성서하에게 신고를 또 누적시켰지만 적용되지 않았다. 교관들이 신고 내용에 의심을 품기 시작했다. 교관들 중에 알리제 신자가 있었지만 그래도 무리한 억지는 통하지 않았다. 저 괴상한 녀석 때문에 우리의 시스템에 금이 갔어. 얼마 전 주홍연과 성서하는 비행 난동 후 교관들에게 심문을 당했다. 오지영은 동물농장의 의장으로서 기록된 영상을 볼 수 있었다.

"세상을 놀라게 하는 건 우리의 의무입니다!"

성서하가 이상한 소리를 하자, 주홍연이 성서하의 엉덩이를 찰싹 때려서 중단시켰다. 남녀 사이에? 뭔가 감지됐다. 친구가 아니라 커플의 장난이었다. 주홍연이 저 녀석을 좋아한다. 그런데 쟤는 김은정을 좋아하던데…… 이거 삼각관계지?

그 이후 소집된 동물농장 회의는 성서하 안건으로 시작됐다.

"우리의 시스템이 더는 체계적으로 작동하지 않아!" 사자 이광희.

"걔만 벌점이 누적되지 않는다며?" 코끼리 정익준.

"모두 조용히 하세요!" 여우 오지영이 버럭 소리를 질러 기선을 제압했다.

"시스템에 의심을 품지 마! 그 괴상한 녀석만 상대하지 않을 뿐이야!"

성서하가 비행 난동 후 "세상을 놀라게 하는 건 우리의 의무입니다!"라는 괴상한 변명을 대자 교관들은 그를 구제 불능의 괴짜라고 판단했다. 알리제 신자인 교관이 오지영에게 괴짜 녀석을 상대하면 알리제교의 품격만 떨어진다고 충고했다.

"우리는 충고를 받아들여 벌점 제재가 아니라 소문을 조장하여 왕따시키는 방향으로 전략을 바꿀 겁니다."

우리의 의무는 내가 가르쳤지. 괴상한 게 아니라 위대한 거야. 개구리 주홍연이 손가락으로 가면을 튕겨 주의를 끌었다.

"여러분. 우리가 하는 일이 사랑과 소통, 인류애 화합 아닙니까? 성서하가 반대 의견을 갖는 게 그리 큰 문제예요? 소통하면 되지 않습니까?"

"교회에 다니던 자들이 우리를 광신도라, 이단이라 부르며 핍박하고 해체시키려던 과거를 잊었습니까?"

오지영이 종이 보고서를 탁자 위로 던졌다.

"이 성향 보고서를 보세요. 가르침대로에서 만든 AI가 판단한 겁니다. 성서하 군은 반사회적인 성향이 강해요. 권위를 인정하지 않기에 자연히 반알리제 성향으로 굳어진 겁니다."

동물농장 회의에 참석한 주홍연은 성서하를 처음 봤을 때를 떠올렸다. 알리제 지지자와 반대자들의 시위 현장이었다. 그 후로 성서하가 자신에게 제국군 같다며 쏘아붙였다. 성서하가 그때 그 시위 현장에서 무엇을 보고, 무엇을 느꼈는지 충분히 상상할 수 있었다.

개는 자기가 본 게 있어서 의문을 품는 걸 멈출 수 없어. 그래도 이딴 종이 쪼가리에 성서하가 당하게 내버려 둘 수는 없었다. 성서하의 의지동무인 김은정을 힐끗 쳐다봤으나 침묵하고 있었다. 탁자 위에 촛불이 놓여 있었다.

촛농이 흘러내리자, 손을 데면서도 누군가가 알리제의 상징인 마주 잡은 양손 마크가 새겨진 보고서를 끌어내어 지켰다. 이 모습을 본 주홍연은 선택할 순간이 왔다는 걸 깨달았다.

촛농이 아무리 뜨거워도 알리제 마크가 새겨진 보고서를 지켜낸다. 동물농장을 완전히 장악하고 있다는 뜻이었다. 오지영은 자신이 주홍연에게 승리했다는 걸 알았다. 하지만 승리의 기쁨을 누리는 순간은 길지 않았다. 왜냐하면 다음은······.

"다음 안건은 모든 복음의 지시로, 참으로 충격적입니다. 이 전쟁은 우리가 집니다."

동물농장 친구들이 놀라서 일제히 가면을 휙 벗었다. 서로의 맨얼굴을 돌아봤다. 심각한 상황인데도 오지영은 속으로 웃었다. 이래서 내가 의장 한다고 했지. 사람들을 통제하는 건 언제나 즐거웠다.

"여러분, 진정하고 들어주세요. 다시 가면을 쓰고 정체를 감춰 주세요. 모든 복음에서 패배 시나리오를 보내 왔습니다. 어떤 식으로 시뮬레이션해도 압도적인 과학, 군사력 차이를 극복하지 못합니다. 인류가 패배할 시, 가장 먼저 보복당하는 건 우리 알리제 신도들입니다. 우리 모두 유죄가 됩니다. 외계 괴수들은 인류가 알리제로 단합했기에 지난 20년간 전선을 유지했다고 추론할 것이라고 합니다. 그래서 우리가 가장 심하게 당합니다. 현재 알리제 복음을 공유하는 UN 관료분들과 국가, 복음 단체들이 패배 후 어떻게 살아남을까를 논의하고 시나리오를 작성했습니다. 우리도 동의하고 따라야 합니다."

"어떤 내용입니까?"

언제나 힘차게 말하던 이광희의 중저음 목소리가 가늘었다.

"최대한 많은 파일럿을 우주로 파병 보내어 패배를 지연시킵니다. 이게 1차입니다. 2차, 3차는 아직 공유되지 않았습니다. 우주로 가는 파일럿은 패배를 지연시키려 결사 항전으로 싸우기에 죽을 확률이 높습니다. 그리고 지구에 남아서 알리제 신도를 보호할 파일럿과 다른 군사병과 학생들을 추려내야 합니다."

죽을 사람과 살 사람을 구별하라. 충격적인 지시였다.

"이미 교장 선생님과 논의했습니다. 우주로 가는 학생들은 인류를 위해 싸우고, 지구에 남는 학생들은 인류를 수호합니다."

충격을 줄이기 위한 합리화였다.

"우리가 파병할 후보자를 올리면, 교장 선생님과 가르침대로를 비롯한 여러 복음 단체들이 판단하실 겁니다. 그리고 우리는 왜곡파라는 배신자들도 색출해야 합니다."

왜곡파는 오지영도 생전 처음 듣는 단체였다. 모든 복음이 설명하길, 왜곡파란 소통과 복음을 왜곡시킨 이단들이라고 했다. 모두 숙청했다고 생각했지만, 외계인의 침공이 가까워지자 우주와 지구 사이에 허락받지 않은 통신이 증가했다고 한다. 감청 결과 그 이단들이 아직도 존재한다는 걸 알게 됐다.

"감청 내용에 따르면 그 이단들이 신분을 속이고 우주로 도망가서 근거지를 만들었다고 합니다. 우주로 인력을 보내는 모든 시설과 교육기관에 속한 알리제 형제, 자매들은 앞장서서 그들을 색출해야 하는 중요한 임무를 수행하게 됐습니다. 이 무거운 임무를 우리만 실행하는 게 아닙니다. 제 폰의 바로 이 앱이, 앞으로 학생들이 설치하게 될 보안 앱입니다. 이 앱을 통해 학생들의 생활은 모두 검열됩니다. 사생활 침해 문제가 걸리지만…… 그래도 우리 학교에 왜곡파가 있어서는 안 됩니다."

사생활이 침해당한다는 부담스러운 분위기가 잡혔다. 오지영이 곧바로 입을 열었다.

"패배 시나리오에 우리의 생존이 걸려 있습니다! 모두 각자의 가족을 생각하세요. 우리는 열성 신도들의 자녀이자 희망입니다!"

왜곡파가 뭔지 잘 모르지만, 사생활 침해를 감수해야 할 정도로 나쁜 사람들 같아 동물들은 고개를 끄덕였다.

왜곡파. 주홍연은 부모님이 고위 신자이기에 한 번 들어본 적 있었다. 그런데 오지영, 너는 잘 모르잖아? 알지도 못하는 걸 색출하고 검열한다고? 주홍연은 회의실에 두 개의 본성이 흘러가는 걸 감지했다. 남을 통제하고자 하는 오지영의 욕망과 자신의 반골 기질. 잘은 몰라도 모든 복음의 지시는 절대적이니 따라야 한다? 이곳에서 했던 맹세가 떠올랐다.

남을 지배하겠다는 밀실 회합이나 학생들을 비열하게 감시하는 삶은 어떻게 보면 비극이고 수치 아닌가? 복음에서 배운 대로 행해야 하고, 우리 가족을 지켜야 하지만……. 중학교 때 같이 사고 쳤던 친구들은 스쿨폴리스에게 이끌려 교육청 생활지도부에 가도 친구는 절대 팔지 않았다. 성서하 문제를 어떻게 다시 꺼내서 뒤집을까를 고민하다가 보안 앱을 봤다. 더는 참을 수 없었다. 지배하고자 하는 욕망에 본성이 반기를 들었다.

"나, 오늘은 그만할게. 잘들 해봐."

주홍연이 의자를 거칠게 밀어내며 일어서고는 개구리 가면을 보고서 위로 내던졌다.

"어? 나가면 안 되는데? 그렇지 않아요?"

삐쩍 마른 김선호가 얼빠진 목소리로 말했다. 네 마음대로 나가 버리면 내가 뭐가 돼? 오지영은 주홍연에게서 다시는 회의에 돌아오지 않을 것 같은 기운을 느꼈다. 그래도 꺾어 놓지 않으면 권위는 회복되지 않는다.

주홍연은 곧바로 중앙사령부 현관을 나와 화단을 따라 걸었다. 시선이 화단을 따라 쭉 나아가다가 갈림길에서 멈췄다. 바람이 불자 화단의 해당화가 흔들렸다. '이끄시는 대로 선택해라? 어느 방향으로 이끌려 갈지는 내가 정해.'

주홍연은 화단의 해당화 열매를 따서 입에 넣었다.

'난 선택할 자유를 선택하겠어.'

전쟁이 코앞으로 다가오자 학생들마저 전시 행정에 동원됐다. 연병장에 학생들이 줄을 맞추어 서 있었다. 기간 병들이 층층이 쌓인 박스에서 포스터 뭉치를 꺼낼 때까지 기다렸다. 한 남학생이 열심히 폰을 들여다보며 조작하고, 옆에서 다른 남학생도 고개를 박고 열중했다.

"새로 깔라는 보안 앱 말이야. 뭔데 모든 개인정보를 요구해? 을사조약이야?"

알리제 복음을 스팸 차단 기능으로 거부해도 요리조리 피해 메일링 되거나 AI로 스며들었다. 일부 사람들은 내용을 파악하여 알리제 복음을 원천적으로 차단하는 필터를 설치했다. 알리제 신자들은 필터를 설치한 사람들을 극렬하게 혐오하기에 숨겨야 할 사생활이었다. 그런데 이번 보안 앱은 이런 종류의 사생활 필터까지 통제할 수 있는 권한이 있었다.

"빨리 온 게 수상하대. 어쩌면 외계인 동조자가 있을지 모른다고. 해킹에 대비한다잖아."

남학생들은 대화하다가 뭔가 이상한 점을 떠올렸다.

"그런데 범족의 언어는 알아들을 수 없다며? 그럼 누가 간첩질 해?"

"그러네. 바보 같은 연합사."

그래도 보안 앱을 설치하라는 지시를 받았기에 설치했다. 기간병들이 박스를 뜯어 안을 개봉했다.

- 우주로 가는 모든 장병들에게 격려를! 사람답게 사는 이 순간을 위

하여!

글귀가 포스터와 같이 휘말려 있었다. 하단에 본문보다 약간 작은 크기로 들어간 내용이 보였다.

- 종교단체 모든 복음에서 장병 여러분을 응원합니다!

남학생들은 선전 포스터 뭉치를 받아들며 제각기 생각했다. 알리제, 또 야단법석이네. 또는 어려운 순간에 우릴 생각해 주는구나, 하고 감사히 여겼다. 한 학생은 어깨에 짐짝처럼, 다른 학생은 소중히 양손으로 가슴 앞에 품었다.

주홍연은 캔커피를, 성서하는 콜라를, 서종범은 아이스티를, 김민섭은 주스를 마시고 있었다. 도로와 육교가 내려다보이는 빌딩 옥상에 숨어 있었다. 성서하와 친구들은 포스터를 도시 곳곳에 부착하라는 지시를 받았다. 모든 복음이 응원한다는 내용의 선전 포스터였다. 학생들이 공부하지 않고 전시 행정에 동원된다? 전황이 불리하다는 뜻이었다. 패배할 수 있다는 가능성에 학교와 도시, 국가가 한순간에 침체됐다.

- 그들이 달까지 왔는데 과연 인류는 무사한가? 최악의 위기에 직면한 인류. 내일의 해결책이 있는가? 서방 국가들은 이 와중에 비상 시 국가 간 이주 대책 조약 거부. 알리제 추종자들로만 이루어졌다고 극렬한 거부감 표현. 왜 종교 전쟁을 고집하는가?

이대로 세상이 끝나는 건가? 하는 이 순간에도 알리제 문제가 세상에서 제일 큰 문제인 것처럼 알리제교를 옹호하는 뉴스

레터가 문자로 대량 배포됐다. 성서하와 친구들은 알리제 마크가 새겨진 포스터를 배포할 의욕이 나지 않았다. '죽을 때 죽더라도, 우리의 자유를 행사하자.'라는 주홍연의 제안에 친구들은 포스터 배포를 중단하고 옥상에 숨어서 폰 게임으로 시간을 때웠다. 성서하는 게임을 하다가 뭔가 이상한 걸 깨달았다. 본래 올림푸스 위성 파괴와 대립 전선 붕괴 때부터 이런 전시 분위기여야 하지만, 이제 와 한 발짝 뒤늦게 요란을 떨었다. 성서하는 뉴스를 검색했다. 보급 때문에 범족의 진격이 정체될 것이라는 긍정론이 사라져 있었다. 마치 칼로 도려낸 것 같았다.

- 무너진 지구 방위. 앞으로의 전망은 어둡다.

- UN 연합사는 말한다. 우리의 은하계가 넓다고 착각하고 방심했다.

모두가 똑같이 부정적인 말을 하고 있었다. 다른 말을 하는 곳은 아무도 없었다. 자연스럽지 않아. 인위적이야. 성서하는 감에 의지해 검색 페이지에 떠오른 부정론들을 추격했다. 정말 다른 말은 없는가?

- 지구 먼 곳에서 진행되던 전쟁이 코앞으로 다가왔다. 우리는 이제야 전쟁을 실감한 듯 뒤늦게 히스테리를 부리고 있다. 언제부터 사람들이 이렇게 부지런했는가? 선전 포스터를 붙이고, 곳곳에서 모여 집회를 연다. 디지털 시대로 진입한 지 오래됐는데 왜 굳이 우리는 직접 모여서 전쟁 공포를 나누고 퍼뜨리는 행위를 할까?

우리는 지난 20년간 전쟁 중이었다. '전선이 지구로까지 밀렸기 때문에.'라는 말은 설득력 있지만, 이 상황을 안정시키고 사람들을 다독여야

할 정부와 UN, 심지어 알리제교까지 히스테릭한 무브먼트에 동참하고 있
다. 사람들과 인터넷 속에서 답 없는 강요가 늘어나고 있다. 공동체가 기
대야 할 정부, 종교, 국제 단체마저 길을 잃고 헤매면 우리는 누구를 의
지해야 할까?

빅데이터들은 왜 일제히 부정론을 띄워 공포를 조장하는 것일까? 공포
를 홀로 감당할 수 없게 된 사람들이 밖으로 나와 서로에게 기대어 정을
나눈다. 왜 빅데이터들은 사람들을 밖으로 내모는 걸까? 왜 한데 모이게
하려는 걸까? 왜 이 혼돈으로 이득을 보는 세력이 있다는 의심을 지울 수
없는 걸까?

이거다! 이 글은 찾기 어렵게 검색 페이지 맨 뒤에 있었다.
〈컬처〉라는 신문사로, 기자들이 기사 하단의 후원 아이콘으로
개인 후원을 받는 게, 영세한 언론사 같았다. 모두가 똑같은 말
을 하는 흐름에 반항하고 싶었다. 성서하는 아이콘을 눌러 후원
을 하며 쾌감을 느꼈다. 옥상에 숨어 있는 게 지루해져서 성서
하와 친구들은 시내로 내려왔다.

"죽을 때 죽더라도 먹을 때는 먹어야지."

주홍연은 아까부터 비장함을 내세워 하고 싶은 대로 행동했
다. 주홍연의 선동에 성서하와 친구들은 인기 있는 라면집을 찾
아가려고 했다. 그때 김은정이 장교복을 쏙 빼닮은 정훈병과 예
복을 입고 어딘가로 걸어가는 게 보였다. 정훈병과는 관공서에
배치됐다고 들었다. 지역 커뮤니티에서 선전 방송과 뉴스 레터
를 제작한다고 했다. 그간 문자를 보내도 답하지 않고, 창고 앞

에서 만났는데도 말이 통하지 않았다. 어쩌면 지금이라면…….

"나는 내 자유를 행사할게."

성서하는 말을 마치자마자 편대원들에게서 빠르게 이탈했다. 김은정을 따라가기 위해.

김은정은 시내 만남의 광장으로 향하고 있었다. 오늘을 위해 예복을 단정하게 다려 입고 만반의 준비를 했다. 단정하고 반듯하게 보여야 했다. 모든 복음의 하부조직 동물농장이 존재하는 모든 단체에 지령이 떨어졌다. 결국 진다. 알리제 추종 세력이 살아남을 구멍을 만들어야 했다. 패배 시나리오의 핵심으로 알리제 세력을 수호할 군대와 지지자들을 확보해야 했다. 이 세상이 패배하여 앞으로 큰 고난이 올 터인데, 우리 형제 자매들이 하나로 뭉쳐야 이겨낼 수 있다. 이 말을 하기 위해 오늘 광장에 도착했다. 동갑에게도 고지식하게 존댓말을 쓰는 김은정이지만, 알리제 복음을 전파할 때는 능숙한 설교자였다.

"모두가 디지털 시대를 맞아 평등해졌다고 하지만, 우리 사회의 여러 계층과 계급은 무엇으로 나뉘어 있습니까? 돈과 사회적 지위입니다."

만남의 광장은 평소에 사람들이 많은 곳이었지만 오늘은 더욱 끓어오르는 느낌이었다.

"하지만 돈과 사회적 지위보다 중요한 건, 우리 모두가 평등하게 가지고 있는 우리의 마음입니다."

성서하가 만남의 광장에 도착했을 때, 누군가 설교를 하고 있었다. 분명 성서하가 아는 목소리였다. 사람들이 누군가를 장벽처럼 둘러싸고 있었다.

"서로의 개인차와 속해 있는 사회 등 다양한 사정을 고려할 수 있다면, 그걸 생각하게 만들고 만날 수 있게 하는……."

연설 사이로 사람들의 수군거림이 섞여들었다.

"요즘 같은 때에도 집회는 해야지!"

"우리가 뭉친다면 뭐든지 할 수 있어!"

장벽 속으로 파고드는 성서하에게 다양한 속삭임이 들렸다. 사람들이 집 밖으로 나와서 서로에게 기대어 하나로 뭉쳐지면 화학작용이 생겨난다. 가짜도 진짜로 만들 수 있는 감동이 일어난다. 누가 이 훈훈한 아날로그 정서의 이득을 보나? 역시나 알리제였다. 그런데 누가 설교하고 있지? 성서하는 왠지 모르게 머리카락이 쭈뼛 섰다.

"그. 러. 나! 이 상황에 온 인류가 새로운 지점으로 도약하는데! 더 나은 신인류가 될 수 있는데! 협조하지 않는 세력이 있습니다! 그들은 생각하고 의식하는 게 아니라 단지 습관적으로 교회를 다니고……."

"서방 국가들! 교회쟁이들!"

사람들의 분노가 외계인보다 반알리제 서방 국가들에게 향했다. 누가 분노를 선동하고 있는가? 성서하는 끓어오르는 반발심에 사람들을 밀치고 확인했다.

김은정이었다. 성서하는 사람들에게 설교하는 김은정과 마주 보았다. 서로의 눈이 허공에서 마주쳤다. 성서하는 아는 체하는 깊은 눈빛을 보냈지만, 김은정은 강사가 다수의 청중을 상대할 때처럼 초점이 한 사람에게 맺히지 않고 모두를 크게 보는 눈빛이었다. 분명 성서하를 봤을 텐데도 미세한 눈짓, 몸짓 하나 보이지 않았다.

"우리의 문턱까지 찾아온 위기와, 같은 인류이면서 우리를 배척하는 자들 때문에 우리는 참담합니다. 그러나 위기에 몰릴수록 우리는 더욱 친밀해지고 소통을 배우고자 합니다. 우리는 계속 스스로를 믿어야 합니다. 좋은 일이 일어날 겁니다! 우리에게는 여태까지 소통으로 쌓아 올린 기적 같은 역사가 있습니다!"

어떤 물건을 보거나 어떤 사람을 보면, '이건 알리제고 저건 아니다.'라는 판단 기준이 오로지 알리제 하나여서, 몸 안에 피 대신 알리제 복음이 흐르는 것 같은 느낌이었다. 왜 저렇게 바뀌었을까? 성서하는 대청소 때 김은정이 자신의 다른 의견을 좋게, 그리고 얌전히 받아 주었던 걸 떠올렸다. 왜 오늘은 아닐까? 전쟁 때문에 알리제에게 더욱 매달리고 있어. 전쟁에 겁을 먹고 사람이 변했어. 구해야 해. 성서하는 이제 자신이 백기사가 돼야 한다고 생각했다. 쓰리잭팟을 주면서 고백하자. 내가 김은정을 지켜줄 수 있다는 걸 보여주면 알리제가 아니라 나에게 의지할 거야. 김은정과 사귀기 위해서만이 아니야. 알리제에 대한 바보 같은 집착과 극단적인 생각에서 구해줘야 해.

성서하가 갑자기 이탈하자 주홍연은 눈을 가늘게 떴다. 서종범이 주홍연에게서 뭔가를 감지한 듯 김민섭을 데리고 오락센터로 향했다.

"난 게임에 흥미 없어서. 라면이나 먹을게."

주홍연이 말했지만 서종범과 김민섭이 자신의 말을 믿지 않는다는 걸 눈치챘다. 자신도 친구들의 배려를 모르는 척 행동했다. 만남의 광장까지 몰래 성서하의 뒤를 밟다가 김은정을 바라보는 성서하를 보게 됐다. 저런 시선은 모를 수가 없다. 아, 너 김은정을 많이 좋아하는구나.

성서하의 시야 맞은편 김은정 뒤로, 오지영과 동물농장의 가면들도 설교를 보고 있었다. 주홍연이 돌발 행동을 한 이후로, 동물농장 회원들은 서로가 서로를 관찰하는 데 동의했다. 말이 관찰이지 감시였다. 이광희가 오지영 옆에 찰싹 붙어 있다가 성서하를 손으로 가리켰다. 성서하의 시선이 어디로 향하는지 모를 수가 없었다. 그리고 그 뒤로 사람들 틈 속에서 주홍연이 성서하의 등을 바라보고 있었다. 우아, 너희 삼각관계 맞구나. 오지영이 미소 지었다. 주홍연, 두고 보자.

- 자, 모두 청소하자! 청소는 인간의 기본이다!

전체 방송을 통해 청소 시간이 시작됐음을 알렸다. 오지영은 성서하를 찾아 나섰다. 남학생들과 여학생들 블록을 경계 짓는 로비에 성서하가 있었다. 김민섭, 서종범과 함께 로비를 청소하고 있었다. 오지영이 피식 웃으며 성서하를 봤다. 성서하가 입을 열었다.

"무슨 일이야?"

오지영은 멀뚱멀뚱 쳐다보는 성서하가 가소로워서 피식 웃었다. 고작 이따위 녀석이 뭐라고.

"성서하. 여자는 말이야, 그냥 있으면 안 돼."

"뭔 소리야?"

사랑에 홀린 사람이 어떻게 행동하는지 봤다. 무엇이 보이고, 무엇이 들릴지도 뻔했다. 오지영은 다시 반복했다.

"네가 여자를 모르니 진전이 없는 거야."

성서하의 표정이 살짝 풀렸다. 후훗, 이 녀석 쉽네. 성서하의 얼굴에 다음 이야기를 갈망하는 표정이 떠올랐다.

"오늘 선전집회에서 봤는데, 너 괜히 시간만 버리는 것 같아. 그렇게 쳐다만 보고 있으면 안 돼."

성서하는 부끄러운지 못 알아듣는 척 고개를 돌렸다.

"걔도 네 이야기 자주 해. 여자는 일단 한번 고백해 보는 거야. 해봐. 여자는 자기 좋다는 남자를 의식해. 절대 신경을 끊을 수 없어."

이 와중에 주홍연을 떠올린 오지영은 픽 웃었다. 걔가 어디를 청소하고 있을까? 오지영의 시야에 들어온 김민섭과 서종범은 뭔가 속닥거리며 자기들끼리 마주 보고 웃었다.

"오늘 김은정도 널 봤어. 좋았다던데, 왜 얘기 안 하고 그냥 갔어? 좋은 기회였는데. 할 말 있으면 지금 가서 얘기해 봐."

"진짜?"

성서하가 쉽게 홀려 버렸다.

"야…… 주홍연 아니었어?"

"쉿! 조용히 해봐."

오지영의 귀로 김민섭과 서종범이 수군거리는 소리가 들어왔지만, 성서하는 들은 기색이 아니었다. 아무것도 안 들리겠지. 단순한 녀석. 오지영은 입가에 자애로운 미소를 띠며 말했다.

"나, 똑똑히 들었어. 맹세해. 김은정은 네가 먼저 말을 걸어 주길 원한대. 오늘 알리제 선전집회 끝나고 기다릴 줄 알았는데 먼저 가서 섭섭하다고 지금 삐졌어. 그러니 지금 당장 빨리 불러내 봐."

오지영의 말이 끝나자 성서하는 멋쩍게 웃으며 친구들에게 말했다.

"저기, 나 잠깐 잔디밭에 갔다 올게. 오늘 청소 좀 부탁해."

서종범과 김민섭은 아직도 상황을 파악하지 못한 눈치였지만, 오지영을 힐끔 보더니 고개를 끄덕였다.

성서하가 자리를 떠나자마자 오지영은 주홍연을 찾아 나섰다. 가까이 가보니 매우 쉬운 녀석이었다. 게다가 레이저처럼 직관적이야. 오늘, 지금, 당장 고백할 거야. 복도 끝에서 청소도구함을 정리하고 돌아가는 주홍연이 보였다. 오지영은 손을 흔들며 과장되게 인사했다.

"어어어~이!"

"뭐야?!"

주홍연이 사납게 반응했다.

"야! 네 꼬마가 잔디밭에서 김은정에게 고백한다더라."

"뭐?!"

- 지금 당장 꼭 봤으면 합니다. 잔디밭으로 나와 주시기 바랍니다.

김은정은 그간 성서하의 연락을 무시했지만, 이번 연락에서는 강인한 결기를 느꼈기에 결말을 짓고 싶었다. 최후통첩을 해야지. 알리제님을 따를 수 있다고 대답을 하면 친구로는 남을 수 있지만.

잔디밭에서 성서하는 김은정을 처음 봤을 때를 떠올렸다. 내가 파일럿을 선택하게 해줘서 고마워요. 문자를 보낼 때마다 심사숙고하며 소리 내어 읽어 보고 보냈던 날들도 떠올랐다. 말 한마디, 글자 하나라도 정성을 다해 써서 보냈다.

김은정이 잔디밭 안으로 들어왔다. 성서하처럼 같은 파란색 활동복을 입었기에, 멀리서 보면 같은 집에 사는 남매 같은 분위기가 났다. 김은정은 잔디를 밟자마자 표정을 굳히며 성큼성큼 걸었다. 성서하는 내숭 떤다고 매우 쉽게 생각했다. 김은정이 먼저 입을 열었다.

"오늘 집회에서 얼굴 봤어요. 어땠어요? 무엇이 세상을 하나로 모을 수 있는지에 대해 알게 됐나요? 알리제님에 대한 생각이 바뀌었나요?"

김은정이 한 호흡도 쉬지 않고 말하는 게 꼭 취조하는 분위기였다. 그래도 성서하는 자신 있었다.

"걱정 마세요. 전 전 세계에서 세 번째로 익스트림 난이도를 통과하고, 쓰리잭팟을 해냈어요. 바로 이게 증거예요."

성서하가 주머니에서 세 개의 원이 교집합처럼 겹쳐진 기념물을 내밀었다. 크기가 커서, 두둑- 바지 주머니 입구 실밥을 찢으며 나왔다. 오늘 뭘 봤냐고? 공포에 질려 알리제에 매달리는 너의 얼굴. 극단으로 치닫는 너의 마음과 생각으로부터 내가 지켜줄게.

"앞으로 제가 지켜줄게요. 너무 걱정 마세요. 이제는 친구가 아닌 연인으로 저와 교제해 주세요."

김은정은 교집합 기호 같은 물건에 당황했다. 이건 뭐지? 숨을 들이마시며 자신을 절제했다. 지켜준다고? 날 어떻게 본 거야? 애한테 화내 봤자지. 김은정도 성서하를 쉽게 봤다. 그래서 좋게 타이르고 싶었다.

"성서하 군과 저는 학교의 동의로 서로의 우정과 미래를 위해 맺어졌습니다. 잠시 스쳐 갈 연인보다 오래오래 우정을 쌓을 의지동무가 낫지 않은가요?"

성서하는 김은정을 처음 봤던 일, 파일럿이 되기로 한 결심,

문자를 보내던 매 순간, 그리고 스파이럴 다이브까지 왜 했는지 시시콜콜 설명했다.

"아직도 몰라요? 내가 너를 어떻게 생각하는지 몰라?"

성서하가 이야기하며 점점 흥분하더니 반말을 내뱉었다. '우아! 어영부영하던 내가 이토록 열심히 고백하다니.' 성서하는 자신에게 감탄했다.

김은정은 순간 뭔가를 보았다. 예리한 눈빛으로 성서하를 천천히 뜯어보는 게, 성서하의 표정과 태도를 넘어서 말로 표현할 수 없는 부분을 쥐어 짜내는 듯했다.

"넌 나를 좋아해서 뭔가 되려는 거야? 난 아니야. 난 나 스스로 되어야 하는 게 있어! 성서하 군 욕망에 속할 수 없어서 유감이네요."

김은정이 깔끔한 얼굴을 찡그렸다. 성서하는 김은정이 자신 때문에 하얀 얼굴을 찡그리는 것조차 자랑스러웠다. 김은정이 화를 낼수록 이상하게 웃음이 나왔다.

"이거 받아요. 내 능력이고 재능이에요. 모두 제가 천재적인 파일럿이라고 생각해요."

쓰리잭팟 기념물을 내밀었다. 김은정은 고개를 저었다.

"받으라고!"

성서하가 윽박지르자, 김은정이 눈을 부릅뜨며 쳐다봤다.

성서하는 기념물을 무기처럼 김은정의 가슴을 찌르듯이 내밀었다. 김은정이 말했다.

"이게 싸워서 될 일이야?"

"너를 위해서였어! 네가 받지 않으면 아무런 의미가 없어!"

"이렇게 싸워 이겨서 나를 어떻게 해보려는 거야? 나를 뭘로 본 거야?"

"뭐? 그게 아니라……."

"애 같아."

김은정은 이 한 마디를 내던지고 뒤돌아 잔디밭을 떠났다. 김은정이 도대체 무슨 생각인지, 뭐가 잘못됐는지 알 수가 없었는데, "애 같아." 이 말만은 무슨 뜻인지 알아들을 수 있었다. 김은정은 차마 욕을 할 수 없어서, 욕하는 성격도 아니었기에 자신이 할 수 있는 가장 큰 모욕을 표현했다. 성서하는 이것만은 바로 느낄 수 있었다. 쓰리잭팟 기념물을 내던졌다. 기념물은 김은정 옆 잔디밭을 내리쳤다가 튕겼다. 하지만 김은정은 멈추지 않고 그대로 떠났다.

"……야, 너 뭐 하니?"

잔디밭에 남은 건 고통과 혼란뿐만이 아니었다. 성서하가 뒤돌아보니 주홍연이 뒤에서 다 지켜보고 있었다.

"너, 파일럿이 되겠다는 게 김은정 때문이었어?"

주홍연의 물음에 성서하는 아무 대답 없이 기념물로 달려갔다. 기념물을 발로 짓밟으면서 자신의 마음도 짓밟았다.

"연병장 시위도 내 말 때문이 아니라 김은정 때문이었어?"

주홍연이 옆에서 따져도 성서하는 발길질만 계속 했다. 성서하는 자신이 미성숙하다는 걸 누구보다 잘 알았다. 방공호에서처럼 지지받기를 원했는데…… 성숙하고 진지한 사람이라 여겼던 김은정에게 외면 당했다. 애 같다며.

성서하는 우는 건지 웃는 건지, 희한한 표정을 짓고 있었다. 주홍연은 참담했다. 성서하가 첫사랑은 아니었기에 이런 순간은 경험해 봤다. 그래도 그때마다 하늘이 무너지는 느낌이었다. 오늘 이후로 세상이 흘러가지 않았으면 싶었다. 그래도 세상은 잘 돌아갔지. 주홍연은 울음을 참아내는 자신이 기특해서 피식 웃었다. 우리, 차인 사람끼리 같이 일어나자.

성서하는 기념물을 짓밟으면서 신기하게도 거부를 당해도, 자학 속에서도 짝사랑은 계속될 거라고 생각했다. 짝사랑은 본래 그런 것이니까.

“나, 애 같대.”

“너, 김은정을 정말 좋아했어? 걔, 나보다도 더 심한 열성 알리제야. 몰랐어?”

“나, 애 같대.”

“걔, 열성 알리제 신도야. 넌 알리제 싫어하는 거 너무 티 나고. 걔가 널 어떻게 생각하겠어? 이런 생각 안 해 봤어?”

“나, 애 같대.”

성서하는 같은 말을 반복하며 주홍연이 응석을 받아 주기를 기대했지만, 짝! 주홍연은 따귀를 올려붙였다.

“그래! 너 정말 애 같아!”

성서하는 비틀거리다가 주저앉았다. 주홍연은 손바닥으로 입을 틀어막고는 잔디밭을 떠났다.

김은정은 알리제로 피아를 식별했고, 성서하는 직관적으로 레이저처럼 달려들었고, 주홍연은 옆에서 지켜보며 분위기를 측정했다. 마치 쓰리잭팟처럼 모든 조건이 충족됐건만 이루어진 건 하나도 없었다. 이 전쟁을 처음부터 끝까지 다 지켜본 잔디들은 사람이 무엇 때문에 죽고 사는지 알 것 같았다.

아무도 쓰리잭팟 기념물을 가지고 가지 않았는데, 다음날 아침 잔디밭에서 기념물은 찾아볼 수 없었다.

어설프고 조급한 기대

교장은 교장실에서 정재호라는 손님을 맞이하고 있었다. 훈련으로 검게 탄 얼굴의 정재호는 UN 연합사의 소령이었다. 알리제 신자였지만, 진심이 아니라 출세하기 위해서였다.

"목성 가스 채취 기지와 목성 담당 올림푸스 방어 위성 1기가 파괴됐습니다."

정재호는 전황을 꺼내며 교장의 얼굴을 살폈다. UN 소속이고 알리제 복음단체에 나가기에 이 학교가 어떻게 돌아가는지 알았다. 남은 올림푸스 방어 위성 5기를 지구 주변으로 이동시키고 있기에 막대한 가스연료가 소비될 거였다. 목성 가스 채취 인프라는 완전히 파괴되어 다시는 예전 수준으로 돌아갈 수 없다는 둥 급박한 분위기를 조성하다가 본론을 말했다.

"최근 정훈장교 한 명이 탈영했습니다. 연락선을 타고 지구로 도피한 걸로 추정됩니다. 지구와 달 사이에 조성된 방위 위성 라인의 사기가 말이 아닙니다. 탈영 시도나 하극상이 늘어나고 있습니다. 지구보다 패배주의 분위기가 심각합니다."

"쯧쯧. 그래 내 다 알지."

교장이 다 안다는 듯 거드름을 피웠다. 당신이 앞으로 어떤 일을 하려는 건지 알아? 정재호는 겉으로 내색하지 않았다. 눈앞의 인간과 다를 게 없지만, 똑같이 행동할 필요는 없었다.

"이를 기회로 활용하자고 하는 의견이 나왔습니다."

본론만 딱딱하게 얘기하며 사적인 감정을 끊어냈다. 우리는 분명 패배한다. 그러나 알리제와 연관된 모든 세력이 유리해지는 시기까지 패배를 지연시켜야 한다. 최소한 달을 탈환해야 한다. 그래야 나중에라도 인류는 다시 우주로 나갈 수 있다. 그러려면 학생들까지 동원된 대규모 징병이 불가피했다. 전선이 악화되자, 아직 학생이지만 용감하게 일어서는 한 명의 영웅과 먼저 자원하는 학생들이 필요했다.

"비겁한 어른은 탈영했으나, 용감한 학생은 자원했다는 선전을 준비 중입니다."

실상은 패배주의가 아니었다. 달과 지구 사이의 방위 위성 라인에 복무하는 모든 장병들은 최후의 보루인 지구를 지켜내기 위해 날이 갈수록 용감해지고 있었다. 달 탈환 작전을 위해 인류 최대 규모의 작전이 시행된다. 혹시 학교에서 학생들 차출에 주저할까 봐, 패배주의가 돈다고 속이는 선전을 했다. 남을 홀려야 하는 선전은 같은 편도 예외로 두지 않았다. 그래도 교장은 너무 쉽게 학생들을 이용하는 데 동의했다.

"정 소령. 정훈장교가 도망갔으니 정훈병과여야 하겠지? 그럼 보기에도 좋고 선전에도 좋잖아?"

개자식. 어떻게 한 번의 망설임도 없이 술술 나올까?

"그래. 애들이 절실하게 싸우자고 선전하면 그게 안 먹히겠어? 훌륭해. 기특해. 정 소령 애썼네."

"제 계획이 아닙니다. 위의 분들이⋯⋯."

"아니야. 정 소령이 이렇게 손수 찾아왔으니 정 소령도 같이 한 거지."

정재호는 무표정을 가장했다. 지구의 운명을 건 대전투를 벌인다, 달을 탈환하자마자 바로 조건부로 항복한다, 운이 좋으면 불리한 조건이지만 휴전할 수도 있다, 그래야 앞으로 인류가 살아갈 숨통이 열리기에 어떠한 희생도 불사해야 한다고 억지로 받아들이고 악역을 감수했는데⋯⋯. 이 교장은 대체 어떤 인간인가?

세부적인 합의가 진행됐다. 겨울쯤에 학생들을 차출하기로 확정했다. 알리제를 적극적으로 받아들인 모든 국가에서 항공과, 전문학교, 공군 사관학교들은 겨울까지 오로지 전투 훈련에만 몰입한다. 이를 위해 방학을 없애고 최대한 빨리 숙달시킨다. 이착륙 과정은 숙달하는 데 오래 걸리기에 원격통제를 통해 자동화시킨다. 우주에서는 캐리어가 이착륙을 통제하니 문제없다. 대대적으로 선전하여 모든 국가의 학생들을 차출하기

전, 먼저 이 학교의 학생들을 선동하여 자원 분위기를 알아보고 사전에 시뮬레이션한다. 이에 맞추어 유연하게 분위기를 조성한다. 강제가 아니다. 자원하는 분위기를 조성한다. 성공하려면 우선 이 학교에서 조기 지원을 하는 모범 사례를 만들어야 한다. '우주로 가는 모든 장병들에게 격려를!'이라는 포스터로 예고했다. 같은 편도 속이는 선전으로 패배 시나리오 2차 플랜이 시작됐다. 정재호는 학교를 떠나며 다시는 이곳에 오지 않겠다고 다짐했다.

그간 어영부영하게 살아온 삶은 김은정을 만나 종결됐다. 김은정은 성서하가 처음 겪는 통과의례였다. 사람이 바뀌고 삶이 바뀌었는데, 거부당하니 온 세상이 흔들렸다. 성서하는 온 세상을 흔들리게 만든 사람과 마주보고 있었다. 정훈병과 학생들이 단상 바로 아래에서 연설자를 경호하기 위해 간격을 두고 서 있었다. 그 중에 김은정이 있었다. 성서하는 파일럿병과 대열 맨 앞에서 김은정과 마주보고 있었다. 대강당에 모인 전교생들은 일제히 차렷 자세로 단상 위의 연설자에게 집중하고 있었다. 연설자는 UN 연합사의 남자 장교였다.

"여러분. 우리가 지금까지 공부할 수 있었던 건 누구 덕분이었습니까? 그간 20년간 전선을 지켜준 모든 장병 분들의 노고였습니다. 그러나……."

성서하는 잔디밭에서 차인 후, 김은정과 마주친 적이 있었다. 교내에서 마주치면 김은정은 갸르릉거리는 고양이처럼 날카로운 기색을 보이며 적대했다. 못 본 척하고 싶지만, 화가 나서 그냥 넘어갈 수 없기에 표현하는 것 같은 거부였다. 성서하는 잠깐 고개를 돌린 사이, 뒤통수에 김은정의 시선을 느낄 수 있었다. 사람의 시선이 이리 강렬할 수 있는지. 남보다도 못한 사이구나.

"목성 가스 채취 인프라는 완전히 파괴됐습니다! 인류는 다시 예전으로 돌아갈 수 없습니다! 우리의 운명은 남의 손에 달린 게 아니라 여러분의 손에 달려 있습니다!"

연설자는 카리스마 넘치는 연설로 의로운 분노를 뿜어냈다. 단상 위, 대형 홀로그램에 슬로건이 떠 있었다.

－ 달 탈환 작전! 인류의 유일한 희망!

글씨는 홀로그램 스크린을 꽉 채울 정도로 거대하여 마치 자신의 얼굴을 거대하게 띄워 놓고 연설하는 독재자처럼 압도적인 효과를 냈다. 이 와중에도 마주보는 성서하와 김은정은 서로의 눈을 피하지 않고 쏘아보며 팽팽하게 대립했다. 아무 말하지 않아도, 거리가 있어도, 서로를 미워하는 생각은 엇갈리지 않고 또렷했다.

"곧 긴급명령이 발동될 겁니다!"

연설자는 자기의 결단인 것처럼 단호하게 외쳤다.

"책임감 없는 장교의 탈영으로! 방위 위성 라인의 패색이 짙어졌습니다! 어쩌면 모두가 나서야 할 상황일 수도 있습니다!"

학생들은 이제야 왜 대강당에 집합했는지 이해했다. 차출될 것이라는 소문이 사실이라는 걸 직감했다. 스크린에 파괴된 달 기지가 떠올랐다. 폭발로 움푹 파여 버린 철제 뼈대와 달 표면을 검게 그을린 레이저 흔적이 보였다. 스피커에서 바이올린으로 연주하는 처량한 음악이 흘러 나왔다.

"저 달은 수억 년 동안 인류와 함께해 온 달입니다! 사악한 외계인들이 우리의 달을 침략했습니다. 가슴이 아프지 않습니까? 우리의 아버지, 할아버지, 할아버지의 할아버지. 조상님들. 우리 가족들, 모두가 저 달을 보며 자랐습니다! 우리는 반드시 달을 탈환할 겁니다!"

연설자가 감정의 폭발 끝에 잠시 숨을 고른 후 나지막하게 속삭였다.

"인류 역사상 가장 위대한 작전의 주역이 되고 싶지 않습니까?"

음악 선율이 고조되며 바이올린 연주 곁으로 다른 현악기들이 따라 붙었다. 처량한 음악이 비장하게 변했다. 음악에 휘말린 학생들은 전율했다.

"정훈병과 학생들 중에서 벌써 지원자가 나왔습니다! 먼저 가겠다고 벌써 지원했습니다! 도망간 비겁한 어른의 자리를 우리 학생들이 메우겠다고 나섰습니다. 모두가 두려워하는 이 순간에 정훈병과는 의무를 다하고 있습니다! 모두 박수쳐 주시기 바랍니다!"

학생들은 간만에 진심에서 우러나오는 박수를 쳤다. 그러나 동급생에게 보내는 경의이기에 한편으로는 열등감을 느꼈다.

"먼저 오든! 나중에 오든!"

학생들은 연설자의 의도를 한눈에 알았다. 100퍼센트 차출된다는 메시지를 분명히 전달받았다.

"결국에는 모두 한자리에 모이게 돼 있습니다! 생각해 보시기 바랍니다! 난 지금 무얼 하고 있는가? 난 어디에 있어야 하나? 내 가족은 어떻게 해야 지킬 수 있나?"

어린 학생들은 아무것도 하지 않고 학교에 남아 있다는 게 불편하게 여겨졌다. 난 지금 무얼 하고 있는가? 난 어디에 있어야 하나? 지금 당장 싸우러 가야 하지 않나? 라는 죄의식이 꿈틀댔다.

다음 말은 "또 먼저 갈 지원자는 없습니까?!"로 자연스레 이어지는 흐름이었지만, 연설자는 갑자기 극적인 분위기를 한 순간 싸악 지우고는 "그럼 실전에서 뵙기를 기대하겠습니다."라며 시시하게 마무리 지었다. 음악이 갑자기 꺼지는 시시한 마무리에 학생들은 마법에서 풀려났다. 너무 바람을 넣으면 안 되었다. 지금은 일단 몇 명이나 나서는지 알아보는 게 중요했다. 연설자는 제 할 일을 마치고는 쏜살같이 강당을 내려가 대기실로 사라졌다.

교장은 싱글벙글 웃으며 대강당 입구 앞에 서 있었다. 알리제 복음단체를 통해 연합사에서 가장 선전을 잘하는 장교를 부탁했는데 기대 이상이었짠. 학생들이 지나가자 자신의 명함을 꺼내어 일일이 손에 쥐여 주며 악수했다.

"무슨 일 있어서 고민되거나 하고 싶은 말 있으면 언제든 연락해. 알지? 응? 정훈병과 학생들도 그랬어."

바보여도 오늘 쇼를 봤으면 무슨 말인지 알아들을 수 있는 말이었다. 메일로, 문자로 할 수 있는데도 굳이 직접 명함을 나누어 주는 이유는 무엇일까? 학생들은 교장이 하인처럼 몸을 낮추며 악수하는 모습에 감정이 고양됐다. 마무리 뒷정리를 끝내고 강당을 빠져 나온 김은정은 잠시 숨을 고른 후에 명함에 적힌 번호로 지원했다.

- 알리제 복음이 항상 곁에 있다는 걸 알려, 인류를 수호하는 투쟁이 혼자가 아님을 알리고 싶습니다.

성서하, 주홍연, 김민섭, 서종범은 잔디밭에서 캔커피를 마시고 있었다. 아버지가 군인인 김민섭이 말했다.

"어제 아버지께서 전화하셨어. 정부에서 우리 학교가 조기 파병갈 수도 있다고 연락했대. 아버지께서 한참 동안 가만히 있다가 말씀하시더라. 조심하라고."

김민섭의 말에 서종범이 하늘을 쳐다보며 대답했다.

"……무섭긴 하지만…… 먼저 지원한 정훈병과 애들에게 진 것 같은 느낌 들지 않냐? 우리도 가야 하는데……."

성서하는 캔커피를 홀짝이며 펜스 너머 하늘을 쳐다봤다. 기러기들이 삼각대형으로 어디론가 떼 지어 날아가고 있었다. 자신의 뒤통수를 노려보던 김은정의 시선이 떠올랐다. 시선이 와 닿는 느낌이 너무 생생했기에 그 눈빛과 경직된 하얀 뺨이 직접 본 것처럼 선명하게 떠올랐다.

주홍연은 성서하의 시선을 따라가고 있었다. 멀어지는 기러기 떼가 보였다. 기러기 떼의 비행에 파스텔 톤같이 연약한 하늘이 휩쓸릴 거라 예상됐는데, 용케 제자리에 못 박혀 있었다. 주홍연은 성서하가 무슨 생각하는지 모를 수 없었다.

"야! 너 무슨 생각해?! 너, 군인 후보생 아니야? 적에게 집중해야지!"

주홍연이 성서하에게 쏘아붙였다. 성서하는 힐끔 쳐다보고는 가운뎃손가락을 세워 보였다. '이게 정말! 너 그 속에 매몰되어 있으면 안 돼. 저런 하늘을 보면 안 돼.' 주홍연은 속으로 부아가 치밀어 올랐지만, 성서하의 표정을 보면, 앓는 걸 보면, 사랑받든 고통을 당하든, 사랑하는 사람을 생각해야 한다. 사람은 사랑하는 이를 떠올리지 않고는 살 수 없다는 걸 느꼈다.

"야?! 야! 야! 내 말 무시해? 뒤질래?"

'일어나. 내 눈을 봐. 그대로 있으면 네 마음이 죽어. 차라리 다른 생각을 해.' 그날 따귀를 때려서 앙심이 남았는지 성서하는 쳐다보지 않았다. 대화를 해야 했다. 김은정은 될 상대가 아니고, 될 상대는 늘 네 곁에 있는 나라고. 주홍연은 씩씩대다가 입을 꾹 다물었다. 서종범과 김민섭은 그날 잔디밭에서 어떤 일이 벌어졌는지 눈치챈 것 같았으나 내색하지 않았다. 서종범이 김민섭에게 입 모양으로 말했다.

'애들, 지금 이 분위기에 사랑싸움하는 거야?'

'야, 연애해 본 적은 없지만 우리가 이해해야지.'

'난 있는데도 이해하기 힘들어.'

그래. 이 분위기에 사랑싸움한다! 어쩔래? 주홍연의 눈에 다른 병과 학생들이 심각한 얼굴로 지나가는 게 보였다. 학교 분위기가 왜 이리 돌아가는지 알았다. 패배 시나리오상 많은 병력을 우주로 보내 패배를 지연시켜야 한다. 그 중에 가장 중요한 목표가 달 탈환이었다. 동물농장이 떠올랐다.

"명심하세요. 알리제 신자와 우리 동물농장은 절대 조기 지원하지 않습니다."

명령하는 게 즐거운지 오지영이 밝은 목소리로 설명했다.

무선 도청기를 회의장에 숨겨놨기에 몰래 엿들을 수 있었다. 여우, 올빼미, 코끼리, 사자, 돼지. 짐승 놈들. 가슴속에서 뜨거운 게 북받쳐 올랐다. 생과 사를 논하는 문제가 코앞으로 다가오자, 다행히 성서하를 괴롭히는 시스템은 멈췄다. 왕따의 표적으로 지목됐던 성서하 일단은 무사했다.

앞으로도 무사하려면…… 주홍연이 잘하는 게 산통 깨고 판 뒤엎는 건데 이 판은 깰 수 없었다. 주홍연은 부모님이 고위 신도여서, 방학이 취소되지 않았으면 알리제 국제 교류센터로 가서 연수받을 예정이었다. 부모님도 알리제 신자이기에 절대 동물농장과 패배 시나리오에 대해 발설할 수 없었다. 넌 반골 기질이 있는데, 왜 알리제를 따르냐고 묻는 성서하가 떠올랐다. 그때는 그래도 자유로울 거라고, 선택할 여유가 있다고 생각했거든. 그런데 알리제는 너처럼 안 믿거나 나처럼 믿거나 모두 평등하게 대해. 같은 생각을 하지 않으면 누구에게도 자유는 없어. 푸른 하늘에서 고개를 돌린 성서하의 시선 끝에 정훈병과 학생들 틈 속에 있는 김은정이 있었다.

"와, 친구들하고 몰려다니네. 저리 사교성이 좋았어?"

주홍연은 성서하가 왜 빈정대는지 알았다. 강한 사랑은 강한 원망으로. 그래도 사랑은 사랑이기에 원망하며, 원망으로 자신이 아파해도 생각을 안 할 수 없었다.

다른 학생들도 고민 중이었다. 스스로 포스터들을 붙였다. 정훈병과는 나섰는데, 난 왜 여기 있냐고 스스로를 탓했다. 학생들은 위대한 대의의 일부가 되고 싶어서 지원하고 싶었지만 죽는 건 무서웠다. 가야 한다. 가고 싶다. 그런데 죽는 건 무서워. 가지 않으면 지구가 위험하다. 가족들이 죽는다. 고민이 학생들 마음속에서 수도 없이 반복됐다. '인류를 지켜라! 지구를 수호해라!'라는 명분이 학생들의 선한 마음을 약점 잡았다. 파스텔 톤으로 연약한 가을하늘 아래에서 학생들은 용기와 죽음 속에서 우울하게 헤맸다. 벌써 여러 학생들이 교장에게 문자로 조기 지원하겠다고 연락했다.

　파스텔톤 하늘 아래에서 김은정이 어딘가로 걸어가고 있었다. 며칠 전에는 친구들과 우르르 같이 다니더니 왜 오늘은 혼자 다녀? 성서하는 유치하게 이런 이유로 시비를 걸고 싸우고 싶었다. 대강당 연설 때 서로를 노려봤던 일이 다시 떠올랐다. 왜 날 그렇게 쳐다봐? 사랑이 아니라 싸움만 한다면 싸움의 끝을 보고 싶었다. 성서하는 김은정을 조용히 뒤쫓았다. 김은정이 도서관으로 들어갔다. 성서하도 도서관 안으로 따라 들어갔다. 1층 로비에서 김은정의 모습이 사라졌다. 어디로 갔을까?

　성서하는 도서관 영상관에서 빛이 새어나오는 걸 보았다. 김은정이 영상관을 홀로 독차지하고 있었다. 스크린에서는 검은 옷을 입은 남자가 두터운 성경책을 옆구리에 끼고 호령하고 있었다.

"네가 마녀인 걸 인정하라! 이단인 걸 인정하라!"

　맨 앞자리에 앉은 김은정이 자신을 던질 기세로 스크린에 집중하고 있었다. 역시 저렇게 종교적이고 광신적인 걸 좋아할 줄 알았어. 성서하는 일부러 발을 끌어 소리를 냈다. 김은정이 자신을 알아보고 혐오해 주길 원했다. 더 상처받아 진심으로 사랑했다는 걸 자신에게 확인시키고 싶었다. 김은정이 뒤돌아보지도 않고 말했다.

"책 좋아해요?"

"예."

검은 옷을 따르는 사람들이 주인공과 여성 조연을 잡아가고 있었다.

"그런데 왜 영상관에 왔어요?"

거짓말이 바로 들통 났다. 유치하게 너와 싸우고 싶어서 쫓아왔다고 대답하지 못했다. 사랑받지 못할 것이라면 너한테 미움 받고 싶어서. 그런데 김은정의 목소리가 평온해서 미움 받을 각오가 풀어졌다. 미움 받지 못하자 왠지 실망스러웠다.

"……."

변명이라도 해야 하는데 어떤 말도 하지 못했다. 김은정은 사람들이 여성 조연을 강제로 바닥에 눕히고 고문용 돌을 가슴에 올려놓는 장면을 보면서 감탄했다.

"저렇게 죽고 싶어요. 영화 이름은 〈시련〉. 극작가 아서 밀러의 희곡을 원작으로 만들어진 고전 영화예요. 벌써 열다섯 번이나 봤어요. 저 여자는 이단이 아니에요. 마녀사냥이에요. 아주 미친 짓이에요."

영화에 대해 설명하는 게 즐거운지 김은정이 속사포처럼 쏟아냈다.

"저 여성은 마녀가 아니에요. 마녀라고 자백하라며 강요당하지만, 인정하지 않아서 고문 끝에 죽어요. 죽으면서도 절대 마녀라고 인정하지 않아요. 저렇게 신념을 끝까지 관철하는 사람을 존경해요."

마녀사냥. 성서하는 자신이 그런 말을 한 적이 있었다는 걸 떠올렸다. 그때 왜 그랬지? 시위. 성서하는 시위 장면을 놓지 못하고 계속 되씹었다. 김은정은 이런 영화를 여러 번 봤기에 마녀사냥이라는 말을 그냥 넘기지 못했겠지. 김은정은 성서하의 침묵을 좋은 징조로 받아들였는지 계속 말했다.

"요즘 뒤숭숭하잖아요. 힘이 없어서 기운을 내려고 다시 보러 왔어요."

죽어가는 신음 소리. 고문당하는 사람이 "제발……." 하고 흐느낀다.

"마녀다! 이단이다!"

사람들이 화형을 할 준비를 한다. 기가 센 영화였다. 성서하가 김은정에게 집중하느라 곁눈질로만 봤는데도 지쳤다.

"죽여라!"

"화형에 처하라!"

"자백하라!"

"인정하라!"

어두운 영상관 안에서 거친 말이 연이어 터지는 게 보는 이의 에너지를 다 뽑아 먹는 난폭한 괴수 같았다. 이런 영화를 보면서 기운을 내? 난 대체 어떤 사람을 좋아한 거지?

"전 왕따였어요. 지금은 안 그렇지만. 남들이 그냥 하는 말도 놓치지 않고 꼬치꼬치 파고들어서 모두가 절 싫어했어요. 기초 교육 과정은 홈스쿨링으로 대체했어요."

왕따라……. 성서하는 누군가와 이렇게 내밀한 고백을 주고받을 정도로 진지했던 적이 있었나 싶어서 전율했다.

"중학교를 다닐까 말까 고민하다가 알리제 대안학교 캠프에 들어갔어요. 어른 선생들이 아닌, 대학생 오빠와 중고등학교 오빠, 언니들이 직접 가르치는 학교였어요. 늘 말했어요."

김은정은 잠시 숨을 들이마시더니, 매우 진지하고 소중하게 말을 이었다.

"'광신은 같은 걸 믿으라고 강요하지 않는다. 다만 다른 믿음을 갖는 걸 용납하지 못한다.'라고. 그래서 광신에 빠지지 않게 우리 스스로 자기반성식 사고를 갖도록 교육했어요. 그런데 어느 날 밤에 평소에 우리를 핍박하던 자들이 찾아왔어요. 소통하려 했죠. 우린 같은 인류니까. 하지만 그들은 총칼로 오빠와 언니들을……. 제 눈앞에서 그랬어요."

성서하는 한참 예전에 교회 다니던 사람들이 알리제 세력을 테러한 이야기를 들어서 알고 있었다. 알리제 세력은 피해 사례들을 모아 영화로, 드라마로, 소설로 만들어 아직도 약한 피해자인 척하고 있었다. 광신적인 태도를 보면 당할 만하다고 코웃음 쳐왔는데, 지금은 아직도 뒤돌아보지 않은 김은정의 머리밖에 보이지 않았다.

"그런 걸 겪고 아무 일 없다는 듯이 살 수는 없었어요. 제가 지고 가야 할 의무가 생겼어요. 그 후로 일반 중학교에 입학한 후, 부지런히 알리제 길을 걸어서…… 지금은 여기에 있네요."

누구든 아무 일 없다는 듯이 살 수는 없을 거라고 생각했다. 성서하가 말했다.

“저도 그런 일을 겪으면 저 영화에서처럼 저렇게 죽으려 했을지도 모르겠네요. 저도 알리제 신도였을지도 모르겠어요.”

사람들이 주인공을 끌어내고 있었다. 온 세상이 최후 자백을 강요하고 있었다. 하지만 주인공은 강요하고 핍박하는 세상에 아니라고 말한다. 그리고 죽으러 끌려간다. 그러나 자기 신념은 꺾지 않는다. 김은정이 차갑게 물었다.

“방공호에서 거짓말했죠? 화생방 공격 따위 없었죠?”

성서하는 자신이 먼저 꼬리를 내렸는데도 김은정이 냉랭하게 대하자 섭섭했지만 거짓말을 솔직히 인정했다.

“예.”

“왜 그랬어요?”

“같이 있고 싶었어요.”

이번에는 한 치의 거짓 없이 말했다. 김은정은 조금도 동요하지 않고 스크린만 보고 있어 어떤 표정인지 알 수 없었다.

“저는 왕따 당했고, 제가 믿는 종교 때문에 세상의 핍박을 받았어요. 생각을 제한당하면…… 말이 안 나와요. 모두가 위험하게…… 느껴져요. 제 말투가 처음부터 지나치게 딱딱하거나…… 어눌했던 게 아니에요. 나가고 싶었는데…… 사람들을 돕고 싶었는데 막으면…….”

김은정의 어눌한 목소리가 단어나 숨소리에 걸려 잠깐씩 힘겨워졌지만 끝까지 조곤조곤 따져 나갔다.

“안 되죠. 남의 생각을 제한하는 건 매우 나쁜 행동이에요.”

그냥 같이 있고 싶었던 것뿐인데 생각을 제한했다니! 큰일이 었구나. 성서하는 어떤 말을 해야 할지 몰라서 혼란에 빠져버렸다. 바닥에 드리워진 김은정의 얼굴 그림자가 성서하에게로 향했다. 김은정은 미소 짓고 있지는 않았지만, 성서하는 살짝 그런 느낌을 받았다.

"다시는 내 생각을 제한하려 하지 마세요."

성서하는 김은정이 방공호에서의 일을 통해 무엇을 경고하는지 눈치챘다.

"다시 또 그러면 진짜 우리 사이가 마지막이 되는 날이에요."

다시는 내 앞에서 알리제를 비난하지 마라. 영화를 상영하는 스크린은 벽면 하나를 독차지하고는 영상을 어둠 속으로 뿜어내고 있었다.

김은정과 성서하 사이의 바닥에 영화 인물들이 투영됐다. 김은정과 성서하는 영화 속 인물들에 둘러싸여 마치 등장인물들 같았다.

김은정은 성서하를 용서했다. 그리고 물었다.

"왜 우리 알리제님을 따르는 사람들을 나쁘게 말했어요?"

성서하는 입학 설명회 날 보았던 시위대의 극단적인 질주를 말했다. 시위대는 상대를 완전히 증오하는 얼굴밖에 없었다고 설명했다.

"그건 정말 나쁜 짓이죠. 아무리 알리제님을 섬긴다 해도 남을 해하려 하는 건 용서하기 어려운 일이에요."

‘뭐야, 알리제 비판은 절대 안 할 줄 알았는데, 하네?’

성서하가 놀라건 말건, 김은정은 목소리를 높였다.

“사람들 자존감을 높여야 해요! 그래야 남과 다름에 상처받거나 위협받지 않아요. 복음센터는 타 종교처럼 절대자에 의존하지 않고, 명상을 통해 자존감을 확립할 수 있는 좋은 교육을 하고 있어요. 그런 식으로 행동하는 건 본래의 알리제 복음 가르침과 완전히 반대예요.”

성서하가 듣건 말건 김은정은 자신의 세계에 깊이 빠져 줄줄 이 말하다가, 자존감을 획득하는 명상의 단계에 대해서도 설명 했다. 흥분해서 말하다가 ‘혹시 더 궁금한 것 없어?’라는 분위기 로 눈빛을 반짝반짝 빛냈다.

영화가 끝나면서 스태프 롤이 시작됐다. 마지막 배경 음악이 크게 울렸다. 우우웅~ 현악기 파트가 커졌다. 김은정과 성서하 의 대화가 끊겼다. 현악기가 잠시도 쉬지 않고 늘어지기에 대화 를 할 수 없었다.

‘소통에 대해 이론은 빠삭하구나. 그런데 문자로 이론만 보내 면 누가 아나?’

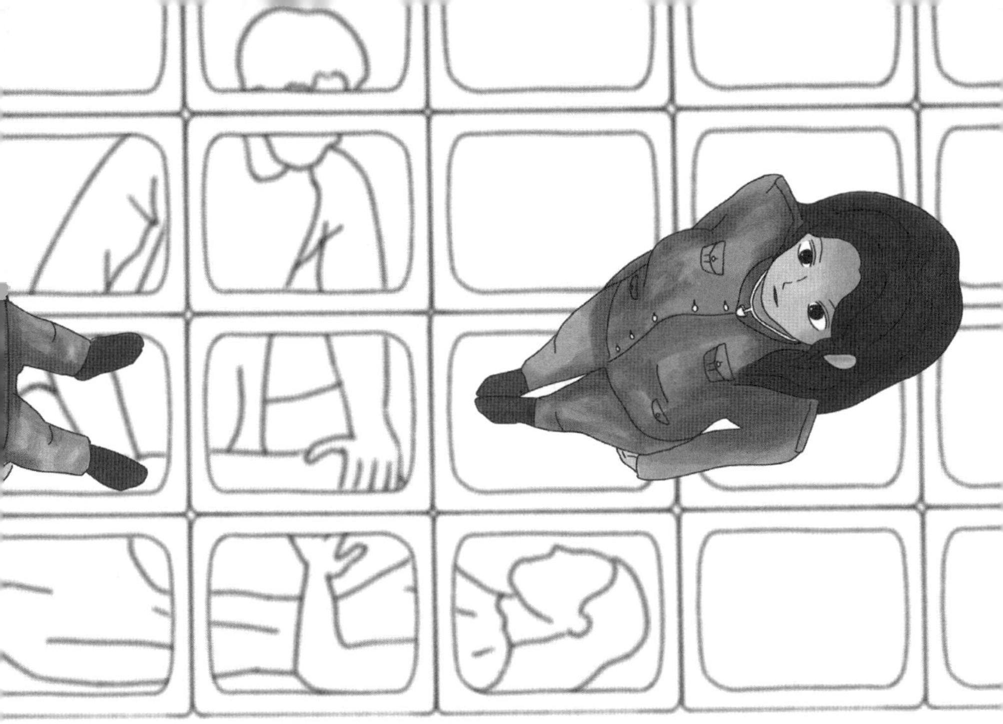

성서하의 생각이 눈빛으로 드러났다.

'그리고 나한테는 왜 그랬대?'

김은정은 배경 음악이 시끄러워 귀를 살짝 막다가 성서하의 눈빛을 읽었다.

'아…… 그랬네. 조금만 더 대화하려 했다면. 왜인지 알려고 했다면…….'

성서하 역시 김은정의 '아차!' 하는 눈빛을 읽었다. 하지만 탓하지 않았다. 우우웅~ 현악기의 급류 속에서 성서하와 김은정은 말없이 눈으로 대화했다. 이미 눈빛만으로 화해했다. 용서하고, 용서받는 그런 사이가 됐다. 생각이 달라서 갈라섰는데, 갈라섰기에 서로를 더 잘 이해하게 됐다. 스태프 롤이 완전히 올라가자 스크린은 시커멓게 변했다. 성서하가 꺼져 버린 스크린으로 고개를 돌리며 말했다.

"만약 영화 주인공이 옳은 게 밝혀지고 살 수 있다면요?"

"이미 끝났는데?"

김은정이 시커먼 스크린을 보며 대답했다. '만약 그렇다면?' 성서하가 눈으로 물었다. 김은정은 허공을 올려다보더니 벌떡 일어서서 성서하에게 한 발자국 다가왔다.

"난 비극을 좋아하지만…… 그렇게 되면 정말 좋겠네요."

"난 희극이 좋아. 사람은 밝게 살아야지."

밝게 살아야지. 성서하의 소박한 대답에 김은정은 감탄했다. '이런 면이 있었구나.'

주먹을 가슴팍으로 올린 다음 꽉 쥐었다.

'이런 게 소통이야! 기적이야! 간증해야지!'

성서하는 김은정이 왜 갑자기 흥분하는지 알 수 없었지만, '알리제의 소통이란 것이 완전히 거짓말은 아니었구나.'라고 생각했다. 거리가 있다는 걸 이해하면 서로를 온전히 볼 수 있다는 걸 알게 됐다. 성서하는 김은정이 편해졌고, 김은정도 성서하가 편해졌다. 둘 다 아무 말 없이 이 순간에 머물렀다.

성서하와 김은정은 어깨를 마주하고 어두운 영상관에서 나와 백색 LED 등으로 밝혀진 복도로 들어섰다. 너무 조용해서 주위를 두리번거리다가 성서하와 김은정의 눈이 마주쳤다.

'여기에 우리만 있나?'

눈이 마주치자 처음 만난 날처럼 세상이 멈춰 버리는 느낌이었지만, 금세 왜곡이 풀리며 복도 저 너머에서 들리는 하찮은 소음이 더 신경 쓰였다.

이제 왜곡되지 않고 그냥 바라보게 됐다. 눈을 마주친 상태에서 김은정이 손가락으로 복도 반대편을 가리켰다. 저쪽으로 가겠다. 성서하는 다른 곳을 가리켰다. 이쪽으로 가겠다. 김은정은 별말 하지 않고, 고개를 끄덕였다.

'잘 가. 열심히 해.'

눈이 말하고 있었다. 성서하도 말없이 눈을 마주치며 고개를 끄덕였다.

'응. 너도.'

성서하는 걸어가다가 고개를 돌려 멀어지는 김은정을 흘끗 봤다. 김은정도 가다가 힐끔 뒤돌아 성서하를 봤다. 성서하는 김은정이 뒤돌아보자 뭔가 계시 같아서 기분이 좋았다.

'우리 잘 어울리는구나. 너를 위해 죽겠다는 다짐이 틀리지 않았어. 깨어진 후에야 너와 가장 잘 맞을지도 모른다는 가능성이 보이네.'

제대로 봐야 하는데, 성서하는 아직도 씌어 있었다.

도서 대출 코너로 간 김은정은 출입을 위해 폰에 입력된 학생 바코드를 찍으려다가 녹음 앱이 켜져 있는 걸 보았다. 녹음 중인 걸 알리는 빨간 레드라인이 폰 상단에 걸쳐져 있었다. 아까 다른 일 때문에 잠깐 켜놓았는데 끄는 걸 깜박했다. 김은정은 누가 볼까 두리번거리고는 녹음 앱을 껐다.

박스악어가 교육관 주위를 지나가는데 어디선가 말소리가 들려왔다. 누군가가 통화하고 있었다.

"지금 교실에서 동기들이 조기 지원할까 말까 논의 중이야. 너는 어쩔래?"

"알았어. 나도 가서 얘기를 들어봐야지."

성서하의 목소리였다. 성서하는 통화를 끊고, 교실이 있는 교육관 뒷문으로 들어가다가 박스악어와 마주쳤다. 박스악어가 물었다.

"자네, 뭐하나?"

"친구들이 교실에서 논의하고 있다고 해서요. 저도……."

훈련이 덜 된 학생들을 전장으로 보내는 건 분명 무리였다. 그렇지만 세태에 굴복했기에 박스악어는 할 말이 없었다. 성서하가 눈치를 보며 교실로 가려 하자 박스악어가 붙잡았다.

"자네, 김은정 학생과 의지동무인가?"

성서하가 매우 밝은 표정으로 고개를 끄덕였다. 조기 지원에 대한 연설이 있던 날, 교장이 지나가다가 박스악어를 붙잡고는 성서하에 대해서 이것저것 물었다. 왜일까?

"아, 그 친구 의지동무인 김은정 학생이 기특한 생각을 해서 말이야. 그 친구도 닮았을까, 해서."

기특한 생각. 분명 조기 지원을 가리키는 말이었다. 그런데 교장이 왜 성서하까지 궁금하게 여길까? 의지동무는 성향 분석을 통해 뽑기 때문에 서로 닮은 사람을 뽑는다. 한쪽을 알면 다른 한쪽도 알 수 있다고 생각했나? 한쪽을 알면 다른 한쪽도 감시할 수 있어서? 의지동무 시스템은 가르침대로라는 알리제 단체의 항의로 만들어졌다. 박스악어는 이제야 의지동무 제도가 무엇을 닮았는지 알았다. 연좌제. 이 녀석한테도 조기 지원하라고 압박을 넣을 수도 있었다.

"자네 의지동무가 아무래도 조기 지원한 것 같아. 뭐 들은 것 없나?"

"정말요?"

"넌 하지 마라. 급하게 간다고 될 일이 아니다. 이해 못해도 지금은 그냥 받아들여라."

박스악어는 알아들었지? 라는 식으로 고개를 끄덕이고 제 갈 길을 갔다. 등 뒤에서 휙 바람소리가 나기에 뒤돌아보니 성서하가 뒷문으로 내달리고 있었다.

'이런, 월척이 제 발로 뛰어들어 왔구먼.'

교장은 흐뭇했다. 10분 전에 성서하가 명함 번호로 교장과의 면담을 신청했다. 교장실 자동문이 다 열리기도 전에 성서하가 안으로 들어왔다.

"오! 어서 오게, 쓰리잭팟 군!"

이 인사에 교장의 모든 계산이 이미 함축돼 있었다. 성서하는 들어오자마자 경례했다.

"교장 선생님, 저는 파일럿병과 학생 성서하입니다. 시간을 내주셔서 감사합니다. 저번 대강당에서 연설하시던 분이 말씀하시길 정훈병과에서 학생들이 조기 지원했다는데, 그 학생들 중에 혹시 김은정 양이 있는지 알고 싶어서 찾아왔습니다."

실은 그때는 아직 아무도 지원하지 않았었다. 누군가 했다고 하니까 정훈병과 학생들이 줄줄이 자원했다. 그 중에서 알리제 신자를 제외한 학생을 추려내고 있는 중이었다.

"그건 기밀이다. 알려줄 수 없다!"

성서하는 애걸복걸하는 표정으로 바뀌어 의지동무인데 걱정된다, 너무 고지식하고 착한 친구다, 자기 입에서 무슨 말이 나오는지 의식하지 못하고 줄줄이 뱉어냈다. 교장은 인자한 표정으로 어린 학생의 다급한 모습을 감상했다.

"그래! 조기 지원했어. 다음 달에 보낼 걸세. 일주일 뒤가 다음 달인 거 알지?"

"가면 무사하죠? 살아 돌아올 수 있죠? 안전한가요? 정훈병과이니 후방 배치죠?"

교장은 매서운 표정을 지으며 시선을 천장으로 옮겼다.

"전선에 전방과 후방이 어디 따로 있는가? 모두 위험한 곳이네! 특히 그레이 데몬이라는 범족 에이스가 언제 동에 번쩍, 서에 번쩍 나타날지 몰라. 그레이 데몬이 이미 방위 위성 라인을 넘어와 지구 대기권을 염탐했다는 정보도 있지."

애한테 거짓으로 겁을 주는 것이라 자신도 모르게 말꼬리를 길게 늘어뜨리며 농담처럼 던졌다. 그러나 눈은 예민하게 번뜩이며 성서하를 뜯어보는 걸 멈추지 않았다.

벌써 방위 위성 라인을 통과하여 지구까지 왔다니. 성서하는 그저 김은정이 정말 위험한 곳으로 자신을 내던졌는지 확인하고 싶은 것뿐이었다. 바보같이 착한 마음과 고지식함, 그리고 알리제 때문일 거라고 막연히 생각했다. 그러나 생각보다 더 위험하다는 걸 알게 되자, 성서하는 온몸을 불태워 땅에 내리꽂히는 번개같이 강렬한 충동으로 말했다.

"달 탈환 작전에 정훈장교가 무슨 소용입니까? 제가 대신 먼저 가겠습니다! 김은정 양은 빼주시면 안 되겠습니까?"

"지원을 취소시켜 달라? 어차피 나중에 전부 다 우주로 가는데, 왜?"

지금 가든 나중에 가든 어차피 전부 다 우주로 파병 간다는 걸 성서하도 알고 있었다. 그리고 자신을 비롯해 학생들이 조기 지원해야 한다는 압박에 휘말리면서도, 먼저 가는 걸 두려워하는 것도 알고 있었다. 왜냐면…….

"아직 준비가 안 됐잖아요."

시커먼 우주 속에서 싸우고, 죽이고, 처절하게 울부짖을 준비가 되지 않았다. 성서하가 보기에 학생들, 친구들은 가족을 지키러 나가야 하지만 외계인이라도 생명체를 죽일 준비는 그 누구도 되어 있지 않았다. 살아 숨 쉬는 생명을 죽이러 가는 스스로가 두려웠다. 전쟁에 대해 교육받았지만, 한 번도 경험해보지 못한 일을 겪게 된다. 그 경험이 어떨지 상상할 수 없었고, 그 일 이후 자신이 어떻게 변하게 될지도 두려웠다. 그러나 김은정을 위해서라면…….

"제가 먼저 갈게요. 전 쓰리잭팟을 해냈고, 비행과 전투 성적도 좋아요. 김은정 양은 친구들과 함께 천천히 준비하게 해주세요."

사랑은 중요한 일에 절대 이성적으로 대답하지 않는다. 광신도처럼 몸을 던져 자신을 제물로 내주려 한다. 성서하는 과거 사랑하는 사람을 위해 가족들과 연을 끊고 도망쳤던 수많은 연인들처럼, 김은정을 위해 자신을 전부 내줄 각오가 예전부터 되어 있었다.

"그럼 자네는 외계인들을 쏴죽일 준비가 됐나?"

교장이 엄숙한 표정으로 물었다. 김은정을 위해. 네가 하루라도 더 많이 여기서 친구들과 웃으며 지낼 수 있다면. 성서하는 고개를 끄덕였다. 눈빛만으로 대화하던 순간이 떠올랐다. 전처럼 세상이 멈추는 것 같은 왜곡이 길게 이어지지 못하고 쉽게 깨지자 왠지 섭섭했다.

언제나 특별한 사람, 특별한 관계라고 생각했는데, 안정되자 평범해질까 두려웠다. 친구 같은 평범한 관계라는 생각이 들자 김은정을 독차지하고 싶은 마음이 불처럼 타올랐다. 성서하는 잔디밭에서의 일이 끝이라 생각하지 않았다. 비행 훈련하듯이 노력해서 더 잡고 늘어져야 했다. '널 위해 오로지 나만이 이럴 수 있어.'라고 증명해 보이고 싶었다.

교장은 흐뭇했다. 역사상 세 번째로 쓰리잭팟을 달성한 엘리트 학생이 전선에 먼저 가겠다고 지원한다……. 완벽한 그림이었다. 위에서도 일 잘한다고 칭찬할 게 분명했다. 여태껏 수많은 학생들을 봤지만, 진지하지 않은 학생들은 없었다. 세상을 쉽게 단정하고 자신도 쉽게 단정했다. 이런 애송이가 누군가를 죽일 수 있다고 믿다니. 교장 입장에서는 쓰리잭팟을 달성한 성서하를 보낼 수 있다면 정말 훌륭한 선전이었다.

이 애송이가 김은정을 좋아한다는 걸 한눈에 알 수 있었다. 김은정은 동물농장 멤버이기 때문에 어차피 보내지 않을 계획이었다. 착한 학생인 걸 알고 있었다. 그래서 갈 수 없는 걸 알면서도 선전에 휘말려 조기 지원했겠지. 어차피 김은정은 다른 중요한 일이 있어서 우주로 갈 수 없었다. 김은정의 지원은 애초에 착한 학생의 일시적인 흥분이기에 오지영에게 알리지도 않았다. 이 애송이도 선의로 달려왔다. 교장 역시 인류를 위한 작전이기에 본인이 착하다고 생각하며 허락했다.

"자네 뜻이 정 그렇다면 꺾을 수 없지. 내 특별히 김은정 양을 누구보다도 더 안전하게 조치하겠다. 약속하지! 나중에 우주로 가더라도 진짜 안전한 곳으로 갈 거야. 자네의 용감한 행동에 대해 보상하기 위해서! 성서하 군, 자네는 진짜 남자야!"

교장이 손을 내밀었다. 양 볼이 붉게 달아오른 소년은 진지한 얼굴로 교장의 손을 잡고 악수했다. 교장은 악수하는 내내 성서하의 진지한 얼굴에 대고 웃었다.

3일 뒤, 성서하는 짐 정리를 하고 있었다. 엄마에게는 이미 전화를 걸어서 알렸다.

"엄마는 널 대신해서 늘 알리제 복음센터에 가서 명상하고 있단다. 네 마음이 엄마의 마음처럼 차분하고 의연하게 받아들였으면 해. 넌 우리 모두를 위해 큰 용기를 냈어. 네가 날 닮았으면 해서 그 학교로 보냈는데, 큰 결정을 내렸다니 엄마는 고마우면서도 미안한 마음이 들어."

성서하는 자신을 위해서 기도하는 게 아니라 명상하는 게 무슨 득이 되냐고 따지고 싶었지만 하지 않았다. 사랑하는 연인을 위해 가족을 버리고 떠나는 불효자의 심정이었는데, 격려 받아서 다행이었다.

그때 누군가 문을 부술 기세로 두드렸다.

"야, 이 새끼야! 열어!"

주홍연이었다. 성서하가 문을 열자마자 주홍연은 들어와서 다짜고짜 손을 들어 뺨을 때리려 했다. 성서하는 양 손바닥으로 자기 얼굴을 감싸며 물러섰다.

"야! 네가 왜 먼저 가?!"

성서하는 잔디밭에서 주홍연이 "너, 애 같아!"라며 뺨을 때린 일을 잊지 않았다. 그래서 퉁명스럽게 대답했다.

"네가 알아서 뭐 하게? 내 일, 내가 알아서 잘할 거야. 상관하지 마."

말하고는 곧 후회했다. 자기 생각해서 그랬는데. 그래서 잔디밭에서 정신 차리라고 성질냈잖아. 풀자. 여기서 풀자. 다시 말하려는 순간…….

"네가 가면 나 자퇴할 거야! 가지 마!"

거친 말투와 거친 태도였다. 그러나 이제야 알게 됐다. 말하지 않는 이면, 말로 할 수 없는 뭔가를 감지했다. 주홍연도 이제는 들켰다고 생각했는지 마주 보지 못하고 눈을 내리깔았다.

"너 때문에 내가 잘못될 거야. 너 죄책감이나 후회 안 느낄 것 같아?"

주홍연의 목소리가 떨리고 있었다. 성서하는 친구로만 생각했던 주홍연이 이러는 게 너무 갑작스러워서 뭐라고 말해야 할지 몰랐다. 친구가 고백하면 어떻게 해야 할지 정말 몰랐다. 쑥스러워서 못 알아듣는 척 퉁명스럽게 내뱉고 말았다.

"몰라. 상관없어."

애 같아. 성서하는 그 날의 잔재가 지금의 자신을 스쳐가는 걸 실감했다. 그리고 인정했다.

"너, 나를 쉽게 잊을 것 같아?!"

주홍연은 복수를 선언하듯 표독하게 내뱉고는 문을 쾅 닫으며 나갔다. 성서하는 혼자 우두커니 서 있다가 털썩 주저앉고는 아무것도 하지 않았다.

그날 저녁, 쓰리잭팟 군이 자원했다는 소문은 전교를 휘감았다. 성서하의 방문을 또 누군가 쾅, 쾅 부서져라 두드렸다.

"아야, 아파라."

뭔가 어설펐다. 성서하는 이번에는 누군지 알 것 같았다. 문을 열어 주자, 김은정이 손목을 주무르며 안으로 들어왔다. 성서하와 마주치자 허리를 꼿꼿이 세웠다.

"누가 성서하 군 보고 교장 선생님께 저 대신 가겠다 말하라고 시켰습니까? 왜 이상한 짓을 했어요!"

- 학생은 갈 수 없게 됐습니다. 학생의 순수한 마음만 받겠어요.

교장에게 문자로 통보 받았다고 했다. 김은정이 걱정하는 게 느껴졌다. 성서하는 김은정이 자신을 위해 화내는 게 행복했다. 널 위해 희생한다니까 행복하네. 도서관에서 가까워지자 더는 두근대지 않았다. 이러면 자신이 생각한 특별한 관계가 아니라는 걱정에, 김은정을 나 홀로 독차지하고 싶은 마음이 활활 타올랐었다. 김은정이 자신한테 화를 내자 마치 아쉬워서 매달리고 애원하는 것처럼 느껴졌다. 굶주린 마음에 밥을 준 것처럼 마음이 서서히 여유로워졌다. 성서하가 말했다.

"위험해요. 김은정 양이 아직 준비되지 않았다고 생각했어요."

"무슨 준비?"

"죽일 준비."

"정훈병과는 비전투 병과예요."

"사람들이 죽어가며 통곡하는 걸 볼 자신 있어요?"

이 질문에는 대답을 못 하겠는지 김은정은 고개를 돌렸다. 대신 다른 말을 했다.

"알리제 복음에서 다양한 소통 방식을 연구했어요. 우주에 있는 다른 의견들과 합의할 계획이었어요. 그 연구를 실험해 볼 좋은 기회였어요."

"나는 그런 것 상관없어요. 이제야 김은정 양을 이해할 수 있어서 내가 가는 거예요."

어쩌면 지금 그때 잔디밭에서 끊어진 게 이어질지도 모르기에 성서하는 진지하게 말했다. 그러나 김은정은 성서하가 한 번도 보지 못한 태도로 웃었다.

나를 이해해? 날 구해 주고 싶어? 꼬마 병정아, 난 공주님이 아니야. 난 혁명가야. 김은정은 냉소적으로 웃었다. 온 세상의 비밀을 다 아는 최종 보스가 순진한 용사를 상대할 때처럼 영악한 미소를 지었다. 너와 사이가 틀어졌으니 언젠가 우리가 우주로 가도 네가 나를 도와주지 않을 거라고 생각해서 홧김에 조기 지원한 거야. 네가 내 생각대로 되지 않아서. 차라리 먼저 우주로 가서 다른 길을 알아보려 했던 거야.

성서하는 김은정의 차가운 웃음소리를 듣고 어떤 말을 떠올렸다. 애 같다고 비웃고 있구나.

"난 애 같잖아요! 애니까 마음대로 한 거예요!"

김은정은 웃음을 거두고는 고개를 돌렸다.

"미안해요."

"나도 그 일은 꺼내고 싶지 않았는데…… 나도 미안해요."

서로가 서로를 아꼈다. 그러나 사랑과 우정 사이일 뿐. 아직도 사랑이 아니라는 걸 아는 성서하가 강조했다.

"전쟁을 겪는 건 힘들어요. 많이 준비하고 단단히 대비한 후에 오세요. 김은정 네가 안전해지도록 내가 많이 노력할게."

성서하는 사랑과 우정 사이에서 사랑으로 끌고자 은근히 반말로 다가섰다. 성서하는 자신을 표현하기 위해 극적인 이벤트를 만들었기에 스스로의 감정에 홀려 버렸다.

"내가 비행 제일 잘해요. 아무 일 없을 거예요. 인류는 달을 탈환한 후에 다시 한 걸음, 한 걸음 앞으로 나아갈 거예요. 결국 우리는 해피엔딩을 마주할 거예요. 흔한 옛날이야기처럼 우리는 '다시 만나 결국 행복하게 살았습니다'.가 될 거예요. 나는 이렇게 믿어요. 안 그래요?"

뭔가에 씌었어. 김은정은 잔디밭에서 성서하를 유심히 관찰했던 일을 떠올렸다. 그때 내가 그걸 봤었지. 김은정이 더 생각할 틈 없이 성서하와 눈이 마주쳤다. 뭔가 기대하고 있었다. 하지만 김은정은 그 마음이 아니기에 말할 수 없었다. 말을 돌리려고 경고를 언급했다.

"전에 말했잖아요. 제 생각을 제한하려 하지 말라고. 제가 알리제 복음을 퍼뜨리기 위해서, 소통하러 가려 하는데 왜 또 막아서요?"

"그런 게 아니에요. 정말 진심으로 전쟁터에 갈 준비가 됐다고 생각해요?"

"……."

"두렵지 않다고 할 수 있어요?"

"……."

"거봐요. 아직 아니잖아요. 생각을 막는 게 아니에요. 나도 이제는 알리제에 악감정이 없어요."

"정말요?"

"예. 우리 잘 풀지 않았나요?"

성서하는 도서관에서의 일을 꺼냈다. 마치 그때 우리 둘 사이를 잘 풀었으니, 알리제에 대한 부정적인 관점도 잘 풀었다는 아주 단순한 생각이 엿보였다.

"내가 조금 일찍 먼저 가는 거예요. 우리 나중에 우주에서 다시 만날 거예요. 우리 가족들과 친구들을 지키기 위해서 우주로 올 거잖아요?"

너무나 당연한 물음이기에 김은정은 고개를 끄덕였다.

"그럼 그때까지만 잠시만 안녕이라고 생각할게요."

김은정은 더는 할 말이 없기에 성서하가 원하는 대답을 줬다. 성서하의 표정이 환해졌다.

"알리제 복음에 대한 믿음을 걸고 말하는데, 알리제를 위해서라도 저도 반드시 우주로 갈 거예요."

김은정은 양손을 살짝 마주 쥐고 알리제 신자 식으로 굳게 맹세했다. 성서하가 어색한 미소를 짓는 게 알리제를 완전히 받아들이지 않은 티가 났다.

"예. 먼저 가서 기다릴게요. 천천히 오세요."

성서하의 순진한 대답에 김은정은 확인받고자 말했다.

"제가 우주 어디에 있든 저를 만나러 오겠다고 약속할 수 있어요?"

김은정이 새끼손가락을 내밀었다. 성서하는 김은정의 적극적인 모습에 얼른 새끼손가락을 걸었다.

"그럼요. 기다릴 테니 천천히 오세요."

"의지동무 의무에 따라 우주에 가서도 연락할 수 있을 거예요. 위성통신 사용 허가를 받으면 돼요."

"그럼요, 그럼요."

김은정이 세세하게 설명했지만, 성서하는 손가락을 걸고 있는 게 좋은지 귀 기울여 듣는 모습이 아니었다. 들떠 있는 모습이 어린애 같았다. 김은정은 성서하의 과도한 열정이 불안했지만 아무 말 없이 침묵했다.

어둠과 푸른 새벽 사이로 여명이 솟아오르는 새벽 시간. 박스악어가 관제탑 1층 운항실에서 기다리고 있었다. 성서하와 정훈병과 학생들, 그리고 배웅하는 서종범과 김민섭이 운항실에 들어왔다. 조기 지원자들은 수송기를 통해 기밀 지역으로 이송된 후 우주로 가는 셔틀을 타게 된다. 운항실 벽면에 붙은 벤치에 같이 앉아서 수송기를 기다렸다. 서종범과 김민섭이 성서하를 복잡한 시선으로 쳐다봤다. 왜 먼저 가. 네가 그렇게 용감하면 남아 있는 우리가 부끄럽잖아. 그리고 친구가 떠나기에 걱정하는 눈빛이었다. 교관은 제자가 준비됐는지 아직도 불안했다. 평소에 속을 알 수 없는 뚱한 얼굴이지만, 오늘은 특별한 날이어서 그런지 긴장한 게 눈에 잡혔다.

"성서하, 공중전 독트린 알지? 말해 봐."

"레이더 온, 색적 중, 발견, 접근, 공격, 도그파이트 혹은 이탈."

"하는 내내 무엇을 해?"

"체크 식스. 후방 경계."

"전투기 파일럿으로서 중요한 조언을 해주마. 절대 자신을 통제해야 해. 도그파이트는 옛날 1, 2차 대전이나 베트남전 때도 효율이 낮았어. 공격이 실패하면 도그파이트 걸지 말고, 걸리지 말고 안전거리로 이탈해라. 상대의 선회를 읽고 다시 공격하는 거야. 도그파이트는 낭만이지만, 동시에 낭비야. 사냥을 해야지, 싸움을 해서는 안 된다. 신기전의 우주용 기체는 새까맣게 칠해져 있어서, 태양 빛과 가스성운 빛을 피하면 숨을 수 있다. 숨을 수 없다면 태양을 등져서 상대가 똑바로 보지 못하게 해라. 절대 자신을 통제해라. 드러내려는 욕구와 싸워야 해. 뭔 소리인지 알지? 대기권 내에서 구름 속에 숨는 것하고 같은 이치야. 실패할 경우 도그파이트에 걸리면, 네가 쌓아온 모든 실력에 달려 있다. 그럴 땐 본능이 드러날 때까지 발가벗어서 다 드러내야 한다. 무슨 소리인지 알지?"

"예."

비행을 배운 머리와 조종간을 익힌 손이 일체화되어 초식을 잊고 주먹을 내지르는 경지를 말하는 건데, 성서하는 너무 쉽게 "예."라고 대답했다. 알고 말하는 건가, 생각 없이 말하는 건가? 방금 말한 설명을 생각하는 기색이 아니었다. 뭔가 말하지 않은 게 느껴졌다.

박스악어는 전선에 나설 생각이 없었다. 과거 파일럿들 자서전이나 훈련일지를 보면 교관이 제자들과 함께 나서거나, 혼자서라도 반드시 전장에 나갔다. 이 녀석, 나한테도 전선에 나설 생각이 있냐고 묻고 싶은 건가? 성서하는 누가 엉뚱하다고 안 할까 봐 다짜고짜 툭 말했다.

"걱정 마세요. 내가 두 몫 할게요."

예상한 대로였다. 그래도 자기가 두 몫 한다니. 박스악어는 잠시 멈칫하다가 대답했다.

"고맙다."

전쟁이 두려운 게 아니었다. 알리제가 지배하는 세상을 위해 싸우고 싶은 생각이 없었다. 비행을 위해 이 학교에 붙어 있을 뿐. 알리제, 반 알리제라는 이분법이 왜 학교를 돌아다니는가? 반은 벙어리. 반은 장님. 못 들은 척하고, 못 본 척해서 시대를 통과할 뿐이었다. 그래도 선물이 있었다. 박스악어는 성서하의 프로필에 품행 심의에 소환당한 일을 적었다.

- 충동 조절 장애. 정서가 미숙하여 보호 관찰이 필요함.

하지만 교장은 프로필을 검토하고도 통과시켰다. 그 양반은 어차피 보내기만 하면 끝이라는 생각이겠지. 성서하는 이미 누군가의 밀고로 프로필에 반알리제라고 찍혀 있었다. 그래도 선전을 위해 보냈다. 그러나 박스악어는 파일럿이기에 아는 게 있었다. 정신상태가 불안하면 책임감이 막중한 위험한 임무에 넣지 않는다. 안전할 확률이 조금이라도 높았다. 운항실 창문 밖으로 수송기가 활주로에 긴 그림자를 만들어내며 펠리컨처럼 위풍당당하게 내려앉았다.

광막한 우주의 에이스

화성을 지나 지구로 귀환하던 1기가 어뢰 투척 공격에 파괴됐다. 남은 올림푸스 방어 위성은 4기가 됐다. 그나마 다행인 건 이제야 적의 어뢰 무기가 어떤 성능인지 알게 됐다. 어뢰는 표면을 때려 1차 폭발하고는 부서진 표면 사이로 가스를 흘려 넣어 내부에서 2차 폭발을 유도했다. 이 폭발에 지구 문명은 상상도 못할 고차원의 나노 기술이 사용됐다. 가스 안에 섞인 나노 입자가 가스를 폭발로부터 보호하고, 내부로 흘러 들어가게 앞장섰다.

그러면 나노 입자로 모기 때려잡듯이 간단하게 인류의 전투기를 때려잡을 수 있는데, 지난 20년간 단 한 번도 그런 일이 발생하지 않은 건 본인들 기술이 아니어서 응용할 수 없다는 뜻이 될 수도 있었다. 그럼 범족 외에 다른 외계인이 존재하는 건가? 어찌 보면 당연한 소리였다. 그러면 다른 외계인이 존재하고, 범족과 연합하여 지구를 침공하는 건가? UN 연합사는 범족과 커뮤니케이션을 할 수 있는 알리제 최고위 조직 모든 복음에 문의했고, 모든 복음은 '우리도 모른다.'라고 대답했다.

성서하는 셔틀 안에서 부유하고 있었다. 허리띠에 달린 안전 고리를 창가의 바에 걸고 밖을 내다봤다. 조그만 위성들이 간격을 두고 배치된 게 1차 세계대전 참호전을 연상케 했다. 사전에 설명을 들었다. 달 탈환 작전이 시작되면 방위 위성 라인이 일제히 달로 전진한다. 교전 거리에 닿으면 포대 위성들은 발포하고, 격납고 위성들은 전투기를 발진시킨다. 성서하가 배치될 곳은 격납고 위성이었다.

처음 보는 우주는 신비하지만, 보면 볼수록 공포가 천천히 스며들어 눈을 돌리게 만들었다. 계속 보고 있으면 자기도 모르게 창을 부수고 밖으로 몸을 내던지게 만드는 마성을 발하고 있었다. 보는 이의 영혼마저도 어둡게 만드는 시커먼 우주는 끝이 보이지 않고, 작은 별빛들은 낄낄대는 악마들처럼 어둠 속에서 인류를 훔쳐봤다. 인류는 우주라는 거대한 그림 위를 기어가는 개미에 불과했다. 어떤 거대한 손이 불쑥 내려와 그림과 개미들을 뒤엎을까 괴짜다운 상상이 떠오르니 온몸이 싸늘해지며 소름이 돋았다. 성서하는 우주에 온 뉴비들이 신고식으로 겪는 증후군 코즈믹 호러를 통과하고 있었다.

성서하는 격납고에서 전투기 기종 변경 훈련을 받고 있었다. 우주에 먼저 파병 온 학교 선배들이 훈련을 담당했다. 우주복을 입은 선배들이 무중력 상태로 파일럿 좌석 주위에 둥둥 떠 있었다. 파일럿 좌석에 앉아 있는 성서하는 선배들의 지시를 받아 기기를 조작했다.

선배들은 성서하를 처음부터 좋게 생각하지 않았다. 알리제교에 물든 UN 연합사는 5, 15, 25 이렇게 5단위로 반알리제들을 몰아두었다. 이곳 위성 25는 반알리제 위성이었다. 달 탈환 작전이 시작되면 총알받이로 사용될 곳이라는 소문이 돌았다. 그런데 이곳에 익스트림 난이도에서 쓰리잭팟을 달성했다는 천재가 파견됐다. 게다가 성서하는 선전 뉴스 속에서 "도망간 비겁한 어른을 대신해 자원했습니다!"라고 말했다. 뉴스 속 성서하 옆에 알리제 마크가 새겨진 게 분명 알리제 신자라는 뜻이었다.

그런데 프로필을 까보니 종교에 우호적이지 않다는 평이 있었다. 즉 반알리제라는 뜻이었다. 게다가 파일럿에 적합하지 않은 충동 조절 장애라니. 이 녀석은 존재 자체가 모순이었다. 선배들은 모순된 이력은 스파이의 전형이라고 합의했다. 이 녀석은 이곳 반알리제 위성을 감시하기 위해서 보내졌다고 생각했다. 그것이 아니라면 천재가 이런 외진 곳에 차별받으러 올 이유가 없었다. 얼굴이 길고 좁아서 옹졸하게 생긴 정재승이 목소리를 깔고 설명했다.

"신기전 우주용 버전은 장갑 덮개가 있었는데, 연료 소비가 커서 전부 수거해 갔어."

성서하가 설명을 듣고는 말했다.

"그러면 범족의 레이저나 미사일 공격에 취약하잖아요."

"인마! 어차피 기본 장갑이면 되잖아!"

정재승이 설명을 잘하지 못하고 조급하게 화를 내자 성서하는 싫은 표정을 감추지 못했다.

"아닌데요. 장갑 덮개가 있으면 레이저의 데미지가 누적되지 않고, 미사일은 직격이라도 한 발은 견뎌내지 않습니까?"

달걀형의 얼굴에 구릿빛 피부가 고상해 보이는 김수용이 말했다.

"우리도 한 번도 실전을 겪어 본 적 없어서 잘 몰라. 공부 많이 했구나?"

훌륭한 파일럿이 되기 위해 열심히 공부했던 성서하는 우쭐대며 고개를 끄덕였다. 정재승이 변명처럼 말했다.

"우리는 20년 전선에 가본 적 없어. 가는 데만도 3~4년이라고 하지만 대략만 그렇고, 정확한 위치는 기밀이어서 아무도 몰라. 우리는 파병 대기 중이었어."

강천준이 끼어들었다.

"대신 우리가 아는 것을 모두 가르쳐 줄 테니 훈련에 집중해라."

묵직한 말투였다. 25살이지만 벌써 탈모가 진행됐기에 이마가 넓었다. 그러나 눈두덩이 살짝 튀어나오고 각진 매부리코 때문에 로마시대 장군의 얼굴처럼 비범해 보이는 위엄이 있었다. 강천준이 우주에서 이착륙하는 걸 설명했다.

"이륙은 사출 장비를 통해 발사된다. 착륙은 유도 신호를 통해 원격 제어된다. 파일럿은 관제탑 AI와……."

성서하는 학교와 똑같기에 쉽게 받아들였다.

"범족 진격 속도 때문에 훈련이 앞당겨져 조종 이착륙을 생략했어요. 관제탑 제어를 받아 착륙한다고요."

그러자 강천준의 표정이 이상하게 변했다. 성서하는 계속 말했다.

"그래도 우주의 이착륙과 똑같으니 다행이지 않아요?"

우주에는 낙하산이 필요 없으니 낙하산 탈출법도 훈련받지 않았다고 설명했다. 강천준은 부정적인 표정이었다.

"착륙을 모르면 파일럿이 응급조치를 할 수 없어서 그건 아닌 것 같은데……. 좋아. 다른 걸 해보자. 전장 맵을 설정해 봐. 위성 25를 중심으로 X, Y, Z축 형성해 봐."

이 거대한 우주에 맵을 설정하라고? 코즈믹 호러 때문에 성서하의 손끝이 살짝 떨렸다. 온몸이 싸해지며 알 수 없는 불안이 울컥 솟아올랐다. 성서하는 쓰리잭팟을 달성했을 때의 전능감이 온몸에서 빠져나가는 걸 떨리는 무릎으로 느꼈다. 두려움을 감추려 허세를 부렸다.

"다 아니까 이만하죠."

강천준은 속내를 드러내지 않고 무표정하게 말했다.

"잘 들어. 거기 모니터를 터치해서 파일럿 프로필을 열어 봐. 편대원 명부 중에 황태운이라는 이름 보이지? 2개월 전 실종됐어. 갑자기 사라져서 아직도 왜, 어떻게 사라졌는지 몰라. 너도 갑자기 사라질지 몰라. 그러면 누가 찾아 나서겠어? 바로 우리야. 너 혼자 사는 것 아니다."

우주에서 실종되다니. 성서하의 뚱한 얼굴이 겁에 질렸다. 강천준과 선배들은 성서하를 놀리듯 쳐다봤다. 하지만 곧 뚱한 얼굴을 일그러뜨리며 텃세를 비웃었다.

"탈영이죠?"

장갑을 수거해 갔다는 힌트가 있었다. 장갑 덮개를 장착하고 있으면 전투기가 대기권을 통과할 수 있었다. 지구를 지키기 위해 알리제 신자들과 같이 싸울 수는 있어도 감시나 차별받는 건 싫다! 5단위 위성들에서 빈번하게 탈영이 발생했다. 그러자 반알리제 탈영 방지용 정책으로 5단위 위성 전투기들의 장갑 덮개를 회수해 갔다.

성서하는 어깨를 으쓱하고는 디스플레이를 터치해서 매뉴얼을 띄웠다. 명부에서 황태운을 지우고 자기 이름을 넣었다. 너희는 계속 텃세 부려라, 난 내 할 일 한다는 태도였다. 거만한 녀석. 강천준은 엄격하게 입을 꾹 다물고 화를 참았다. 알리제 신도로 선전하려고 하는데 쓰리잭팟 천재가 반알리제라면?

원하던 선전 구호는 하라고 시켜서 받아냈다. 큰 위성은 보는 눈이 많다. 일일이 쫓아다니며 반알리제 발언을 막을 수 없다. 게다가 충동 조절 장애가 발견됐다. 파일럿으로 불안하다. 어차피 달 탈환 작전 때까지만 써먹는 선전용이니 한직에 깊게 모셔두기로 결정됐다.

격납고에는 파일럿들만 있는 게 아니었다. 정비 수석 고 상사가 천장 레일에 고리를 걸고 타잔이 로프 타듯이 이동 중이었다. 곁눈질로 파일럿들을 봤다. 인류의 위성들이 달을 향하여 전진 배치되고 있었다. 올림푸스 방어 위성들도 요격을 감수하며 지구로 모이고 있었다. 범족들 역시 인류를 저지하고자 달 주변으로 몰려들었다.

이렇게 전선에서는 긴장이 갈수록 고조되고 있는데, 저 파일럿들은 믿음직스럽지 못했다. 아니, 매우 수상했다. 최근 우주와 지구 사이에 급증하는 불순한 통신과 관계가 있다고 들었다. 이곳에서 근무하던 황태운 준위가 탈영하다 격추당한 뒤로, 저 놈들은 뭔가 있는 놈이라고, 감시 잘하라고 모든 복음에서 신신당부했다.

고 상사는 오랫동안 우주에서 근무했기에 중력 때문에 혈압도 불안정하고 뼈도 약해졌다. 이제 37세인데, 동년배보다 배로 늙어 보였다. 우주 근무는 너무 힘들었다. 집으로 돌아가고 싶었다. 상황이 위급하기에 UN 연합사는 어떤 이유로도 지구 귀환을 허락하지 않았다. 대신 모든 복음이 솔깃한 제안을 했다. '반알리제들을 감시하다가 큰 건수를 잡으면 탈영을 도와주겠다.' 탈영 후 인권 보호 구역 소도로 도주하면 처벌받지 않고 안전하게 제대할 수 있을지도 몰랐다. 불순한 통신에 대한 관심도가 최고조에 달했기에 가능한 제의였다. 그래서 고 상사는 알리제 신도라면 누구나 꺼리는 5단위 부대 배치를 받아들였다.

고 상사는 격납고에서 제일 높은 크레인 탑에 도달했다. 파일럿들이 뭐 하는지 한눈에 내려다보였다. 그냥 탈영하면 황태운이라는 놈처럼 헌병 비행대에게 격추당한다. 뭔가 준비를 하는 게 분명했다.

소도는 어떤 이유이든, 알리제든 반알리제든 누구나 받아들였다. 하지만 헌병대는 탈영자의 신분이 반알리제라고 밝혀지면 끝까지 추격하여 절대 지구에 도달하지 못하게 만들었다.

김은정은 의지동무 성서하와의 우정 교제를 위해서 위성통신 사용을 신청해 허가받았다. 안테나를 사용하는 데 드는 비용은 학생이 부담할 수 있는 영역이 아니었다. 김은정 하나를 위해, 중앙사령부의 반구형 지붕이 갈라지며 안테나가 모습을 드러냈다. 고작 학생 두 명의 인연을 위해 이리 큰 혜택을 베풀다니. 하지만 이게 소통을 위해서라면 뭐든지 감수할 수 있다는 걸 증명하려는 알리제 복음 단체의 뜻이라는 걸 잘 알았다. 가르침대로라는 단체는 모든 분야에 인권을 내세워 개입했다.

"어린 학생들끼리 얼마나 서로 보고 싶을까요?"

"엄마나 친구가 보고 싶지 않을까요? 만날 시간을 줘야죠!"

남들이 피해를 보든 말든, 모두의 일과가 멈출지라도 시행하

라. 혜택을 받은 사람들은 당연히 알리제 편이 됐다. 성서하가 떠올랐다. 무슨 말을 해야 할까? 중앙사령부 통신실에 뜨거운 열기를 뿜어내는 서버박스가 층층이 쌓여 있었다. 두 명에게 메일을 보내야 해서 바빴다.

김은정은 컴퓨터 앞에 앉았다. 우주로 가는 모든 통신은 보안이라는 명분 하에 검열을 거친다. 김은정은 학교로 오기 전, 위성통신을 사용한 적이 있었다. 알리제 대안 학습 캠프에서 오빠, 언니들이 사용하는 걸 가르쳐 주었다. 그때 만든 비공식 프리서버가 아직도 있었다. 학교에 오기 전에 프리서버를 어떻게 사용하는지 교육받았기에 능숙하게 접속했다.

위성 번호는 25. 김은정이 동물농장 회의 때 올빼미 가면을 쓴 데는 이유가 있었다. 이 서버에서 김은정 아이디가 올빼미였다. 수신 담당자는 프리스페이스. 김은정은 미리 개인 노트북으로 정리한 파일을 USB를 통해 전송했다.

주류에서 벗어나 사이버 펑크하며 살아가는 사람들이 모이는 불법 언더 웹을 통해서 확장자 위장 프로그램을 구매했다. 위장 프로그램을 통해 대용량 녹음 파일을 지루한 알리제 논문처럼 보이게 만들었다. 의지동무 핑계를 대고 왔기에 의지동무를 우선해야 했지만, 자신이 어떻게 죽을지 결정했으니 신념에 따라 먼저 왜곡파 연락책에게 메일을 보냈다.

"초탄명중! 초! 탄! 명! 중!"

기갑병과 구호였다. 창문 밖에서 기갑병과 학생들이 구보 중이었다. 본론은 끝났다. 다음은 성서하 차례였다.

너는 알까? 나는 너와 대화할 거리가 없어. 비행 외에 뭘 좋아하는지 몰랐다. 비행도 파일럿이니까 하는 추정이었다. 아니, 나를 위해서 파일럿이 됐다고 했지. 책? 어쩌면 도서관에서 책 좋아한다고 대답한 게 파일럿과 똑같은 이유로 그랬을 수도 있었다. 전도 대상이 아닌 그냥 성서하 군이 뭘 좋아하는지, 어떤 사람인지 알 수 없었다.

김은정은 잠시 생각했다. 눈앞을 스쳐가는 기갑병과 학생들에 대해서 썼다. 파일럿병과 학생들이 하루 종일 시뮬레이터 훈련실에서 나오지 않는다는 이야기도 썼다. 나도 학생이고, 성서하 군도 학생이고, 우리에게는 우리 학교가 있지. 어색한 질문보다 훨씬 나았다. 이제야 마음이 편안해졌다.

공식 전송은 군사 보안 때문에 위성이 아니라 사람을 지정해 가는 방식이었다. 김은정은 성서하가 어느 위성에 있는지 몰랐다. 통신 위성이 내용을 검열한 후 지정된 사람에게 보냈다.

두 개의 메일을 다 보냈다. 김은정은 이제 훈련을 받으러 가려고 일어섰다. 사실 오늘은 주말이었다. 아무리 전황이 긴박해도 주말은 쉬기에 기갑병과는 축구 시합하기 전 몸을 풀기 위해 활동복을 입고 구보했다.

그러나 김은정은 동계 교복 차림이었다. 모니터에서는 USB에 내장된 프로그램이 긴 그래프를 그리며 프리서버 접속 기록을 지웠다. 통신실을 나와 그늘진 복도를 걸어갔다.

"오늘은 수업이 없는 토요일인데 왜 교복을 입었어요?"

김은정은 성서하가 과거에 물어본 기억을 떠올렸다. 훈련도 교육이니까 입었지. 오늘이 마인드컨트롤을 사용할 수 있는 에스퍼가 되는 훈련 마지막 날이었다. 계단을 타고 중앙사령부 2층으로 올라가자, 창가의 빛이 따라오지 못해 더욱 어두워졌다. 김은정은 짙은 어둠을 등지고 2층에 올라섰다.

왜곡파는 김은정의 에스퍼 재능을 감지했지만, 오로지 모든 복음만이 훈련 노하우를 알았다. 김은정에게 에스퍼 훈련을 시키기 위해 모든 복음이 통제하는 이 군사 학교에 잠입하는 길을 고려했다.

"다시는 돌아오지 못할지도 몰라."

김은정은 위험을 경고 받았지만, 그래도 간다고 했고 이제야 끝이 보였다. 김은정은 왜곡파에서 자신을 숨기는 훈련을 받았기 때문에 에스퍼 교육자들 사이에서 스스로를 감출 수 있었다. 알리제에 대한 사랑과 믿음이 있었기에 필터링에 걸리지 않았다. 알리제에 의문을 품으면 마음속 디폴트가 일치하지 않기에 바로 걸렸다. 디폴트가 일치하면 성서하가 말했던 시위 때 사람들처럼 분노와 증오를 쉽게 불러일으킬 수는 있지만, 일치하지 않는 반알리제 사람들에게 깊게 파고들어 조종하기는 체력적으로 부담이 크기에 쉬운 일이 아니었다.

2층에는 연합사 군복을 입은 교관과 어느 대학의 교수라는 훈련 지도자가 새하얀 가운을 입고 서 있었다. 오늘이 마지막 훈련 날이기에 축하 꽃다발을 들고 있었다. 모든 복음에서 파견 보낸 사람들이었지만, 김은정은 무표정하게 사람을 피해 꽃다발에게 목례했다. 패배와 좌절에 협력하는 건 오늘까지야. 이제 원하는 걸 얻었으니 너희 타락한 자들을 징벌하러 우주로 간다.

강천준과 편대원들 그리고 성서하는 이제 막 정찰 비행을 마치고 귀환하던 참이었다. 인공 중력 때문에 허리까지 잠기는 물속을 걷는 감각으로 바닥의 노란 화살표를 따라가는데, 병사들이 정비실에 모여서 웅성거리고 있었다. 정비실은 이 좁은 위성에서 유일하게 탁 트인 곳이었다. 고생으로 까무잡잡하고 초라하게 늙은 고 상사는 만류하는 병사를 뿌리치다가 강천준과 눈이 마주쳤다.

"꼬마 준위님, 뭘 보쇼?"

강천준은 비행 헬멧을 축구공처럼 옆구리에 끼고 주위를 둘러봤다.

"무엇을 하고 있었습니까?"

"아 글쎄, 이놈이 UN 연합사의 공식 협력 조직인 알리제교에 이상한 소리를 하지 않습니까!"

맞은 병사가 항의했다.

"우리가 여기서 푸대접을 받는데 아무 말도 못합니까? 우리가 군인이지 알리제 전도사입니까?"

강천준이 말했다.

"맞는 말입니다. 종교는 선택이지 의무가 아닙니다. 우리는 군인입니다."

고 상사가 뭔가 아는 척하는 눈빛으로 강천준을 쳐다봤다.

"아무리 그래도 사람이라면 마음과 마음으로 소통하는 길을 인정해야지. 반알리제는 사람도 아니야."

성서하는 금세 상황을 파악했다. 알리제와 반알리제를 나누는 시비에 편대장 강천준이 걸려 버렸다. 전에 신기전을 정비하던 병사 형들이 말해 줬다.

"여긴 반알리제 특별 지정석이에요. 준위 후보생님은 쓰리잭 팟을 성공시킨 대단한 인재인데도 여기로 오셨네요."

군대는 다 이런 줄 알았는데 아니었어? 성서하는 자신을 선전에 이용하고는 겨우 이런 곳으로 보낸 것에 대해 뒤늦게 화가 났다. 김은정 앞에서는 알리제에 대한 악감정이 사라진 것처럼 굴었지만, 알리제 광신자들이 쉽게 사라질 세상이 아니었기에 알리제에 대한 악감정이 완전히 사라질 수는 없었다. 알리제와 반알리제의 차별은 지구까지라고 생각했는데 우주까지 쫓아왔다. 그런데 기종 변경 훈련 때 선배들이 텃세 부리며 자신을 꺾으려 들었다. 성서하는 선배들에게 불만이 많아서 고 상사가 알리제 신자라 하더라도 은근히 기대했다.

강천준이 꿈쩍도 하지 않자 고 상사가 교활하게 웃었다.

"황태운 준위님이 헌병 비행대에게 어떻게 격추됐는지 아쇼?"

"알지. 탈영했으니까."

"왜에에~ 보조 연료 탱크를 무리하게 두 개나 달았을까? 얼마나 먼 곳까지 가려고? 지구는 그 방향도 아니었는데. 범족에게 가려고 한 것 아닌가?"

강천준의 표정엔 아무런 변화가 없었다. 하지만 파일럿들 주위에 둥글게 모여선 병사들 사이에서 웅성거림이 시작됐다.

"무슨 소리야?"

"범족에게 왜 가?"

"스파이야?"

강천준이 덤덤하게 말했다.

"상사, 상관에게 선을 넘는군."

"선을 넘은 건 당신들이지! 황태운 준위는 왜 그랬던 거야? 어디 속 시원하게 말씀해 보쇼!"

"어디서 그런 소리를 들었지?"

"알면 뭐 하게?"

고 상사는 강천준과 연관된 비밀을 잡고 궁지로 몰았다. 강천준은 한 손을 들어 얼굴 절반을 그늘지게 만들었다. 한순간에 사람의 마음속으로 뛰어들었다.

성서하의 몸 안에서 갑자기 압력이 치솟았다. 피부가 팽팽하게 당겨지고, 머리카락이 삐죽삐죽 위로 솟아올랐다. **아들이 암이야.** 누가 말했다. 아니, 마음이 들렸다. 신경이 날카로워 팔뚝

피부의 털이 하나하나 다 느껴졌다. **지구에 돌아가야 해.** 들리는 것은 고 상사의 마음이었다. 산소가 분수 터지듯 뇌로 치솟아 머리가 맑아졌다. 김은정의 얼굴이 스쳐갔다. 왜 스쳐갈까? 누군가가 자신의 마음을 읽고 있었다. **암 1기라고. 그런데 달 탈환 작전 때까지 참으라는 거야. 내가 살아서 돌아갈 수 있다는 보장이 어디 있어? 암은 우리 집안 내력이야. 아버지도 그렇게 돌아가셨어. 난 두려워.**

성서하는 자신의 마음을 읽는 무언가를 예민한 신경으로 포착했다. 그러자 김은정 얼굴 다음으로 알리제의 상징인 마주잡은 양손이 스쳐갔다.

아들이 보고 싶어. 집에 가고 싶어. 성서하는 양 갈비뼈 끝이 활짝 열리는 느낌을 받았다. 봉지를 뒤집어 바닥을 내보일 때 가끔씩 까발린다는 단어가 떠올랐는데 딱 그 느낌이었다. 우리와 다른 너를 뼛속까지 증오해! 시위 때 일이 떠올랐다. 누군가가 성서하의 마음속의 일을 헤집고 있었다. 고 상사의 마음이 들렸다. **그래서 밀고하려고 해. 그들에게 너희에 대해 말해야 내가 집에 갈 수 있어.** 성서하는 고 상사의 마음과 자신의 마음을 헤집는 그것을 예민한 신경으로 뒤따라 잡았다. 캠프파이어 장면이 떠올랐다. 중고생으로 보이는 학생들이 캠프파이어하고 있네. 그 중에 머리카락이 어깨 아래까지 닿는 새침해 보이는 얼굴이 있었다. 아픈지 생기 없는 하얀 얼굴. 웃고 있다. 소녀 뒤로 거대한 안테나가 나무들 사이에 숨겨져 있었다. 좀 더 주변을 살펴보려는 순간에, **난 사실 열성 알리제 신자가 아니야. 집에 돌아가고 싶어서 그런 척할 뿐이야. 너희와 나는 전우야. 난 밀고하기 싫어. 부끄러운 짓이야. 좋은 사람이고 싶어. 그런 데 모든 복음이 강요하고 있어! 이런 건 알리제 교의 가르침이 아니야!** 고 상사가 울부짖었다.

고 상사가 좋은 사람이고 싶다고 말하자, **미안해하지 않아 도 됩니다. 당신은 좋은 사람이 되는 길을 선택할 수 있습니다. 그리고 우리 모두 당신이 이미 좋은 사람이라는 걸 알고 있습니 다.** 누군가가 고 상사의 마음을 어루만졌다. 성서하는 이 말이 고 상사가 듣고 싶어 했던 말이라는 걸 감지했다. 고 상사의 마 음이 부드럽게 녹는 걸 느꼈다.

고 상사는 털썩 무릎을 꿇더니 얼굴을 가렸다. 우는 소리가 새어 나오지 않았지만 어깨로 표현됐다. 강천준은 고 상사의 어 깨를 부드럽게 두드려 줬다.

"왜 갑자기 화를 냈다가 우세요? 집에 무슨 일 있으신가요? 우리는 남이 아니에요. 말씀해 보세요."

"……아들이 암이오. 강 준위님, 무례하게 굴어서 미안하게 됐소."

"괜찮습니다. 모두들 들었지? 고 상사님 아드님이 암이래. 아드님 때문에 힘드신가 봐. 모두 이해해 줘."

파일럿과 장병들 모두가 고개를 끄덕였다. 성서하는 의문을 가졌다. 무슨 일이 일어난 거야? 어디인지 알 수 없는 장소와 아들이 암에 걸렸다고 한탄하는 감정이 뒤죽박죽 섞인 뭔가가 스쳐갔다. 주위를 계속 둘러봤다. 뒤죽박죽을 본 얼굴들이 아니었다. 고 상사 아들이 암에 걸려서 힘들다는 평범한 얘기를 들은 얼굴들이었다.

"소통은 무척 중요한 겁니다. 그렇다고 굳이 알리제만 볼 필요는……. 자, 모두 해산! 할 일 합시다."

강천준이 위엄 있게 말하자 병사들은 우는 고 상사를 못 본 척 제자리로 돌아갔다. 성서하만이 혼란스러운 듯 제자리에 서 있었다.

좁은 복도를 지나 운항실 첫 번째 방 대기실에 들어가자, 강천준이 갑자기 홱 돌았다.

"아냐."

김수용과 정재승에게 하는 말이었다. 성서하는 스파이가 아니라는 뜻이었다. 마인드컨트롤을 사용하면서 스파이인지 알아보려고 성서하의 의식까지 연결했기에 성서하에 대해서 많은 걸 알 수 있었다.

파일럿들은 벽에 고정된 벤치에 기대어 앉았다. 강천준은 보고를 위해 혼자 다음 방으로 건너갔다. 스파이는 아니야. 그런데 저 뚱한 녀석, 더 골치 아파. 시위 때 마인드컨트롤을 사용하는 걸 봤다. 강천준이 언젠가 본 적 있는 여자아이의 얼굴과 까무잡잡하고 악당 같은 여학생 얼굴이 스쳐 갔다.

　악당 같은 여학생과도 알리제 문제로 싸웠다. 성서하는 시위를 보며 의문을 갖게 됐다. 이런 타입은 전체 사고에 동화되지 않기에 위험했다. 역으로 강천준이 읽혔다. 자신을 읽었기에 이제는 스파이보다 더 위험하다. 이 녀석은 시위 때 각성했기 때문에……. 진짜 반알리제 성향이 강하다. 그래서 여기로 왔겠지. 문제는 강천준과 김수용, 정재승은 알리제 열성 신자라는 사실이었다. 어렸을 적부터 알리제 교를 믿어 왔다. 그리고 알리제를 위해 우주에 왔다.

　강천준이 사라지자 성서하는 아까 본 것을 떠올렸다. 캠핑장처럼 곳곳에 텐트와 오두막 건물이 있었다. 둥글게 원을 그리는 텐트와 오두막 중간에 모닥불이 타올라 붉은 불꽃 끝이 밤하늘을 밝혔다. 캠프파이어. 강천준의 기억이었다. 강천준은 자그만 축제 분위기 같은 캠프파이어에 잠시 머물다가 떠났다. 그곳을 운영하던 사람들과 친했다. 아니, 친하다는 느낌이 아니라 생사를 함께하는 전우들 같은 느낌이었다.

　성서하는 일반 학교에서 군사 학교로 왔기에 단순히 친하다는 느낌과 같은 목표 의식을 갖는 전우애를 구별할 수 있었다. 텐트 가림막에 크게 박힌 마주 잡은 양손 마크. 현재 디자인이 아니었다. 양손을 담은 동그라미 테두리가 옛날 버전이었다. 여기는 반알리제 소굴이라고 들었는데,

　"소통은 무척 중요한 겁니다. 그렇다고 굳이 알리제만 볼 필요는…… ."

이렇게 말했는데, 왜 마주 잡은 양손 마크가 떠올랐을까? 그건 성서하 생각이 아니었다. 편대장의 염원이었다. 성서하는 직감적으로 선배들이 알리제 신자라고 확신했다. 성서하는 선배들이 자신을 이상하게 본다는 걸 감지하고 있었다. 하지만 선배들이야말로 알리제 신자이면서 아닌 척하고 있었다.

성서하는 마인드컨트롤이 존재하는지조차 몰랐기 때문에 자신에게 일어난 뒤죽박죽이 뭔지 알 수 없었다. 최면의 일종이라고 생각했다. 알리제교가 마인드컨트롤 능력이 있음에도 온 세상을 장악하지 못하는 건, 바로 성서하처럼 의문을 갖는 직관력을 가진 사람들이 아직 많이 있기 때문이었다. 그런 사람들에게 섣불리 마인드컨트롤을 시도하다가 역으로 읽힐 수도 있기에 조직적인 괴롭힘으로 고립시켰다.

고 상사는 전출 신고를 내더니 캐리어로 갔다. 캐리어는 적진으로 돌진해서 전투기를 발진시키는 제일 위험한 임무를 수행했다.

인류의 방위 위성 라인에 대항하는 범족의 저지 노선이 달을 둘러싼 띠처럼 뚜렷하게 윤곽을 드러냈다. 방첩 위성의 레이더들이 5개의 작은 점이 나타났다가 소멸하기를 반복하는 걸 포착했다. 범족의 불가사리 형 전투기들이 지구 궤도를 염탐하고 있었다. 중력의 손실을 보지 않고 폭격과 침투가 쉬운 대기권 안전 궤도를 탐사 중이었다. 교장이 성서하에게 겁 주려고 했던

말은 진짜가 됐다.

윙~ 요란한 사이렌이 울렸다. 성서하는 우주복을 입고는 인공 중력을 이기려 몸을 앞으로 숙이고는 내달렸다. 감압실을 지나 격납고로 들어서자 신기전들이 이미 대기 중이었다. 몸체와 날개를 녹여서 붙인 듯 이음새가 없는 거대한 삼각형이었다.

첫 번째가 편대장 강천준의 발진이고, 다음은 편대장의 후미를 따르는 윙맨 성서하였다. 성서하는 항상 리드를 맡았지 윙맨을 한 적이 없었기 때문에 편대장과 훈련 비행하는 내내 박자가 맞지 않았다. 성서하 입장에서는 어떻게 저 실력으로 편대장이 됐지, 여길 정도로 선회하는 타이밍이 자연스럽지 못해서 안 되는 리듬을 고집하는 연주자 같았다.

신기전에 탑승하자마자 동그란 녹색 신호등으로 가득 찬 좁은 발사대를 지나 우주로 발사됐다. 우주다. 성서하의 심장 고동이 상승했다. 아직도 우주를 두려워했다. 인류는 거대한 그림 위를 기어 다니는 개미.

편대가 대형을 갖추고 범족의 첩보 비행대로 향했다. 인접 위성에서 실시간으로 위치 정보를 갱신해 주었다. 레이더에 범족의 위치가 표시됐다. 하필 성서하의 편대가 제일 먼저 도착했다. 과연 생명체를 죽일 수 있는가? 선을 넘을 수 있는가? 관문을 통과할 수 있는가? 여기 오기 전까지 벌벌 떨었던 문제가 떠올랐다.

성서하의 눈에 다섯 개의 불빛이 보였다. 범족의 불가사리형 전투기는 오각형이어서 각이 많기에 엔진 배기열이 각에 부딪혀 자신을 노출시키는 단점이 있었다. 고전 공포영화의 조명처럼 각을 통해 부분만 드러내는 시커먼 불가사리는 괴기해 보였다. 왜 아직도 교전 개시를 알리는 인게이지를 선언하지 않지? 성서하는 편대장에게 무전을 보냈다.

- 프리스페이스, 여기는 위키드. 인게이지.

성서하가 편대장의 콜사인을 부르며 선언했지만, 편대 모두 아무 반응이 없었다. 안 그래도 우주가 두려운데, 동료들에게서 반응이 없으니 더욱 위축됐다. 동료들 모두가 실은 죽은 사람이었다고 밝혀지는 공포영화의 주인공이 된 느낌이었다.

성서하가 시야를 돌리니 헬멧 렌즈가 저절로 시야 조절을 했다. 저 멀리 푸른 지구가 긴박한 분위기를 모르고 태평하게 떠올라 있었다. 저기에 김은정이 있다. 내 친구들이 있다. 난 무엇을 위해 먼저 왔는가? 왜 아무도 대응하지 않는 거야? 성서하는 교본과 다른 선배들의 행동에 신경질이 솟아올랐다. 왜? 왜? 너무 무서워.

강천준과 동료들은 한 번도 실전을 겪어 본 적이 없었기에 심장이 급격하게 뛰었다. 범족과 만난다는 가정하에 편대원들 모두가 연습했던 게 있었다. 강천준은 한 손을 들어 얼굴 절반이 그늘지게 가렸다. 마인드텔레파시를 시도했다. 범족도 파일럿이라면 아마 고급 인재일 터였다. 상층부와 접촉이 쉽겠지. 마인드텔레파시를 통해 우리의 뜻을 알려야 하기에 집중했다. 교본을 잊은 게 아니었다. 공격하지 않고, 평화적으로 뜻을 알려야 했다.

- 여기는 방위 위성 13. 안심해라. 제 13위성 방위 비행대대가 그쪽으로 향하고 있다. 조금만 기다려라.

방해자들이 오기 전에 해내야 하는데……. 갑자기 큰 문제가 떠올랐다. 성서하는 우리와 함께 연습하지 않았다.

성서하는 고민했다. 이 정도로 가까우면 공격해야 하는데? 삐삐- 비프 음이 범족의 전자전을 알렸다. HUD가 흐려지더니, 위성이 보내주는 정보와 전투기의 레이더 모두 작동 불능이 되어 버렸다. 삐- 길게 늘어지는 소리와 함께 레이더를 회복하려고 안티 전자전 장비가 가동됐다. 김은정을 위해 훌륭한 파일럿이 되고자 노력했다. 지금도 그럴 거야.

성서하는 스스로에게 말을 걸며 레이저 트리거를 당겼다. 성서하의 기체에서 레이저가 뿜어 나가는 동시에 범족의 다섯 기체에서도 레이저가 소낙비처럼 쏟아져 나왔다. 불가사리를 닮은 범족의 오각형 편대의 최선두기가 성서하의 레이저 세례를 연속으로 받아냈다. 레이저의 고온이 누적되자 폭발이 치솟았다.

성서하는 온몸의 긴장이 풀리며 목 아래로 무언가가 차오르는 걸 느꼈다. 나는 전능하다. 쓰리잭팟을 달성한 후 느꼈던 비행 전능감이 회복됐다. 성서하는 왼손으로 스로틀을 힘껏 밀었다. 전장의 폭군이 되고 싶은 성서하는 편대장을 무시하고 전속력으로 앞으로 치고 나갔다. 선배들은 당황했다.

- 망했어! 저 녀석 때문이야!

강천준은 침착하게 지시했다.

- 어차피 저들도 동시에 레이저를 찾어. 이번에는 포기하고 일단 살아남자.

무전을 보내는 사이, 강천준은 앞서가는 성서하의 기체를 보게 됐다. 앞서가는 엔진 배기열이 무언의 선언처럼 보였다.

성서하는 자신의 위쪽에서 좌우로 흔들리는 밴딧을 향해 상승했다. 레이저 공격을 퍼부어 누적시켰다. 고온이 쌓이자 부풀어 오르더니 찜통에서 갈라지는 꽃게처럼 속을 드러내며 폭발했다. 두 번째 격추였다.

김수용이 선두로, 정재승이 뒤에 바싹 붙어 정석으로 반원을 그리며 접근했지만, 범족 밴딧은 옆 구르기 하듯이 롤링하여 위치를 이탈했다. 삐삐- 비프 음이 울렸다.

하지만 늦지 않았다. 아군의 전자전 장비가 범족의 레이더를 차단했다. 이제는 1차 세계 대전처럼 무기보다 비행술에 달렸다. 성서하가 선배들이 놓친 밴딧에 레이저를 난사하자 밴딧 장갑에 오렌지색 불꽃이 빠르게 피어오르더니 폭발했다. 세 번째 격추였다.

정재승이 남은 밴딧을 반원을 그리며 추격했다. 김수용은 넓게 반원을 돌며, 밴딧의 반원이 끝나는 지점을 봉쇄했다.

"도그파이트는 미련한 짓이다. 상대의 선회를 읽어야 한다. 사냥을 해야지, 싸움을 해서는 안 된다."

박스악어의 가르침이 떠올랐다. 성서하가 기체를 스크루처럼 틀며 선회해 교묘하게 태양을 등졌다. 밴딧들은 태양 쪽은 눈에 무리가 오기에 다가오는 자신을 의식하지 못하는 것 같았다. 이때 모니터 속에서 안티 전자전이 마지막 로직에 도달하자 레이더가 회복됐다.

삐삐- 다시 범족의 전자전이 시작됐다는 걸 알렸기에 남은 시간이 얼마 없었다. 성서하는 자신을 태양 빛 속에 감춘 상태에서 유도 미사일을 발사했다. 밴딧은 태양 빛에서 벗어난 미사일을 뒤늦게 의식하고는 반원을 그리며 회피했지만, 이미 늦었다. 네 번째 격추였다.

세상에, 이렇게 완벽하게 딱딱 들어맞는 게 어디 있을까? 어쩌면 이건 새로운 종류의 사랑일지도 몰라. 성서하의 시야로 검은 우주가 페이지 넘기듯 휙휙 지나갔다. 반짝이는 별들이 길게 늘어지고 캐노피 밖에서 느껴지는 태양 빛은 아무 말 없이 지글거렸다. 영원히 마하로 비행하는 시간 속에서 살고 싶었다.

마지막 다섯 번째 밴딧이 도주를 선택했다. 김수용과 정재승이 양쪽에서 달려들지만, 불가사리가 S자를 그리며 가운데에서 빠져나가자 선배들은 서로 충돌하지 않으려 기수를 위아래로 틀었다. 성서하가 반대 방향으로 꺾인 S자를 그리며 추격했다. 정방향 S자와 역방향 S자끼리 교차할 때마다 서로의 후미를 노리고 레이저 공격이 불을 뿜었다.

교차하는 S자 사이로 레이저가 불을 뿜을 때마다 성서하의 자아는 부풀어 오르고 있었다. 이런 걸 할 수 있는 건 나뿐이다. 보고 있냐, 선배들아? 우주야? S자에서 꺾이는 부분에서 교차할 때, 서로의 후미를 노리려고 동시에 속도를 줄였다. 그때 그때마다 달라 마치 가위바위보 같은 심리전 같았다.

이 외계인은 내 손에 죽는다. 일에 집중할 때 생기는 집중력이 마음속에 한 줄, 두 줄 엮이더니 끈질긴 심줄이 됐다. 한 번 더 교차하자, 밴딧이 눈앞에 있었다. 트리거를 당겼다. 여러 줄이 타이트하게 한데 꼬이자 꽉 죄는 느낌이 온몸에 퍼졌다.

김은정의 얼굴이 고장 난 흑백 화면처럼 떠오르다 사라졌다. 내 이름이 뭐였지? 원초적인 스릴은 모든 걸 잊고 오로지 결말만을 내도록 닦달했다. 한 번 더 교차했다. 트리거를 당겼다. S자는 계속 반원, 역 반원을 그려야 하기에 고도의 집중력이 필요했다. 집중력을 유지하려면 연료가 필요했다. 순수한 분노와 승부욕 그리고 자신에 대한 광신적인 믿음이 필요했다. 성서하는 선배들이 제대로 보고 있는지 확인할 수 없어서 섭섭했다. 보고 있어, 선배들아? 우주야? 나, 온몸을 다 태우고 있어. 순수해지고 있어.

아무 생각 없이 모든 걸 버리고 집중하기에 성서하는 자기 자신이 대견했다. 순수한 자신의 모습에 가슴이 뭉클하며 눈가가 벌게졌다. 교차할 때마다 누적된 레이저에 먼저 폭발한 건 범족이었다. 에이스가 되는 기준은 5기 격추였다. 성서하는 첫 출격에 에이스가 됐다!

첫 출진에 에이스가 된 것은 역사상 몇 사례밖에 없었다. 단 한마디로 정의하자면 비행의 천재였다. 편대원 전체의 무전 채널은 잠잠했다. 너무 초인적인 걸 보니 어떻게 반응해야 할지 몰랐다.

김은정에게서 벌써 메일이 왔다. 에이스가 된 이야기는 이미 저번에 보냈다.

– 에이스가 된 걸 축하해요!

성서하는 자신을 축하해 준 김은정에게 세심하게 답장을 쓰고 있었다. 그간 여러 번 연락을 주고받다 보니 필력이 늘었다. 스마트패드를 들고 침대를 뒹굴거리는데 뉴스 〈컬처〉의 알림이 떴다. 지구 뉴스는 검열을 통과해야 오기 때문에 이틀 정도 딜

레이가 됐다. 성서하가 자주 보는 〈컬처〉는 검열 때문에 올 때도 있고 안 올 때도 있었다. 날짜를 보니 불과 몇 시간 전 뉴스였다. 무슨 일로 검열을 빨리 통과했을까?

- 알리제 마크와 함께 조기 지원을 선전한 소년이 전선 배치 두 달 만에 에이스가 됐다는, 그것도 첫 출진에 에이스가 됐다는 선전은 애도 안 믿을 거짓이다. 본 필자는 애가 아니다.

기사 하단에 방위 위성 라인을 총괄하는 고위 정훈장교의 반박 기사가 붙어 있었다.

- 컬처라는 불순한 언론은 언론 자격이 박탈되어 3년이라는 긴 시간을 소송으로 보내며 겨우 위치를 회복했는데 아직도 정신을 못 차리는 듯하다. 쓰리잭팟 소년 영웅 성서하 군이 에이스가 됐다는 건 공적 확인이 된 명백한 사실이며…….

진실이기에 빠르게 반박하려고 검열을 통과시켰구나. 성서하는 의도를 파악했다. 이 정훈장교는 아무래도 알리제 신자 같았다. 그래도 자신을 의심하는 컬처에게 속이 부글부글 끓어오른 성서하는 정훈장교를 응원했다. 갑자기 주홍연이 떠올랐다.

"세상을 놀라게 하는 건 우리의 의무야!"

옛날 일이 떠올라 피식 웃었다. 그러다가 직접 자신의 옹호 기사를 쓰면 어떨까? 하는 생각이 떠올랐다. 아무도 기사를 쓴 사람이 본인인 줄 모른다는 걸 깨달았다. 문서 프로그램을 띄웠다. 의심하는 기자를 골려주고 싶어서, 자신의 글로 세상을 놀라게 만들고 싶어서, 자신의 생각을 주장하고 싶어서, 글을 쓰기 시작했다. 컬처는 영세한 언론이어서, 누구든 기사를 올려 데스크만 통과하면 외부 기고자가 될 수 있었다. 원고료는 기사 하단에 계좌를 올리고 후원을 기대하는 시스템이었다.

ㅡ 에이스에 대해 말한다. 최근 놀라운 실력으로 외계인 전투기를 5대나 격추하여 에이스로 추앙받는 학생에게 의심의 시선을 보내는 사람들이 있다. 본 필자는 그들에게 묻는다.

첫 문단을 이렇게 시작했다. 성서하는 쓰다가 탁자 위의 전자 액자를 힐끗 쳐다봤다. 에이스가 됐다는 기사에 실린 자신의 사진이 떠올라 있었다.

ㅡ 이 학생은 의심할 수 없는 전공을 세웠고, 에이스가 될 자격이 있다고 생각한다.

닉네임을 뭐라 지을까 고민하다가, 왜 고민하지 스스로를 꾸짖고는 ACE라 정했다. 내가 그 에이스다. 그러나 너희는 못 알아보겠지. 이렇게 써 보내도 너희가 알까? 내 글로 너희를 놀래주마. 보안 검열 때문에 어떻게 보낼까를 고민하다가 언론 무인 위성 천리마로 직접 보내기로 결정했다. 본래 민간 케이블 방송 용이었지만, 징발되어 지구와 우주 방송 및 정보를 송수신하는 데 사용됐다.

인간은 나쁜 일을 할 때 제일 성실해지고 영리해진다는 걸 성서하는 온몸을 들끓는 기세로 배우고 있었다. 일주일에 한 번 통신실을 사용하게 해주니까 AI가 감독하는 천리마의 공식 메일에 보내자. 모든 지구 언론사에서 우주에서 보낸 정보를 인용하지만, AI 정보 분류 색인에 검색되게 컬처 투고라고 해시태그를 달면 지구에 가기도 전에 검열에 걸린다. 에이스 부정론에 대한 반박이라고 달았으나, 부정론, 반박 같은 단어도 검열에 걸릴 확률이 높아 보였다. '에이스에 대해 말한다.'라고 해시태그를 달았다. 최근 컬처는 에이스에 대한 기사를 다루었고, 컬처 쪽 형식에 맞게 하단에 '이 칼럼 기사가 마음에 드시면 후원해 주세요.'라고 썼으니, 무사히 지구에 간다면 컬처 쪽 AI가 잡아낼 터였다.

오, 나 똑똑해! 비행도 잘하고, 금방 에이스도 되고, 이제 글도 쓰고, 정말 잘 지낸다. 자신을 의심하는 자들에게 가면을 쓰고 다가가 모욕하자, 성서하에게 뒤틀린 악당 기질이 스쳐갔다. 악당 기질. 주홍연이 또 떠올랐다.

성서하는 피엑스에서 김은정에게 보낼 잡다한 선물을 구매했다. 우주 시계는 온도와 중력도, 압력을 표시해 줬다. 시계의 나침반은 항상 지구 위치를 가리켰기에 혹시나 조난당할 경우 생존 포드에서 써먹을 수 있었다. 우주 피엑스에서만 파는 통조림. 끓는점이 낮은 라면. 우주에서 자란 쌀로 만든 3분 요리 쌀밥. 일주일에 한 번 수송기를 통해 지구로 보낼 수 있었다.

주홍연에게도 보내고 싶었다. 주홍연에게, 네 생각하다가 악당 기질에 몸을 내맡겨서 모두를 속이는 글을 쓰게 됐다고 하면 주홍연은 깔깔대며 잘했다고 칭찬할 게 분명했다. 그런데 내가 우주로 오면 자퇴한다고 했는데, 정말 했을까? 안 했을 거야.

미안하네. 망설이다가 주홍연에게 미안했기에, '파일럿병과 주홍연 학생에게'라고 시계 포장지에 적었다. 남은 선물들은 김은정에게 주려고 따로 포장했다.

"사랑. 네가 없는 안타까운 이 우주에 별이 무심하게 빛나네."

옛날 같은 마음이 아니라 허세 부리는 혼잣말이었다. 짝사랑으로 항상 같은 온도에 잠겨 있다가, 새로운 장소에서 새로운 자극이 넘치는 새로운 나날들. 성서하는 김은정과 떨어진 후에도 잘 지낼 수 있다는 걸 알고 흠칫 놀랐다.

주홍연도 결국 잘 지낼 거라 예상했다. 나 없어도 잘살 거야. 나도 김은정 없이 잘살잖아. 에이스도 되고, 글도 쓰고, 거짓말도 하고……. 안 돼. 사랑은 항상 목말라야 하는데……. 잊을 수 없어야 했다. 이 세상 전체가 네가 내 곁에 없는 비극으로 가득 차야 하는데. 뭐가 잘못된 것 같아. 내가 생각한 사랑은 이런 게 아닌데? 더 그리워하고, 더 힘들어야 하는데 멀쩡했다.

성서하는 자기가 자신의 생각대로 되지 않아서 불안했다. 침대 옆의 디스플레이 패드를 작동시켰다. 침대 벽면 전체가 우주를 보여주는 디스플레이였다. 더는 우주가 두렵지 않았다. 갑자기 어떤 생각, 진정으로 원하는 게 떠올랐다. 성서하는 깜짝 놀라 침대에서 후다닥 내려왔다. 침대 옆에 무릎을 꿇고 고개를 파묻었다. 자신이 떠올린 어떤 생각이 두려웠다.

같은 시간, 강천준은 스마트패드를 통해 위성끼리 연결된 인트라넷에 접속 중이었다. 침대를 뒹구는 성서하와 달리 탁자에 진지하게 앉아 있었다.

- 형제, 자매들에게. 우리에게는 파일럿 W가 반드시 필요합니다.

왜곡파 커뮤니티에 성서하에 대해 알렸다. 성서하의 코드네임 위키드를 W라고 썼다. 하지만 반대 댓글이 많았다. 반알리제 성향에 대한 우려와 기사에 실린 뚱한 얼굴 때문이었다.

- 이런 얼굴은 100프로 사고 치는 관상이다. 못 믿어!

편대장은 반박할 말이 없었다. 전투 이후로 너무 오만해졌다. 설득해야 했다. 더 논의해야 했다. 왜곡파와 성서하 양쪽 모두. 그래야 지구와 인류를 구할 수 있었다. 정확히 알리제를 믿는 인류와 알리제가 존속하는 지구.

외계인과의 20년 전쟁은 수많은 장병들을 우주로 불러들였다. 그런데 용감하게 파병 간 알리제 신자 중 일부가 어두운 얼굴로 돌아왔다. 이 전쟁의 진실, 왜 싸우는지 알게 됐기 때문이었다. 모든 복음이 막으려 했지만, 소문은 들불처럼 퍼져 나갔다. 진실은 알리제 신자들에게 광신과 일방적인 강요, 권력 탐욕 같은 모든 복음의 부조리를 인식하게 만들었다.

알리제에 이용당하던 UN도 의심의 눈초리를 보냈다. 모든 복음은 결단을 내렸다. '저들은 왜곡됐다. 범족과 내통하려 한다.'고 이단으로 선포하고 토벌령을 내렸다. 왜곡파들은, 소문을 들었던 자들은, 진실을 알고 있는 사람들은 모두 숙청됐다.

그래도 왜곡파의 불길은 꺼지지 않았다. 호기심과 우연, 어쩌면 운명처럼. 진실을 알고자 하는 자들은, 자기를 버려서 자신을 죽일 수도 있는 진실과 교환했다. 왜곡파의 불길은 절대 꺼질 수 없었다. 왜냐하면 왜곡파가 알리제 복음을 개혁하지 못하면 인류는 멸망하기에. 우주에서 돌아온 이들이 토벌되자, 지구로 되돌아가지 않거나, 지구에서 진실을 알고자 우주로 향했다. 그들은 자신들의 개혁이 지구가 아닌 우주에 달렸다고 확신했다. 왜곡파들 사이에 이런 말이 떠돌았다.

'우주 시민'

김은정은 통신실에 오자마자 고민에 빠졌다. 범족들이 대기권에 근접했기에 감청당할까 봐 안테나를 오래 열어두지 않는다고 방침이 바뀌었기 때문이다. 앞으로 5분 내로 종료된다. 김은정은 성서하와 왜곡파 둘 중 하나를 선택해야 됐다. 종료 카운트다운이 시작됐다. 성서하냐, 왜곡파냐? 너무 망설였다. 시간이 없다.

그냥 평범하게 살 수도 있었다. 그러나 수적으로 열세인 왜곡파를 도우려면 어떠한 위협을 무릅쓰고라도 에스퍼가 돼야 했다. 왜곡파의 투사로 살지 않으려 했으면 에스퍼가 될 이유가 없었고, 초능력자 따위 조금도 욕심나지 않았다. 초인적인 영감을 가진 에스퍼. 과거에는 무당 자질이었다고도 한다. 김은정은 무당들의 노래인 화초가를 들으면서 이렇게 살 수밖에 없다는 걸, 다른 길은 없다고, 신념으로, 삶으로, 죽음으로 받아들였다.

선택받았고, 선택했다.

'나도 이미 무당이지.'라고 김은정은 생각했다. 화초가. 무당들처럼 평생 이렇게 살다가, 이렇게 살 수밖에 없는 걸 후회할 정도로……. 그럼에도 오늘밤 내일 굿을 하기 위해 종이꽃을 접는다. 왜냐하면 이 길한테 선택받았고, 나도 선택했기에 나의 신념이자 삶이고, 죽음이 될 테니까. 마지막에 어떻게 죽을지 결심했으니 앞만 바라보고 단 한 길만 달리자. 김은정은 늘 자신에게 이렇게 주문을 외웠기에 프리스페이스를 선택했다.

김은정은 성서하를 내세워 수업에 빠졌기에 양심의 가책을 느꼈다. 하지만 비장한 기운으로 얼굴을 단단하게 굳혔다. 프리 서버에 프리스페이스가 보낸 메일이 와 있었다.

- 옛날에 기초 교육 과정 시절 싸운 일이 있었습니다. 싸울 일도 아니라는 훈계를 선생님에게 들었습니다. 지금 우리가 겪고 있는 거대한 문제도 그렇다는 걸, 이 메일을 받는 모두가 알고 있으리라 생각합니다. 그리고 가장 큰 싸움을 눈앞에 두고 있습니다.

프리스페이스는 예를 들어 거대한 문제를 설명했다. 우주의 비밀. 전쟁의 진실. 김은정은 왜곡파의 교육을 받았기에 한눈에 어떤 예시인지 알았다. 왜곡파 지도부와 동지들이 평등한 의사소통을 통해 다음과 같은 결정을 내렸다.

- 우주로 오기로 했던 예비된 후보자들은 우주로 오지 않는다. 다른 왜곡파들도 모두 오지 않는다.

김은정의 경우에는 에스퍼이고 동물농장 소속이니 어차피 가지 않는 게 더 자연스러웠다. 영상관을 독차지하고 영화를 봤을 때처럼, 통신실에는 김은정 혼자 있었다. 조금 있으면 성서하가 문을 열고 뒤에서 다가올 듯했다. 성서하 얼굴이 뉴스에 자주 나왔다. 쓰리잭팟 영웅. 에이스.

– 예. 알겠습니다. 우주로 가지 않겠습니다.

김은정은 무표정하게 답장을 타이핑했다. 저번에 동물농장 회의를 몰래 녹음한 파일을 보내어, 모든 복음의 패배 시나리오에 두 개의 결말이 있다는 것을 알렸다. 달 탈환 작전에 성공했을 경우와 실패했을 경우였다. 왜곡파 지도부는 모든 복음에 잠입한 동지들이 곳곳에서 보내온 정보를 받아서 깊게 생각하고는 계획을 세웠다. 모든 복음의 패배 시나리오에 대항하는 두 개의 플랜이 공개됐다.

달 탈환 작전 시기를 알 수 없었다. 지금이라도 당장 범족과 접촉해야 하지만, 모든 복음이 우주 왜곡파의 움직임을 눈치채고 내부 감시를 붙였다. 이 때문에 범족에게 접근하려 했지만 아무도 도달하지 못했다. 내부 감시자에게 밀고 받은 헌병 비행 대대에게 격추당했다. 결집이 힘들어 대규모 탈영은 힘들었다.

그러나 파일럿 W의 우수한 비행 실력에 기대어 2인이 탑승하는 복좌형 전투기라면 가능할지도 몰랐다. 어떻게든 W를 설득해 탈환 작전이 시작되기 전에 에스퍼와 함께 범족이 있는 달로 보내려 했다. 그래야 싸울 일이 아닌데도 사람들이 목숨 거는 걸 막을 수 있었다. 김은정은 W가 어느 파일럿의 코드네임인지 몰랐다. 이게 플랜 1번이었다.

그런데 싸울 일도 아닌데, 싸워서 패배한다면? 달을 탈환하지 못하고, 인류 최대 규모의 군사 작전이 실패한다면? 패배 시나리오상 달을 탈환하지 못하면 최악의 결말로 치닫는다. 그래서 만약을 대비해, 플랜 2번을 실행하기 위해서 김은정을 비롯한 지구 왜곡파들에게 우주로 나오지 말라고 했다.

김은정의 가족들은 캠프 학살을 듣고 몰래 왜곡파로 전향했다. 하지만 다른 왜곡파들 경우에는 알리제를 믿는 가족과 지인, 친구 모두를 저버리는 최악의 해결법인 플랜 2번을 실행해야 했다.

종료 카운터가 1분을 넘어, 초 단위에 들어섰다. 59, 58, 57. 5분도 안 되는 시간이었는데, 모니터에 비친 자신의 얼굴을 보니 세월을 순식간에 겪어 버린 얼굴로 변해 있었다. 우주 왜곡파들이 지구 왜곡파들에게 최악의 해결법을 실행할 수 있는지를 묻고 있었다. 오직 사랑하는 사람만이 사랑하는 대상을 위해 할 수 있는 일이었다.

― 예. 저와 지구 동지들은 우주 동지들의 뜻을 받아들이겠습니다. 상황이 그렇게 된다면 반드시 해내겠습니다.

플랜 1번인 W가 실패하거나 상황이 그렇지 못할 경우, 플랜 2번으로 나아가겠다는 약속이 맺어졌다.

창밖으로 햇살이 늘어지며 노을이 될 조짐을 보였다. 겨우 5분이었는데 바깥 세상도 금세 변했다. 화단의 해당화는 꽃봉오리를 닫고 앙상한 가지를 드러내고 있었다. 시뮬레이터 훈련 건

물 2층 창문 안쪽으로 파일럿병과 학생들이 수업에 열중하고 있었다. 성서하와 똑같은 레드 스카프를 매고 있었다.

'성서하. 난 우주로 가지 않아. 왜냐하면 알리제를 사랑하니까.'

창 바깥쪽에서 씽~ 초겨울 조짐이 바람에 실려 지나갔다.

김은정은 창밖을 내다보는 걸 멈추고 자리에서 일어났다.

우주에서 모두를 잃다

한밤중에 오지영은 주홍연의 방으로 찾아와서 말했다.

"야! 그동안 까분 것 싹싹 빌면 다 용서해 줄게. 우주로 가는 것 빼줄게!"

주홍연은 원래 알리제 신자라 우주로 가지 않을 수 있었다. 주홍연은 오지영 말에 조금도 동요하지 않고 의자에 몸을 기대며 발을 까닥거렸다. 오지영이 화를 냈다.

"뭐야, 그 태도! 너, 우주로 간다고!"

"알아. 내가 차출에 동의한 거야. 설마 너, 우주로 가는 걸 빼준다는 이유로 빌라는 거야? 내가 너한테 뭘 잘못했어?"

"너희 부모님이 우리 엄마한테 전화했어. '우리 딸이 우주에 왜 가냐?'고. 너희 부모님이 알리제교 고위 신자여서 우리 엄마가 벌벌 떨고 계셔."

"내 인생 내가 결정했으니까, 너희 엄마가 조금 고생하시라고 그래."

"우리 엄마인데?"

"그렇지. 내 엄마가 아니라 네 엄마니까, 고생해."

오지영은 아무 말 못하고 방을 나갔다. 주홍연은 이미 회의실에 설치한 무선 도청기로 상황을 엿들을 수 있었다.

"이제 학생들을 차출하는 데 아무런 지장이 없습니다! 우리 모두의 노력 덕분입니다! 이 기세로 3차까지!"

오지영은 성서하의 조기 지원으로 이제 패배 시나리오가 2차가 됐다며 호들갑을 떨었다. 그리고 박수 소리가 이어졌다.

우주로 파병 보내어 죽을 학생들, 지구에 잔류시켜서 살릴 학생들의 명단이 완성됐다고 했다. 언론에 폭로할까? 하지만 언론 팩트 회복이라는 알리제 단체가 언론을 통제했다. 그냥 인터넷에 올릴까? 결국 추적당할 게 분명했다.

모든 복음이 있는 이 지구에는 자유롭게 생각할 자유가 없다. 오로지 같은 생각을 해야 했다. 그러나 우주에는 모든 복음에 대항하는 조직이 있었다. 왜곡파. 부모님이 예전에 이야기하는 걸 들었다. 주홍연이 기초 교육 과정을 졸업할 무렵이었다. 부모님이 마치 마약이나 가상 현실 중독처럼 나쁜 일인 듯 그들에 대해 언급하는 걸 들었다. 딸 또래 애들이 있다고.

"우리 공주님은 그런 나쁜 가르침으로 안 빠질 거지?"

부모님의 걱정이 튀어서 충동적으로 물었던 때가 떠올랐다. 엄마, 아빠, 딸은 합니다. 지금 알리제에 대항할 수 있는 세력은 같은 알리제뿐이에요. 개를 잡으려면 개를 풀어야 한다. 주홍연은 자신의 반골 기질을 따랐다. 친구들의 생사를 가르는 데 박수를 치고 있다. 모든 복음 탓만이 아니었다. 광신도 아니면 소통이 안 되는 알리제교 자체가 문제가 있다. 주홍연은 더 이상 신자가 아니었다. 다음날 우주로 가는 차출에 동의했다.

오지영이 나간 후, 주홍연은 책상 앞에 앉아서 성서하가 보낸 시계를 꺼내 보았다. '주홍연에게'라고 씌어 있었다. 네가 내 이름을 썼다니 기분이 이상해. 중학교 때 남자친구와 첫 키스를 했을 때와 같은 기분이었다. 비쌀 텐데, 좋은 걸 보냈네. 네가 떠나고 난 빛을 잃었어. 그래서 선물이 더 고마웠다.

옛날 성격 같으면 자퇴했을 텐데 그러지 못했던 이유는, 이 학교를 나가면 앞으로 무엇을 할지, 어떤 생각을 해야 할지 몰라서였다. 외계인과의 전쟁이 일어나지 않아도 군인으로 사는 걸 받아들였을까? 아니. 그럼 난 왜 여기에 와 있지? 모든 복음 때문에, 외계인들 때문에, 이 학교로 와야 한다고 가족이, 내가 몸을 담고 있던 세상이 나를 설득했지. 자기들처럼 생각하라고.

만약 자유롭게 생각할 수 있다면? 우주로 가서 왜곡파를 만나면 모든 복음의 눈치는 안 봐도 된다. 자유롭다면 어떤 생각을 할까? 어쩌면 이제 더 이상 알리제를 따르지 않는다고 말할 자유가 있을지도 몰라. 그 정도로 자유롭다면 심장이 두근대다가 터져 버릴 거야. 우주로 가면 성서하를 만나겠지. 이제 알리제를 믿지 않는다고 하면 어떤 표정을 지을까? 기대되네.

그렇다고 모든 걸 긍정적으로 볼 수도 없었다. 지금 우주로 가는 건 어쩌면 후회할 길이라는 걸 잘 알았다. 지구에 남아 있으면 부모님이 힘을 써서 안전하게 지낼 수 있다. 어쩌면 예전부터 관심 있었던 연극이나 밴드를 해보거나 유학을 떠날 수도 있었다.

그러나 모든 복음이 승리한다. 친구들을 죽이고 살리는 걸 제 마음대로 정한 악마들이 계속 세상을 지배한다. 자신이 이탈해도 부모님은 고위 신자이니 신분은 깎이겠지만, 스스로를 방어할 수 있을 것이었다.

반드시 주홍연 자신이어야 하는 이유가 있었다. 알리제를 무너뜨릴 수 있는 건 오로지 같은 알리제뿐이다. 우리 편이면 살리고, 아니면 죽인다는 극단적인 시스템에 대항하려면 그 시스템을 경험해 본 사람이어야 하니까.

주홍연은 저녁 바람을 쐬고 싶어서 밖으로 나갔다. 화단을 따라 걷다가 동기들과 함께 걷는 김은정과 지나쳤다. 전교생 모두의 차출이 결정된 후, 정훈병과 학생들은 밤늦게까지 학교 외부로 나가서 선전 활동을 했다. 짧은 순간이지만 주홍연은 김은정과 분명하게 눈이 마주쳤다. 김은정 보라고 손목을 들어 선물로 받은 시계를 내보였다. 성서하는 나를 좋아하지 않아. 김은정 너를 좋아해. 하지만 넌 여기 남아 있고, 난 우주로 가지. 난 성서하를 다시 만날 거야. 알아? 어? 어?

주홍연은 우주로 가서 자유롭게 하고 싶은 첫 번째 일을 떠올렸다. 왜곡파의 저항군이 될 것이다. 같은 군인이지만 제국군과 저항군은 차이가 컸다. 오, 이건 괜찮네. 한 10년은 장기 근속할 수 있겠어. 모든 복음을 열성적으로 믿는 김은정과 오지영을 쳐부순다. 괜찮네. 주홍연이 뒤돌아보자 멀어지는 학생들 사이로 김은정만 뚜렷하게 보였다. 중지를 세워 멀리 있는 김은정과 겹쳤다.

김은정은 주홍연을 스쳐 지나갔다. 동기들이 물었다.

"너 정말 파일럿병과의 쓰리잭팟 군을 두고 저 여학생과 삼각관계야?"

아니라고 대답했다. 왜 그런 소문이 돌았는지 알지 못했다. 하지만 방금 주홍연이 돌아볼 때의 눈빛으로 알았다. 소문이 사실이구나. 너, 성서하를 좋아했구나.

김은정은 성서하에게 받은 선물을 열지 않았다. 우주로 가지 않으니 미련을 잘라내고 싶었다. 같은 방 친구에게 부탁해서 주변에 나누어 주었다. 민청아와 김은정의 눈이 마주쳤다. 민청아가 김은정의 난처한 기운을 눈치챘는지 화제를 돌렸다.

"은정아, 너는 2차로 온다며? 늦게 오더라도 오는 거잖아. 우리 결국 만날 테니까. 너무 신경 쓰지 마."

김은정은 특수한 인적 자원인 에스퍼이자 동물농장 학생회이기에 2차로 밀렸다. 그러나 2차는 영원히 출발하지 않는 지구 잔류파였다. 동기들은 답답하지만 성실한 김은정이 2차로 순번이

밀렸을 뿐, 오지 않을 거라고는 생각하지 못했다. 김은정은 어색한 미소를 지었다.

김은정은 오늘같이 친구들과 함께 걷던 날을 떠올렸다. 산봉우리 사이로 솟아오른 해를 보며 씩씩하게 알리제 찬양가를 부르며 캠프 학교로 올라갔다. 오빠, 언니들에게서 교육받았다. 김은정은 기초 교육 과정을 홈스쿨링으로 1년 빨리 졸업한데다 체험 학생으로 들어왔기에 기록이 아예 없었다. 집 근처에 사는 언니가 말로 설명하고 데려간 거라 문자나 이메일 기록도 없어서 학살 후 색출에서 걸리지 않았다. 다른 친구들은 모두 캠프 학생인데 김은정 혼자 불명확한 모호한 그림자였다. 그래서 모든 복음에서 잡아내지 못했다. 그리고 모든 복음이 형제, 자매들을 살해했다. 그때처럼 오늘도 모호하게 살아남는구나.

"은정아. 너도 빨리 우리 캠프에 입학했으면 좋겠다."

"그래, 집에 돌아가면 나도 이 학교에 입학시켜 달라고 할 거야!"

그때 씩씩하게 말했지. 김은정은 친구들과 손잡고 올라가던 등산로를 떠올렸다. 그때 이광희가 문자를 보냈다.

- 올빼미, 미안한데 지금 어딨어?

에스퍼 담당자 이광희가 김은정의 일상을 예전부터 주시하고 있었다. 김은정은 성서하와의 관계를 이광희가 잡아냈을 거라 추측했다. 이광희가 오지영에게 말했기에, 오지영이 성서하를 충동질해서 잔디밭에서 그 난리가 났다고 생각했다. 지금은 그런 일 없었다는 얼굴로 오지영을 대하고 있지만 그렇다고 정말 무감각해진 과거가 된 건 아니었다.

- 사자, 나 지금 도서관이야.

- 올빼미, 도서관에 너무 자주 가는 거 아냐?

학생이 도서관 가는 걸 왜 걱정하는가? 그리고 어떻게 알고 있지? 오지영, 이광희는 관리자이니 보안 앱에 관리자 기능이 있을지도 모른다. 혹시 위치 표시가 되나? 정훈병과의 기숙사는 4인 1실이기에 혼자 있고 싶어서 도서관에 자주 갔다. 김은정이 둘러댔다.

- 선전에 도움이 되는 책을 대출하려고.

- 음, 그렇구나. 잔류자 통제 일을 부탁하려고 했어. 나중에 말할게. 그럼 수고해.

위치와 이유를 감시한다. 에스퍼는 귀한 인적 자원이기에 어쩌면 당연한 거였다. 같은 생각을 가지고 있는지 감시받을 수밖에 없었다. 김은정은 트라우마가 된 과거를 떠올렸다.

탕! 탕! 탕! 모든 복음 사람들이 오빠, 언니들을 총으로 쏴죽이고, 어린아이들을 양 옆구리에 끼고 트럭에 올라탔다.

"너희는 우리와 같은 걸 믿지 않으니 살 수 없다."

같은 믿음이라도 같은 교리를 따르지 않아서 모두 죽인다고 했다.

"왜 우리와 다른 생각을 하지? 우리와 같은 걸 믿고, 같은 생각을 해야지!"

김은정은 몸집이 작아 안테나 뒷면에 숨어 있다가, 그들이 캠프에 불을 지르자 산 전체에 불을 지르는 줄 알고 뛰어나왔다. 나뭇잎 밟히는 소리, 밤에 울어대는 짐승들, 벌레들이 요란하게 날개를 비볐다. 밤하늘에 달이 뜨지 않아 어디로 가는지 알 수 없었다.

비탈길에서 넘어져 뒹굴었다. 잡초와 흙이 김은정의 온몸을 면도날처럼 긁었다. 무너진 토사가 야박하게 김은정을 때렸다. 김은정은 흙에 얼굴을 파묻었다.

"살려주세요! 아무것도 못 봤어요! 아무 말도 안 할게요!"

비굴하게 빌었다. 서늘한 밤의 한기가 채찍질하듯 김은정을 내리쳤다. 그때 우엉우엉 소리가 들렸다. 소리 없이 달려드는 밤에게 따라잡히고, 짐승들의 발자국 소리가 요란하게 땅을 울렸던 순간. 우엉우엉 소리에 고개를 드니 올빼미가 나뭇가지에 올라 자신을 내려다보고 있었다. 비겁한 네 모습을 영원히 잊지 않겠다는 듯이 선언하는 강렬한 눈빛이었다.

'나도 그 날을 영원히 잊지 않아.'

그래서 김은정은 동물농장 학생회에서 올빼미 가면을 선택했다. 평생 그날을 잊지 않으려 날마다 되새기고 있었다. 김은정은 그날처럼 지금도 마음속에서 어두운 산길을 내달리고 있었다. 우주로 가지 않고 지구에 있는 한은 감시를 감수해야 한다. 과연 얼마나 달려야 할까?

성서하가 이전에 보냈던 칼럼이 실렸다. 이틀 후 〈컬처〉 신문이 우주로 올라왔다. 선전 용사에게 우호적이기에 검열을 피할 수 있었다. 편집장의 댓글이 보였다.

－ 이상하게 도착한 특이한 기사였습니다. 수신처를 보니 어렵게 보낸 사정을 이해합니다. 본지와는 논지가 다르지만, 들을 의견이라고 생각해서 수용합니다.

'본지와는 논지가 다르지만, 들을 의견이라고 생각해서 수용합니다.'라는 의견이 있었다. 누군가의 배려가 있었다는 뜻이었지만 성서하는 침대 위를 격하게 뒹굴거리며 우쭐댔다.

"한 번에 통과했어. 역시 나야! 난 못하는 게 없어!"

인터뷰도 했다.

"범족의 그레이 데몬도 격추시킬 수 있습니까?"

"하. 하. 하. 당연한 말씀을!"

인터뷰가 전선 뉴스를 통해 배포되자 방어 위성 라인 전체에서 칭찬이 쏟아져 들어왔다. 그리고 지구 병력이 곧 온다는 소식이 돌았다. 성서하는 친구들과 김은정에게 잘난 척하고 싶어서 하루빨리 만나기를 기대했다.

강천준은 달 탈환 작전이 스탠바이에 들어갔다는 정보를 들었다. 곧 지구 병력이 온다. 달 탈환 작전을 시작하기 전에 성서하와 친해져야 하는데 쉽지 않았다. 왜 이 녀석이 막 나가는지 알 수 있었다. 복도 곳곳에 성서하의 얼굴이 들어가 있는 기사가 스크랩되어 붙어 있었다. 강천준이 편대원들과 정찰 비행을 마치고 운항실로 가는 중에 성서하가 물었다.

"편대장님, 그런데 왜 내 초상권에 아무런 대가가 없죠?"

"내가 알기로는 기사는 초상권과 관련 없어."

'애송이 녀석, 잘난 체하기는…….'

강천준이 생각했다. 갑자기 성서하가 예리하게 찔렀다.

"알리제 명상하러 안 가시나요? 가서 소통과 인류애 말하면서 남들 쪼아야죠."

"뭐? 우리가 신자라는 증거 있어?"

도발에 넘어가면 안 되는데 정재승이 표정 관리를 하지 못하고 더듬거렸다. 알리제 신자라는 게 들통났다. 김수용은 난처한지 웃으며 잘생긴 이마를 긁었다. 성서하는 씨익 웃고 있었다. 강천준은 무표정하게 천천히 입을 열었다.

"내가 옛날부터 못하는 게 없었거든? 세상 혼자 사는 줄 알았어. 그러나 나보다 대단한 사람들이 많더라고. 다 알고 있다고 생각하면 못 배워. 이따가 기체 점검하지? 도와줄까?"

기체 점검에 빗대서 자연스럽게 설득했다.

"고 상사 아저씨가 본래 나쁜 사람은 아니었잖아요. 나도 봤어요."

마인드텔레파시는 비밀인데, 성서하는 선을 넘었다.

선배들은 역시 모두 반알리제인 척하는 알리제 추종자들이었다. 그런데 왜일까? 선배들은 겉으로는 반알리제인 척 핍박은 다 받고 있었다. 어차피 알리제 세상에서 "선배들 알리제 신자들이죠?" 해봤자 무슨 소용인가? 성서하는 알 수 없는 이상한 최면이 무엇인지 알고 싶을 뿐이었다.

"네가 왜 이상한 소리를 하는지 잘 모르겠는데? 우리에겐 말할 수 없는 안 좋은 일이 있을 거라 생각해서 참아 주는 거야. 저번에 네가 말했던 좋아한다는 여학생 때문이니? 무슨 일 있으면 언제든 얘기해라. 의논 상대가 되어 줄게."

강천준은 김은정을 내세워 얄밉게 요리조리 잘 피해 갔다. 김은정이라는 소재와 담담한 말투가 성서하의 신경을 긁었으나 상대가 응하지 않으니 방법이 없었다.

강천준에게는 후배가 건방지게 나와도 참아야 하는 이유가 있었다. 강천준이 왜곡파 커뮤니티에 성서하에 대한 글을 올리자 논쟁이 벌어졌다.

- 쟤를 설득해 무리를 해서라도 범족에게 가야 한다.

- 그 녀석은 반알리제다. 다른 뜻을 가지고 있지만 우리는 알리제다.

- 저 뚱한 얼굴이 비밀을 지키리라 장담할 수 없다.

- 달 탈환 작전이 시작되면 못 간다. 범족을 얼른 만나서 우리 뜻을 전해야 한다.

논쟁이 길어졌지만 시간이 촉박하기에 결국 합의에 이르렀다. 시도는 해보자. 이 건방진 녀석은 그때 그 꼬마 여자아이가 우주로 올 거라고 철석같이 믿고 있는데…….

강천준은 고 상사와 대립할 때 읽은 성서하의 내면을 통해 성서하와 김은정과의 관계를 알았다. 성서하의 내면에 떠오른 여학생이 눈에 밟히기에 계속 생각했다. 어디선가 본 적이 있었다. 우주로 올 후보 중에서 김은정의 얼굴을 찾아내고는 대안 캠프 때의 기억을 떠올려 냈다. 왜 처음에 김은정의 사진을 봤을 때 떠올리지 못했는지. 그 꼬마는 그때를 못 잊고 악착같이 우주로 오려고 하는데…….

왜곡파가 김은정을 포함한 지구 왜곡파들을 오지 못하게 결정했다는 것을 알고 성서하에게 미안한 마음이 들었다. 김은정에게도 미안했다. 동시에 김은정을 이용하는 방법도 떠올렸지만, 그런 사람은 될 수 없었다. 그들은 아직 젊기에 순수했다. 순수하기에 핍박을 참고 혁명을 시도하는 중이었다.

"……씨……."

성서하가 화가 나서 욕설을 내뱉으려는 찰나, 강천준은 먼저 입을 열어서 말을 끊어 버렸다. 후배가 선배에게 욕을 내뱉으면 관계가 끊겨 버린다.

"그간 궁금했는데, 이착륙 훈련도 안 받고 낙하산도 수거해 갔다고 했지? 그럼 아무런 탈출 훈련도 안 받았어?"

"예? 범족 진격 속도가 빨라서 공중전 독트린에 집중했어요."

강천준이 말을 돌리자 성서하는 제정신이 들었는지 잠시 침묵하다가 말했다.

"그, 저도…… 아니, 나도 수송기나 신기전을 몰고 다른 위성으로 갈 수 있습니까? 누군가를 데리러 가거나……."

'저도'라고 했다가 '나도'라고 지칭을 바꾼 걸 보니 머릿속이 어떤 생각인지 짐작할 수 있었다.

"개인 용무는 안 돼."

딱 잘라 말했다. 어린 녀석이 무슨 심정으로 묻는지 딱 티가 나서 강천준은 일부러 단호하게 말했다. 신경전이었다.

"여기는 학교가 아니야. 아는 사람을 보고 싶다고 그냥 나갈 수 없어. 무단 이탈은 제지받는다. 공무 목적으로 반드시 수송기를 통해 이동할 뿐이야. 이것도 사전에 허가받아야 해."

그래도 성서하는 고개를 삐딱하게 돌리고 있다가 "그래도 가면요?"라며 계속 물고 늘어졌다. 자신이 난 기사가 스크랩되어 위성 전체에 붙어 있다는 자만심이 보였다.

"헌병 비행대대가 추격해 올 거야."

"내가 더 강할걸요?"

앞뒤 가리지 않는 패기였다.

"선배들님 모두 잠깐 저를 따라오세요."

후배가 선배들에게 따라오라고 말했다.

비좁은 통신실에는 모니터 앞에 의자가 딱 하나 있었다. 통신실에서 유일하게 앉을 수 있는 상석이었는데, 성서하가 선배들을 무시하고 털썩 앉았다. 성서하는 자신의 계정에 접속하여 김은정의 메일을 선배들에게 보여줬다.

- 언젠가 성서하 군과 다시 만난다면, 성장하여 우리가 동등하게 마주

보는 날에 만나기를 기대할게요. 그때라면 좋은 감정으로 늘 함께 할 수 있겠죠.

"아까 나에게 무슨 안 좋은 일이 있다고 잘못 생각하고 있었죠? 아니에요. 보세요. 나랑 결혼하자고 하네요."

성서하는 자신감이 넘치는 목소리로 설명했다. 선배들의 생각이 잘못됐다는 걸 증명하고 싶은 것 같았다. 김은정은 우주에 못 온다고 쓰지 않았다. 만나기를 기대할게요. 분명 가지 못한다는 걸 우회적으로 썼다. 그 밖에도 '성장하여 우리가 동등하게 마주 보는 날에…….'라고 되어 있었으나 오만이 이 뚱한 꼬마의 눈을 가려 버린 듯했다. 어디에 결혼이라는 말이 있어? 이 녀석, 말려야 할 때다. 강천준은 얼굴을 뻣뻣하게 굳혔다.

"어딜 봐서? 너 혼자 착각이지."

"여기 보세요. 함께 하자고 하잖아요. 여자들은 원래 직선 같은 곡선, 갈림길 같은 일직선으로 말해요."

김수용은 늘 그랬듯 웃으며 대했다.

"글쎄다. 희망적으로 보면 좋지."

기종 변경 훈련 때 성서하와 말다툼을 한 정재승은 지금은 성서하의 기에 눌려 말 한마디 못하고 사람 좋은 척 허허 웃기만 했다. 성서하는 자기가 생각했던 반응이 아닌지 시무룩해졌다.

"사람은 눈물을 흘리고 아파야 어른이 될 수 있어. 그런데 너는 눈물을 흘릴 시기를 외면하고 있어."

강천준은 마인드텔레파시를 통해서 성서하의 내면을 읽었

다. 기숙사 잔디밭에서 무슨 일이 일어났는지 알고 있었다. 잔디밭의 일을 앞뒤 자르고 툭 꺼냈다. 성서하가 뭔가 눈치챘는지 반항적으로 눈을 부릅떴다. 강천준은 이 예리한 녀석이 맞받아칠까 얼른 한 발 더 쐈다.

"네가 하는 선택과 너에게 일어나는 모든 일들을 그 여자에게 갖다 붙이는 것 같아. 네 삶이 특별해지기 위해서 굶주려 있지 않았어? 너, 파일럿이 되기 전이 기억은 나냐?"

눈물을 흘릴 시기? 무슨 얘기지? 성서하는 선배가 최면 같은 알 수 없는 힘으로 자신의 내면을 읽었다는 걸 감지하고 있었다. 방금 전 이야기에 뼈가 있어서 살짝 찔렸는데, 언제, 어느 걸 말하는지 얼른 떠오르지 않았다.

어영부영. 엄마가 괴짜라고 놀린 건 기억나는데……. 성서하의 기억은 희끄무레했다. 기세를 잡은 강천준이 말을 이었다.

"사랑은 많이 해봐서 만성이 돼야 해. 그렇지 않으면 매우 위험하게 받아들여. 몸에 열이 나거나 밤새 생각하는 건 어떤 사랑이든 다 하는 일이지만, 처음 해보는 사람은 처음 겪는 일이라 운명이라 받아들이지. 잘 생각해 봐."

"우아, 멋있는 말 아냐?"

김수용이 분위기를 밝게 하려 했지만 성서하가 코웃음쳤다.

"뭔가 아니까 멋있는 말하기도 쉽죠. 선배, 사기꾼 기질이 있네요."

강천준 선배는 분명 자신에 대해 뭔가 알고 있다. 그래서 자신의 뜻대로 되지 않는다. 성서하는 자기 생각대로 되지 않자 남을 일방적으로 비난하고는 통신실을 나갔다.

11월. 조기 수료와 함께 학생 병력 차출이 정식으로 발표됐다. 학생들은 집으로 복귀하여 가족들과 일주일간의 짧은 휴가를 보낸 후, 기밀 장소로 이동하여 대규모 수송 로켓을 타고 우주로 향한다. 전 세계에서 수많은 병력들이 출발하기에 뉴스에서는 유행가처럼 어느 국가, 몇 대 출발을 매일 방송했다.

파일럿병과는 먼저 우주로 가서 전투기를 인계받아 수송 로켓 경호 임무를 수행하기로 되어 있었다. 그래서 모든 파일럿병과는 다른 병과들보다 먼저 우주로 와서 우주 전함 캐리어에 집결해 있었다. 군사 학교와 비행, 우주 마이스터 과정 학생, 아카데미 대학생, 사관학교 생도들은 안내 방송에 따라 하역 도크에 모여 북적댔다.

- 여러분은 모두 똑같은 파일럿들입니다! 여기에는 장교도, 준위도, 부사관도 없습니다! 파일럿들은 계급보다 서로를 존중하는 평등사회를 지향합니다!

환영하는 메시지가 하역 도크 스피커 곳곳에서 터져 나왔다. 모든 학생 파일럿들은 베테랑 군인들이 지휘하는 비행대대에 속하게 되었다. 수송 로켓들이 무사히 궤도를 빠져나와서 캐리어와 도킹할 때까지 경호하는 임무를 배정받았다. 학생들은 떠나기 전, 하역 도크 벽면으로 쏟아지는 홀로그램을 통해 선전 영상을 봤다.

성서하의 공적 확인 카메라에 녹화된 장면들이었다. 선전 영상 속에서 불가사리들은 게임 속 하급 몬스터처럼 너무 쉽게 격추됐다. 성서하의 파일럿다운 강인한 얼굴을 담은 장면들과 내레이션이 흘러나왔다.

- 에이스에 대해 말한다. 최근 놀라운 실력으로 외계인 전투기를 5대나 격추하여 에이스로 추앙받는 학생에게 의심의 시선을 보내는 사람들이 있다.

성서하가 ACE라는 필명으로 썼던 글이 영상과 함께 나오고 있었다. 선전을 잘하려고 하는, 속사정 모르는 누군가가 당사자와 필명으로 쓴 글을 한 화면에 같이 편집했다.

- 본 필자는 그들에게 묻는다. 아직 미성년인 아이가 전공을 세웠다고 믿기 어렵다는 논지는 충분히 납득할 만하다. 그러나 그 학생은 군사 학교에서 훈련받은 후보생이며, 이미 훌륭한 실력을 충분히 증명하여 모두에게 주목받는 인재였다.

전문 성우가 정성 들여 녹음했기에 글을 읽는 묵직한 저음이 설득력을 발휘했다. 학생들은 필명 뒤에 숨어 있는 성서하의 자신감에 감염됐다.

"저렇게 쉬워?"

"별거 아니네."

"여러분, 전투기 생산에 비해 장갑 덮개 생산량이 그에 미치지 못하고 있습니다. 그러므로 일단 최전선 비행대대에만 장갑을 지급하고 있습니다. 여러분들은 아직 후방에 있으니 나중에 최전선으로 향할 때 장갑이 지급될 겁니다.”

학생들은 자신들이 후방에 있을 거라는 말과 함께 선전 영웅 성서하도 장갑 덮개 없이 거침없이 외계인들을 격추시키는 모습을 봤기에 아무도 이의를 제기하지 않았다.

주홍연과 샐러맨더 편대는 관측 임무를 지시받았다. 제13위성 방위 대대에 편입됐지만, 고참들은 신참들을 믿지 않았다.

– 샐러맨더, 여기는 브라보장. 관측 잘 보고, 지구 궤도에 빨려가지 않도록 중력 감지 게이지에 유의하라. 문제가 있을 경우 보고하는 것 알지?

3대대 고참들은 다른 대대와 함께 신참들의 반대편 먼 곳에 자리 잡았다. 그곳은 전략 물자를 수송하는 로켓이 지나갈 궤도였다. 안전을 우선시하는 우주 관광 셔틀처럼, 수송 로켓도 안전 궤도를 통과하기 때문에 딱히 주의를 기울일 필요는 없었다. 오히려 지구 대기권의 안전 궤도가 모두 꽉 차버려서 전략 물자들을 불안정한 궤도로 보내기 때문에 당연히 그곳을 더 신경 써야 했다. 김민섭의 무전으로 잡담이 시작됐다.

– 여기는 붉은 매. 야, 아까 영상 속 성서하 멋있지 않았냐?

– 여기는 영웅문. 레드얼럿, 서하 녀석, 우리가 우주에 온 걸 알까?

– 여기는 레드얼럿. 우리 파병은 아직 기밀이지만 다 알 거라고 생각해. 밖을 봐봐.

샐러맨더 편대원들이 고개를 돌리자 푸른 지구가 보였다. 반대편으로 고개를 돌리자 위성들이 반짝이며 줄을 서 있는 게 보였다. 우주는 탁 트여서 감출 수가 없었다. 지구의 푸른빛은 가

만히 보면 마음이 차분해지지만, 푸른빛이 차오르는 게 보면 볼수록 어항을 넘어선 물처럼 쏟아져 온 우주를 흠뻑 적실 것처럼 보였다. 반대편으로 고개를 돌리면 시커먼 우주가 보였다. 마치 지구의 평범한 밤 같아서 진짜 우주로 보이지 않았다. 조종석 캐노피를 열고, 손을 내밀어 진짜인지 확인해 보고 싶었다.

주홍연은 헬멧 안 HUD에 후방에서 다가오는 편대를 발견했다. 다섯 대씩 오각형으로 짝지어 있었다.

복도에 불룩 튀어나와 있는 비상등이 빨간 불빛으로 번쩍였다. 전체 방송이 나왔다.

- 경고! 실제 상황이다! 그레이 데몬을 포함한 범족의 비행 편대가 접근 중이다!

성서하는 서둘러 감압실로 뛰었다. 감압실 앞에서 선배들이 파일럿용 우주복을 입고 있었다. 격납고는 무중력 공간이라 점프로 가로질러 각자의 기체 앞에 도달했다. 헬멧을 통해 무전이 울렸다.

– 기습이다! 모든 방위 위성 라인이 출격 중이다!

성서하가 신기전에 오르자, 신기전은 발사대의 레일을 타고 이착륙 도크로 이동했다. 성서하에게 무전이 들어왔다.

– 그레이 데몬을 선두로 방위 위성 라인을 통과하여 지구 대기권으로 향하고 있다. 현재 병력을 수송 중인 수송 로켓을 노리는 걸로 추정된다. 수송 로켓에는 자네 학교 친구들이 타고 있네.

– 네?!

– 차출 병력이 우주로 오는 건 배치 전까지 기밀이었어. 놈들이 어떻게 알았는지 모르겠네. 얼른 가서 그들을 구해 주게나!

전투기들이 발사되자마자 엔진 출력을 높여서 지구의 푸른빛을 향해 날아갔다. 내 손으로 친구들을 구한다! 성서하는 스로틀을 최고로 밀어 속도를 높였다.

– 브라보장, 여기는 레드얼럿. 범족이다! 대략 60기가 넘는 전투기들이 몰려오고 있다!

– 레드얼럿, 여기는 브라보장. 현재 수송 로켓은?

– 브라보장, 상승하고 있다.

– 곧 가마! 당장 인게이지를 선언하고! 주위에 전파하라!

샐러맨더 편대가 전체 통신을 날렸다. 점처럼 뜨문뜨문 떠 있던 삼각형들이 오각형들에게 향했다. 이쪽도 50기에 육박하고 베테랑 비행대대들이 올 테니 불리한 싸움은 아니었다.

그러나 학생들은 아직 한 번도 싸워 본 경험이 없었다. 오각형 무리에 구애받지 않고 단독으로 튀어나온 회색 불가사리가 보였다. 소문으로만 듣던 그레이 데몬이었다. 성서하가 들었던 보고는 틀렸다. 그레이 데몬은 한참 전에 위성 라인을 돌파하여 이미 지구에 도달해 있었다.

- 재밍이다!

HUD에 노이즈가 끼어 버렸다. 학생들은 엔진 출력을 높여 편대 단위로 흩어졌다. 배운 대로 각자 위치에서 반원을 그리며 범족에게 접근할 계획이었지만, 오각형 무리들은 옆으로 퍼져 반원이 끝나는 지점에 미리 도달해 있었다. 학생들은 첫 번째 돌격의 흐름이 끊기자 사방팔방 흩어졌다. 학생들 중 누군가 겁을 먹었는지 레이저를 난사했다.

- 야, 하지 마! 우리가 맞아!

- 하지 말라고!

학생들이 제각기 외치는 소리가 무선 채널에 가득 찼다.

- 정면으로 레이저를 쏘며 달려들어서 지나친 후 반전해야 돼!

- 더 크게 반원을 그려 대형의 후미에 도달하자!

각자 전략을 쏟아냈다. 이 순간에도 수송 로켓들은 백색으로 타오르듯이 환한 빛을 내며 대기권을 통과하고 있었다. 비행

대대들이 즉시 도우러 왔지만 재밍에 걸려 버렸다. 재밍을 뚫는 안티 전자전이 로직을 표시하며 벗어나려 노력했다. 그러나 비행대대 뒤로 다른 오각형 편대가 모습을 드러냈다. 선두와 같은 숫자로 얼추 60대가 넘어 보였다.

브라보장이 고개를 돌려 적의 규모를 확인했다. 이제야 상황이 보였다. 기습 도발이 아니라 전면전이었다. 애송이들은 그냥 관측하는 데 의의를 두고 있었다. 첫 출격 때 한가롭게 관측이나 하고 다음날은 각자의 위성으로 보낼 계획이었다. 물자를 실은 로켓들이 우주에 둥둥 떠다니며 수송기가 도킹해 오길 기다리고 있었다. 물자도 지켜야 했다. '신참들이냐, 비싼 자원이냐?' 하는 선택의 기로에 섰다. 즉시 지구 연합사와 사령부 위성으로 구조 요청을 보냈지만, 금세 오리라는 희망은 없었다. 그렇다면…….

- 모든 편대는 집중하라! 여기는 브라보장. 즉시 전방의 포위를 뚫고 신참들을 이탈시킨다! 이탈 스폿을 좌표로 보내겠다!

편대들이 학생들을 구하러 위험 속으로 뛰어들었다. 소속을 알리고 학생들에게 따라오라고 무전을 보냈지만, 학생들은 각자 살아남기에 급급했다. 장갑 덮개가 없어서 단 한 발의 레이저 공격도 치명적이었다. 뿔뿔이 흩어지라고 전해야 했지만 근처에 지구가 있었다. 지구의 중력에 끌려가 버리면 끔찍한 최후가 기다릴 뿐이다. 수송 로켓들이 대기권을 통과하자 빛나는 후광이 사라지며 육각형 본체가 드러났다.

- 브라보장! 수송 로켓 발견. 막 대기권을 통과. 살려주세요!

학생 중 하나가 관측 임무를 잊지 않았는지 무전을 보냈다. 브라보장의 눈에 특이한 전투기가 보였다. 곧 머릿속을 쥐어짜내는 통증과 함께 기괴한 노이즈 음이 파고들었다.

'싸…움…중…단. 항…복…해…라.'

브라보장은 구역질이 나서 산소 케이블을 벗겨냈다. 무언가가 머릿속에 침투했다. 항복? 범족들은 급하게 공격하지 않았다. 위치만 옮기는 정도였다. 추격도, 공격도 멈췄다. 회색 기체가 전장을 홀로 아지랑이처럼 활보했다. 하지만 머릿속 괴상한 노이즈에서 사악한 기운이 느껴졌다.

- 모든 편대원들은 들어라. 저들이 괴상한 전파로 심리전을 걸어온다. 이것은 속임수이다. 절대로 넘어가지 말고 끝까지 우리 가족을 위해 항전하라!

김민섭이 캐노피 밖으로 시선을 돌리자 헬멧 렌즈가 시야를 확대시켰다. 2,000킬로미터 떨어진 곳에 있는 나머지 비행대대가 범족들의 포위를 뚫기 위해 노력하고 있었다. 화염에 휩싸인 전투기가 폭발하며 갈기갈기 찢겼다.

"야……."

말버릇을 꺼냈다. 의미는 말이 아니라 시선에 있었다. 베테랑들이 온다고 해도 우리를 구해 줄 수 있을까?

서종범은 김민섭과 페어로 좌우를 보강하며 비행하고 있었는데 어느새 김민섭이 사라졌다는 걸 알게 됐다. 혼자 살겠다고 도망친 걸까?

— 붉은 매, 어디 있나?

대답이 없었다. 도망쳤다.

회색 불가사리가 먹이를 낚아채는 매처럼 급격하게 기수를 아래로 꺾으며 급강하했다. 우주에서는 앞뒤, 좌우가 모호하기에 브라보장 입장에서는 대각선 아래에서 불쑥 솟아오르는 방향이었다. 브라보장은 미사일이 발사됐다는 삐— 삐— 비프음을 들었으나, 재밍 때문에 어느 방향에서 날아오는지 알 수 없었다.

— 학생 여러분! 자력 생존을 지시합니다! 알아서 최선을 다해 살아남기를…….

쾅! 말을 마치지 못하고 산산조각 났다.

— 브라보장이 당했어! 우린 이제 어떻게 해야 해?!

학생들이 절규했다.

— 우리 가족을 위해 끝까지 싸우자!

— 복수하자!

범족이 전자전 노이즈를 보내서 채널을 마비시키려 했으나, 학생들의 결기가 노이즈를 뚫고 나왔다. 복수하자! 복수하자! 복수하자! 복수하자! 복수하자!

주홍연은 그레이 데몬을 보고 있었다. 그레이 데몬이 요란하게 S자를 길게 그리며 전진했다. 무리를 지휘하는 대장 늑대 같은 모습이었다. 불가사리같이 생긴 범족의 전투기들이 공격 패턴을 바꾸어 신기전에 달라붙더니 손가락 같은 다섯 꼭짓점으로 꽉 쥐어서 포획하려 했다.

그러나 잡히기 직전에 신기전들이 엔진 출력을 높여서 발버둥 치자 어쩔 수 없이 밀려날 수밖에 없었다. 밀려난 범족은 살았지만, 엔진 출력을 높인 신기전들은 지구 대기권을 향해 고속으로 직진했다. 스로틀을 뒤로 당기며 속도를 줄였지만, 추진력을 잃었기에 중력에서 빠져나오지 못하고 그대로 빨려 들어갔다. 전투기가 폭발하는 불빛이 대기권에 작은 오렌지색으로 떠올랐다가 빠르게 소멸했다.

서종범이 비프음을 울렸다. 주홍연이 서종범을 쫓아 달라붙었다. 서종범이 먼저 레이저를 쏘고 이탈하자 그 뒤를 주홍연이 쏘고 이탈하고, 다시 서종범이 이어받았다. 시간차 공격으로 레이저를 누적시켜 한 대를 격추했다.

하지만 범족의 밴딧은 수십 대나 더 남아 있었다. 결국 이렇게 끝나는구나. 주홍연은 결국 진다는 걸 알았다. 왜곡파를 만나려 했는데. 성서하를 다시 볼 수 있을까 했는데. 그 누구도, 세상도 모르지만, 이제야 자유로워지려 했는데……. 자유로운 내 생각을 만나려 했는데…….

서종범이 비프 음으로 한 번 더 요청하자, 주홍연이 다시 뒤따랐다. 넋두리는 죽어서 천천히 하면 돼. 속도를 높였지만, 쾅! 어디선가 터진 산탄 파편에 기체가 난도질당했다. 엔진 쪽에 맞았는지 두 개의 엔진 중 한쪽이 켜지지 않았다.

주홍연은 대기권으로 끌려 들어가고 있었다. 이제야 지구가 눈에 들어왔다. 살아남으려 이리저리 궁리하다 보니 전장 전체가 지구 쪽으로 밀려나 있었다. 지구의 푸른빛이 넘쳐흐를 듯이 벅차올랐다. 주홍연은 푸른빛이 이렇게 무서울 수 있다는 걸 처음 느꼈다.

서종범이 주홍연을 구하려고 엔진 출력을 높였다. 산소 케이블을 통해 고장을 느낄 수 있었다. 방금 스쳐 갔던 산탄 때문에 산소 탱크가 고장이 나서 이산화탄소 배출이 되지 않았다. 숨이 막혀 왔다. 이미 최대로 밀린 스로틀을 꽉 잡고 더 밀었다. 주홍연의 기체를 밀어서 대기권 밖으로 내보내야 한다. 그러면 성서하가 이렇게 말할 것이다.

"뭐야, 너도 제법 하잖아?"

선전 영상 속 성서하는 멋있었다. 먼저 조기 지원할 때 따라가지 못한 죄책감을 씻고 싶었다. 주홍연을 구해 내면 성서하를 당당하게 마주 볼 수 있을 것 같았다. 이 나이 때는 친구들 사이에서 꿇리지 않는 게 제일 중요했다.

후방 식스 방향에서 범족의 밴딧이 맹렬히 추격해 왔다. 불가사리가 다섯 개의 꼭짓점을 오므려 잡으려는 순간, 레이저가 불가사리를 명중시켰다. 김민섭이었다.

─ 야── 나 실은 도망갔어.

─ 괜찮아.

─ 야── 미안해.

- 아니야. 금세 다시 돌아올 거라 믿었어.

서종범은 아무 일도 없는 척하는 목소리를 냈다. 김민섭은 뭐라 말해야 할지 몰라서 어색한지 말버릇을 흘렸다.

- 야— 고마워.

- 내가 더 고마워. 다시 돌아올 거라는 걸 알았는데도 안 돌아올지도 모른다고 의심했거든.

어딘가에서 발사된 레이저가 방향을 잃고 수송 로켓에 닿았다. 수송 로켓이 폭발했다. 달려 있던 로켓 부스터들이 연쇄 폭발을 일으키며 떨어져 나갔다. 부스터 중 하나가 폭발하며 꺾이자, 화염 방사기처럼 다른 수송 로켓을 쏘았다. 폭발이 전달되자 수송 로켓은 한번 크게 부르르 떨고는 폭발해 버렸다.

전장은 이미 중력권까지 밀려나 있었다. 중력에 끌려가지 않으려면 엔진을 일정 출력으로 유지해야 했고, 공격을 피하며 계속 움직이느라 벌써 연료가 부족해졌다. 게다가 수송 로켓이 폭발해 버렸다. 반드시 지켜야 했는데……. 거기에 우리 친구들이 있었는데…….

친구들이 다 죽었다. 마음이 꺾이자, 날개도 꺾였다. 저항하던 파일럿 학생들은 폭발에 휘말리거나, 후폭풍에 떠밀려 대기권에 먹혀 버렸다.

그레이 데몬과 범족들도 대규모 폭발에 당황했는지 서둘러 전장을 이탈했다. 로켓 두 대가 연달아 폭발하자 용암처럼 불꽃이 쏟아져 나왔다. 서종범과 김민섭의 기체가 서로 부딪히지 않

고 아슬아슬하게 교차하는 모습이 마치 손을 꼭 마주 잡는 것 같
았다. 그리고 폭발이 덮쳐 왔다.

주홍연의 기체가 대기권에 들어서자 덜덜 흔들리기 시작했
다. 주홍연은 조종간과 스로틀을 놓아 버렸다. 엔진이 손상돼
더 이상 조작이 되지 않았다.

주홍연은 벌벌 떨며 양손으로 자신을 끌어안으려다가, 손목
에 감긴 무언가를 느꼈다. 성서하가 선물로 보낸 시계가 우주
파일럿복 위에 휘감겨 있었다. 우주용이라 밴드를 늘려 파일럿
복 위에 감을 수 있었다. 지구 위치 표시가 0. 여기가 지구라는
뜻이었다. 중력 게이지가 상승했다. 주홍연은 산소 케이블을 떼
어 버렸다.

시계에 입을 맞추었다. 왜곡파. 성서하. 모든 걸 놔줘야 하는
순간이었다. 저항군 내에서 밴드나 연극을 하겠다는 생각도. 언
젠가 저항군으로서 오지영과 김은정의 싸대기를 날리겠다는 장
대한 포부도. 성서하가 이제는 주홍연을 더 좋아한다고 말하게
만들겠다는 소원도. 아직 보지 못한 자유롭게 생각할 수 있는
세상도.

그러나 한 가지 놓지 못하는 게 있었다. 반골 기질. 삶의 마
지막에서도 불쑥 솟아올랐다. 시계에서 입술을 떼지 않고 속으
로 말했다. 성서하, 역시 고생할 것이라는 첫 예감이 맞았어. 너
만나러 왔다가 이게 뭔 꼴이야? 너도 꼭 너 같은 사람 만나서 고
생해라. 너는 너와 내가 반항아 기질로 잘 엮이고, 가장 닮았다

는 걸 모르고 있어. 너, 반드시 나를 다시 보고 싶어 할 거야!

주홍연의 기체는 오렌지색 불길에 휩싸이며 대기권에 빨려 들어갔다. 그 위로 폭발 파편들이 무덤에 흙 뿌리듯 얹어졌다.

성서하는 학교의 파란색 활동복 차림으로 벽에 기대 있었다. 그 사건 이후 2주일이나 지났지만, 뉴스에는 학생들이 죽은 일이 나지 않았다. 너무 크게 패배했기에 지구에 있는 사람들이 공황에 빠질까 두려워했는지 보도 통제 상태였다. 위성 25는 범족의 공격을 당해 수리 중이었다.

그날, 성서하와 편대원들은 친구들이 죽었다는 소리를 듣고 위성을 보호하기 위해 돌아왔다. 성서하 3대 격추, 강천준 1대 격추, 위성 자체 요격으로 2대 격추. 범족들은 아니다 싶었는지 퇴각했다.

강천준이 성서하의 방으로 들어왔다. 성서하는 강천준을 보지 않고 허공을 노려보며 말했다.

"내가 가면 구할 수 있었을 거야. 무능력한 놈들 때문에 친구들이 다 죽었어……."

그날, 성서하는 스로틀을 최고로 밀어서 최대 속도로 날아갔지만…….

- 모두 철수! 방위 위성 라인 전체가 기습받고 있다! 전면전이다! 모든 편대들은 각자의 위성으로 복귀하여 방어 태세에 합류한다!

사령부 위성의 전체 무선이었다. 성서하가 편대장을 무시하고 직접 나섰다.

- 빅 파파. 여기는 제 25위성 방위 대대. 수송 로켓은 누가 경호하는가?

- 수송 로켓과 경호 편대를 모두 잃었다. 그레이 데몬은 상상을 초월한 악마다.

- 빅 파파. 그럼 학생들은?

- 수송 병력과 파일럿들을 모두 잃었다. 반복하지 않겠다. 즉시 위성으로 귀환하라!

출동 중에는 충격을 줄이기 위해 '전사했다'고 하지 않고 '잃었다'라고 표현한다. 성서하는 '잃었다.'라는 말에 자기도 모르게 기수를 돌려 귀환했다. 숨을 잔잔하게 들이쉬고, 내쉬고, 들이쉬고, 내쉬고, 들이쉬고, 내쉬고……. 충격이 한 방울씩 스며들어 성서하의 가슴 속에 젖어 들었다.

우주로 오려고 했던 친구들이 모두 죽었다. 그중에 자신에게 오던 김은정도 분명 있었을 터였다. 꼭 우주로 오겠다고 약속했었다. 그런데 죽었다. 성서하의 세상도 죽었다. 친구들이 모두 죽었다는 소리를 들은 이후로, 정신이 나가 버렸다.

성서하는 남들이 자신에게 하는 소리와 자신이 잘하는 것 때문에 자신을 맹신했다. 자신같이 위대한 존재가 하루라도 더 살아서 세상을 욕하는 게 세상을 징벌하는 일이라 생각해 중얼중얼 욕하고 원망했다.

"내가! 이 내가! 할 수 있는데! 무능한 놈들이! 내 친구들을! 주홍연! 김민섭! 서종범! 김은정을! 우리를 패배시켰어어어어! 다 네놈들 때문이야!"

오로지 이 생각만으로 김은정이 없는 세상을 버텨냈다.

"내가 가면 구할 수 있었을 거야! 무능력한 놈들 때문에 다 죽었어! 이 무능한 세상! 멍청한 새끼들!"

강천준은 무표정했다. 이 녀석, 자신을 떠받드는 선전에 중독돼 있었다. 그걸 믿고 있고 머릿속에 그 생각밖에 없어서, 오로지 그것을 증명하려고 살아 있는 걸로 보였다. 잘난 척하는 걸 멈춰야 한다고 생각했는데, 이상한 데서 긍정적인 효과를 발휘했다.

사랑하는 여자가 죽었다고 믿어서 성서하도 죽고 싶어 했다. 하지만 스스로를 떠받드는 오만이 성서하를 살리고 있었다. 자신이 그렇다고 믿는 생각에서 깨어나면 어떻게 될까? 이 절망 속에서 자살하지 않고 버티는 유일한 이유인데 감당이 될까 싶었지만, 오늘은 정곡을 찌르기로 결심했다. 어떻게든 제정신으로 돌아오게 해야 했다.

"너를 떠받들어 주는 소리가 너를 만드는 건 아냐. 뉴스에서 너를 선전한다고 네가 그런 사람은 아니야."

성서하는 웬 개가 짖냐, 닭이 짖냐? 하는 표정으로 선배를 쳐다봤다.

"무슨 소리인지 잘 아는데, 난 그런 거에 휘둘리는 사람이 아니야. 난 똑똑해. 나는 실체 없는 선전이 아니야. 난 진짜야!"

자기 자랑에 들떠서 야비하게 들리는 성서하의 목소리가 이어졌다.

"선전이 뭔지 잘 알고 있어! 내 손으로 포스터를 붙였어! 그만큼 잘 아는데 내가 선전에 넘어갈 것 같아?"

"그러니까 말이야. 너는…… 그냥 보통 사람이야. 남들보다 비행을 잘할 뿐이야. 이해해?"

성서하는 아직도 개냐, 닭이냐? 하는 표정을 지었다. 일그러진 표정에 갑자기 순수한 미소가 돌았다.

"지금 이 우주에 비행술보다 중요한 게 어디 있습니까? 펴어어언대애장님~."

일단 맞는 말이기에 강천준의 속내는 복잡했다. 김수용은 강천준의 지시를 받아 2주 내내 수리 일과를 피해 스마트패드로 왜곡파 생존자를 찾고 있었다. 인트라넷 왜곡파 커뮤니티에서 5단위 위성들을 총알받이로 써먹었다는 소문을 봐서 불안했다. 달 탈환 작전이 실패했으니 이제 곧 모든 복음에서 최악의 결말로 가는 계획을 실행할 것이었다. 이를 막으려면 하루라도 빨리 우주 왜곡파들을 다시 일으켜 세우고 지구 왜곡파들을 지원해야 했다.

강천준은 마인드컨트롤로 성서하를 설득하는 방법도 고려해 봤다. 하지만 그런 사람이 될 수는 없었다. 고 상사 때는 두 가지 이유가 있었다. 고 상사가 범족을 만나러 가다 헌병들에게 격추된 에스퍼 황태운 이야기를 꺼냈고, 성서하가 스파이인 줄 알아서였다.

그때도 고 상사에게 자기 말을 들으라고 컨트롤하지는 않았다. 마음을 열고 고 상사가 왜 이러는지 알려고 했다. 왜곡파의 안전을 위해 황태운에 대해, 자신들에 대해 어느 정도나 알고 있는지 빨리 파악해야 했다.

답답해도 모든 복음처럼 내 말을 들으라, 나와 같은 생각을 하라고 조종하고 싶은 유혹에 넘어갈 수는 없었다. 게다가 지금 굳이 성서하의 마음속에 들어갈 필요도 없었다. 마음속도 똑같이 대혼란일 텐데, 들어가 봐야 얻는 게 없었다.

마인드컨트롤은 제정신일 때만 통했다. 알리제교에서 명상을 권장하는 데는 이유가 있었다. 명상을 통해 정신을 가다듬고 평정을 유지하라, 그리고 언제라도 조종하기 쉽게 똑같은 디폴트 값 알리제를 떠올리라는 것이었다.

범족의 기습으로 방위 위성 라인 70퍼센트 이상이 파괴됐다. 특히 포대 위성들 대부분이 완파되어 저항할 수 없게 됐다. 우주 전함 캐리어는 2대 빼고 모두 격함됐다. 수송 로켓 탑승자들과 학생 파일럿들은 모두 전사. 지구로 이동 중이던 올림푸스 위성 2기 역시 파괴됐다. 가장 치명적인 상처였다. 이로써 인류의 패배가 확정됐다. 모든 복음의 패배 시나리오는 달 탈환 작전 실패 플랜으로 전환됐다. 그리고 알리제 신자 모두가 안전을 확보할 때까지 비밀을 유지하라는 지시가 내려졌다. UN 연합사도 암울한 전황을 감당할 수 없었기 때문에 언론 보도 통제를 지시했다. 2주 전에 수많은 학생들이 죽고, 인류를 지키는 최후의 방어선이 파괴됐는데도 아직도 진실은 수면 아래 있었다.

항공우주국 군사 고등학교에서 알리제 신자가 아닌 학생들이 차출로 사라지자, 학교는 100퍼센트 알리제 제국이 됐다. 동물 농장 학생회는 더는 커튼 뒤에 숨어 있는 비공식 집단이 아니었다. 오지영은 생존자들을 모아 놓은 대강당에서 생각을 정리하기 시작했다.

"여러분, 지금 2주일째 울고 있습니다. 그만 울고 고개를 드세요. 여러분과 우리는 알리제님의 이름으로 선택받은 존재입니다. 울면서 시간 낭비를 하는 건 알리제님이 주신 기회를 낭비하는 겁니다."

오지영의 연설 한 번에 아이들은 울음을 그쳤다. 이 아이들이 우주로 가지 않은 이유였다. 가장 중요하게 여겨야 하는 알리제로 설득하자 수백 명에 달하는 친구들의 죽음이 금방 지워졌다. 이렇게 착한 아이들이니 우주로 보내지 않았지. 오지영은 모든 복음이 지시한 대로 하니 아이들이 울음을 뚝 그치는 걸 보고 웃었다. 뒤돌아 보니 교장이 조연처럼 오지영의 뒤에 서서 사람 좋게 웃고 있었다.

단상 아래에서는 정훈병과 학생들이 차렷 자세로 기립하고 있었다. 이런 대우는 저번에 UN 연합사에서 온 연설자만큼 귀한 대접이었다. 오지영은 속으로 말했다. 여러분, 저는 저 자신이 매우 자랑스럽고, 저 자신을 사랑합니다. 그러니 앞으로 저를 더욱 많이 도와주세요.

2주간, 누구는 자신만이 옳다고 믿는 오만한 생각을 붙잡고 난리 쳤지만, 대강당에서는 알리제를 통해 매우 쉽게 생각을 정리했다. 2주 전 친구들이 죽었는데, 마치 1년 전 일처럼 담담하게 말하며 그만 울라고 지시하는 학생. 그런 학생들을 이용해 세상을 지배하려는 알리제 단체 모든 복음. 이런 알리제 단체에 맞설 수 있는 상대는 과연 누구일까? 단상 아래에서 무표정한 얼굴로 서 있는 김은정은 답을 알고 있었다.

김은정은 도서관으로 향했다. 인류는 다시 일어날 수 없을 정도로 크게 패배했다. 모든 복음은 패배에 맞추어 예정된 계획을 벌써 실행하고 있었다. 왜곡파도 이제 계획대로 플랜 2번을 실행할 시기였다. 학교에서는 일반 선생님과 직원들을 모두 내보내고 오로지 알리제 관련 군 교관들만 남겨두었다. 도서관은 빈집이나 다름없었다. 김은정은 자료 대출실에 들어가 직원용 컴퓨터를 켰다. 의자를 끌어내어 앉다가 모니터 뒤에 보이는 글씨를 보고 깜짝 놀랐다.

"꺄악!"

- 얘들아, 보고 싶어.

누군가 빈 도서관에 들어와 임금님 귀는 당나귀 귀다, 외치듯이 모니터와 마주 보는 벽면에 몰래 써놓았다. 여성 글씨체였다. 김은정은 글씨를 보며 상상했다. 알리제교의 명령으로 모두가 죽음을 받아들였다. 모두 같은 생각을 하라는 광신 속에서 이 글을 어떻게 썼을까?

한 여학생이 와서 누가 보지 않나 두리번거린다. 펜을 꺼내 망설이다가 글을 쓴 순간, 이제는 되돌아갈 수 없다는 걸 알게 된다. 울면서 쓰지 않는다. 이런 걸 쓸 때는 목숨을 걸어야 하기 때문에 울 시간이 없다. 글씨가 흐릿하니 여러 번 덧칠한다. 누군가 갑자기 나타나서 쫓아올까 후다닥 도망친다. 목 놓아 울지 못한 원통함으로.

상상 끝에 "은정아, 우리 결국 만날 테니까."라고 위로했던 민청아가 떠올랐다. 김은정의 가슴이 먹먹해졌다. 왜곡파에서 준비시킨 일회용 메일로 진실을 알렸다. 읽으면 자동으로 계정이 삭제되는 기능이 있었다.

- 달 탈환 작전 실패. 알리제 신자들의 안전을 확보할 때까지 방위 위성 라인의 패배를 숨길 계획. 현재 모든 복음은 최대한 시간을 끌어서 진실을 감추려고 함.

학교에서 보내면 어떻게든 걸릴 위험이 컸다. 그러나 오늘은 보내지 않을 수 없었다. 애들아, 보고 싶어. 김은정은 무표정하게 벽면의 낙서를 보면서 멈추지 않고 타이핑했다.

왜곡파는 계획한 대로 플랜 2번을 실행했다. 모든 복음에 침투한 동지들이 보내 온 진실을 언론에 폭로했다. 선전에는 선전으로 맞선다. 모든 복음을 뒤흔들기 위한 첫 반격이었다.

그날 오후 3시. 전 세계 뉴스에서 2주 전에 범족의 습격으로 방위 위성 라인이 붕괴됐고, 차출 병력이 학살됐다는 속보가 떴다. 전 세계 사람들은 이제야 인류가 패배 직전이라는 걸 깨달았다. 이제 어떻게 할 것인가? 온 세상이 두려움으로 끓어오르기 시작했다.

- 우리의 비밀이 유출됐다! 배신자를 찾아내라!

동물농장이 운영되는 모든 단체에 지시가 떨어졌다. 오지영에게 모든 복음의 지시가 왔다. 이광희에게도 같은 지시가 왔다. 권력을 한 곳에 집중시키지 않으려고, 이광희도 오지영 모르게 직접적으로 많은 지시를 받았다.

- 너희 중에 의심 가는 사람이 있나?

처음에는 '우리 중에는 없습니다.'라고 오지영과 이광희가 자신 있게 답장을 보냈다. 그로부터 3시간 후. 겨울이라 날이 빨리 어두워졌다. 교장이 서둘러 자가용을 몰고 학교 교문으로 들어섰다. 오지영과 이광희에게 동시에 문자를 보냈다.

- 학교 도서관에서 인터넷이 가능한가?

오지영은 도서관에 가는 부류가 아니어서 머뭇거렸다. 도서관! 이광희는 순간 날카로운 감이 솟구쳐, 보안 앱 관리자 기능을 켰다. 김은정이 오늘 도서관을 방문한 기록이 있었다.

이광희는 보안 앱을 통해 김은정의 폰에 접속했다. 그러다가 대용량 문서 파일을 찾아냈다. 열어 보니 평범한 알리제 논문이었다. 김은정다웠지만, '그런데 녹음 앱 파일에 왜 문서 파일이 있지? 논문이 왜 이렇게 대용량이지?'라는 의심이 들었고 곰곰이 생각하다가…….

같은 시간, 교장은 중앙사령부 보안실에서 도서관 CCTV를 살피고 있었다. 김은정이 직원용 컴퓨터에 앉아 뭔가를 하고 있었다. 교장이 오지영을 불러냈다. 급박한 상황이 되자 오지영의 얼굴에서 거만한 기색은 사라지고 딱 그 나이 때의 순진함으로 혼란스러워졌다. 교장 선생님 앞에서 벌벌 떨었다.

"어쩌죠?"

교장은 말없이 보안실 마스터 CCTV를 가리켰다. 김은정이 직원용 컴퓨터 앞에서 뭔가를 하고 있었다.

- 얘들아, 보고 싶어.

오지영은 화면에 떠오른 낙서를 보고 인상을 썼다. 마치 피해자가 증거를 남기려고 살인자의 이름을 쓴 것처럼 보였다.

교장이 오지영에게 말했다.

"김은정 양이 본래 우주로 가려고 지원했었지."

오지영의 눈에 분노가 서렸다.

"동물농장은 지원하지 말라고 했는데요?"

이 상황에서도 자기 말을 듣지 않았다는 것에 화를 냈다. 교장은 어린 학생의 분노를 보고 피식 웃었다. 때마침 이광희에게서 문자가 왔다. 김은정이 회의 내용을 녹음한 것 같다고. 김은정은 성실하게도 녹음 파일을 즉시 문서로 변환했다. 그래서 변환 날짜가 회의 날짜와 일치했다.

주홍연이 두려워하던 사태였다. 알리제의 비밀을 발설하면 어떻게든 색출된다. 교장이 어디서 무엇을 들었는지 이 시간에 부리나케 학교로 와서 도서관을 확인하고 있다. 의심 가는 점을 발견해서 샅샅이 조사하는 이런 과정들은 알리제가 침투한 모든 분야에서 똑같이 진행 중이었다. 다만 색출의 핵심은 기계나 기록이 아닌 사람이다. 세 사람이 정황을 맞춰 보자, 김은정이 바로 떠올랐다. 아무리 기술이 발달해도 사람만큼 감시에 효율적인 건 없었다.

'회의를 녹음당했다!'라는 아찔한 생각이 떠올랐으나, 교장은 노련한 행정가답게 기회를 포착했다. 이광희도 책임을 면할 수 없지만, 오지영은 회의까지 녹음당했다. 아이들을 이끌고 나서는 게 눈에 거슬렸다. 퇴장할 때인데, 분위기 파악을 못 하고 있었다. 영악한 오지영보다 단순한 이광희가 편했다.

"너, 녹음당했네? 어쩔 거냐?"

김은정을 잡아서 문제를 해결하는 것보다, 일단 누가 문제인지 확실히 하려고 던졌다. 교장은 이미 녹음 앱을 몰래 작동시키고 있었다. 오지영은 눈만 동그랗게 뜨고 벌벌 떨었다. 간만에 보는 아이다운 얼굴이었다. 교장은 역시 애는 어른 말을 들어야 한다고 생각했다.

"네 책임이야. 인정하지?"

보통이 아니기에 오지영은 영악하게 눈동자를 굴리고는 반론을 던졌다.

"김은정은 이광희 책임이잖아요?"

"이광희 학생은 이미 헌병대를 불렀어요. 넌 뭘 했는데?"

오지영은 도박을 던졌다.

"제가 시켰는데요?"

나중에 이광희와 말을 맞출 생각이었지만, 교장은 웃으며 고개를 저었다.

"소통하는데 거짓말을 하면 안 되지. 부르라고 시킨 건 이 몸이네."

5시간 뒤, 모든 복음과 가르침대로에서는 교장에게 보고서를 요구했고, 오지영이 알리제교 내에서 출세할 수 있는 모든 가능성은 산산조각 났다. 오지영은 헌병대에게 연행되어 어디론가 향했고, 그 후로 누구도 오지영의 모습을 보지 못했다.

　오지영이 연행된 시간은 성서하가 기숙사를 떠나던 때처럼 이른 새벽이었다. 아무도 일어나지 않는 시간에 갑자기 끌려갔기에, 남을 지배하려고 늘 거짓말했던 오지영은 아무도 못 봐서 다행이라고 조그맣게 혼잣말했다.

　김은정은 혼자 있고 싶어서 도서관에서 영화 〈시련〉을 보고 있었다. 다 보고 난 뒤 채널을 뉴스로 돌리자, 패널들이 어떤 뉴스를 분석하고 있었다. 검은색 뿔테 안경을 쓴 뚱뚱한 진행자가 칼럼을 읽었다.

　"최근에 떠오르는 칼럼을 소개해 드리겠습니다. 디지털 신문사 컬처의 '에이스에 대해 말한다.'라는 칼럼으로 등장했고요. 저번 칼럼을 보고 알리제 추종자라는 의구심도 들었는데, 이번 칼럼은 아주 공격적이네요. '동의 받지 않은 선전. 그 소년은 자신이 선전에 사용되는 걸 허락했을까?'라는 제목입니다."

　범족의 기습 공격으로 출격하기 전, 한가로운 때에 성서하가 보냈던 칼럼이었다. 알리제가 자신에게 초상권의 대가를 지불하지 않자, 오만했기에 앙심을 품고 폭탄 파편처럼 튀어버렸다. 또 가면을 쓰고 본인이 아닌 척 세상을 놀려댔다. 오만은 정말 못 넘을 선이 없었다.

　점잖게 생긴 패널들이 진행자에게 말했다.

　"일단 필명이 에이스인 걸 보니, 자아 도취가 심한 타입입니다. 게다가 '에이스에 대해 말한다.'라는 제목을 보니 자신을 선전 영웅과 비슷한 급이라 믿는 자만도 있습니다."

"그래도 이번 칼럼은 성서하 군 선전에 질린 사람들의 니즈에 잘 호응했다, 감히 선전에 맞서다니, 그래서 떴다, 라는 좋은 평이 많네요."

"아마도 우주에서 보냈을 것이라 추정되고요, 언론 빅데이터 전문가들은 위성 방위 라인 중 20번에서 30번 사이 위성에서 보냈다고 추정하고 있다는군요."

"그럼 현직 군인이거나, 어쩌면 민간업자나 종군 기자일 수도 있습니다."

우주로 나갈 후보자였던 김은정은 사전에 설명을 들었기에 5단위 위성들에 대해서 알고 있었다. 에이스라는 단어는 파일럿들이 쓴다. 지구 왜곡파들이 말했다. 프리스페이스는 파일럿이고, 이름이 강천준이라고. 반알리제들을 격리해 놓은 25번 위성에 있고, 우주로 가서 그에게 연락하면 우주 왜곡파에게 접촉할 수 있다.

왜곡파의 중요 인물 강천준을 만나러 가려면, 김은정이 어디에 배치되든 위성 25로 갈 수 있게 도와줄 파일럿 친구가 필요했다. 사진으로 본 강천준은 어렸을 적에 한 번 봤던 그 오빠였다. 죽은 알리제 대안 학습 캠프 학교 오빠, 언니들과 친구였다. 이마가 넓어서 한눈에 봐도 비범해 보이는 인물이었다.

자만이 아니야. 역시 그 오빠가 큰일을 할 줄 알았어. '감히 선전에 맞서다니.'가 아니라 선전에 맞설 만한 비범한 오빠야.

김은정은 위성 25에서 칼럼을 보냈다고 확신했다. 마음이 따뜻해졌다. 입학 설명회 날 파일럿병과 소개에 눈을 빛냈던 이유는 그 오빠가 생각나서였다. 비범한 얼굴과 진지한 태도는 딱 한 번밖에 보지 않았는데도 절대 잊히지 않았다. 김은정의 폰이 요란하게 울렸다.

－ 도주! 카타콤 확보!

다음 행동을 알리는 암호였다. 즉시 학교를 벗어나 역 보관함에 있는 다른 폰으로 교체해야 했다. 결국 진실을 폭로한 지구 왜곡파들은 모두 추적당했다. 김은정은 예상했지만, 추적이 너무 빨라서 얼어붙었다. 아직 24시간도 지나지 않았는데……. 창밖을 내다보니 초저녁이었다.

추적을 예상했기에 지갑과 중요한 물건을 항상 몸에 지니고 다녔다. 부모님에게는 암호 같은 문자로 사정을 알렸다. 플랜 2번을 준비하려고 내일 저녁쯤에 탈영할 계획이었지만, 너무 빠르게 몰아닥치니 사고가 마비됐다. 영화 〈시련〉에서도 갑작스럽게 들이닥치는 건 되돌아갈 수 없는 결말 직전이었다.

천천히 걸어서 영상관 문을 열고 나오니, 창밖에서 어둠이 밀려와 복도는 폐교처럼 시커멓고 우울했다. 정말 이 길이 맞는 걸까? 고난을 예상했지만 막상 겪으니 떨렸다. 김은정은 화초가 같은 진지한 비극의 주인공이 되길 원했다. 내가 준비가 됐나?

김은정은 현관을 향해 천천히 걸어갔다. 이렇게 준비가 안 된 채로 시작하기 두려웠다. 본래 일회용 메일을 보내고 난 뒤 플랜을 준비하기 위해 바로 나와야 하지만 머뭇거린 이유가 있었다. 이대로 정말 달려 나가면 뒤돌아갈 수 없다는 걸 스산한 겨울바람을 통해 뼈저리게 잘 알았다.

정말 인생에서 알리제 복음 외에 다른 걸 못해도 후회하지 않을까? 평생 알리제 복음 회복만을 위해 내 몸과 영혼을 바친다고 했는데…… 내가 준비가 됐나?

오늘따라 복도가 단단하여 한 걸음, 한 걸음 가슴에 쿵쿵 들어왔다. 타락한 자들을 징벌할 기회를 그토록 기대해 왔는데, 난 왜 망설일까? 이게 내 삶에서 정말 중요한 일인가? 언제나 상상해 왔다. 이단 심문관들 앞에서 NO라고 말하는 순간을. 그러나 내가 준비가 됐나?

도서관 현관을 나서자, 헌병대 지프차의 패트롤 사이렌이 푸른빛과 붉은빛으로 사방을 할퀴고 있었다. 사이렌들이 요동치며 김은정을 독촉하고 있었다. 이제 선택의 여지가 없다. 헌병대 병사 2명이 김은정에게 서서히 다가왔다.

"도망칠 생각 마라!"

김은정은 말없이 한쪽 손으로 얼굴 절반을 가렸다.

헌병 대원들은 피부가 팽팽해지고, 혈액이 빠르게 도는 걸 느꼈다. **이런 중요한 일인데도 선배들은 아무도 오지 않는다고 하더라. 왜곡파라는 놈들 때문에 출동할 곳 많다고 난리였어.** 그러다가 목 뒤가 피곤하여 굳는 것처럼 딱딱해지며 머리가 아파졌다가 갑자기 머릿속이 시원해졌다. **그런데 아무려면 어때. 좋은 게 좋은 거지.**

"그래, 좋은 게 좋은 거지. 난 도망치고 싶다. 너는 지프차로 나를 역까지 태워주고, 그 뒤로는 도서관 안으로 들어가서 나오지 마라. 좋은 게 좋은 거다."

김은정은 성서하는 한 번도 들어보지 못한 사악한 목소리로 말했다. 개들은 다른 동물한테는 이게 뭔가? 처음 보는데? 라고 머뭇거리면서, 같은 개하고 싸우는 데는 주저하지 않는다. 종교전쟁은 교가 다르면 덜 싸운다. 교가 같은데, 다른 계파면 부모 원수보다 더한 원수다. 다 알기에 절대 용서하지 않는다. 심판은 신에게 맡기고 모두 죽이라는 무시무시한 말은 같은 종교, 다른 계파 간의 전쟁에서 나온 말이었다. 김은정은 모든 복음을 상대로 한 치도 자비를 베풀 생각이 없었다.

김은정이 에스퍼로 훈련받는 동안, 담당 교관은 자신을 소중히 대해 주었고, 교수는 온 정성을 다해서 보살펴 주었다. 이들과의 관계는 화목했다. 김은정은 위장이었지만, 동물농장에 소속된 투철한 알리제 신자이기에 같은 에스퍼가 마음속을 들여다볼 필요도 없었다.

김은정은 자신을 믿고 소중히 대해 주는 알리제 신자들에게 마인드컨트롤을 사용했다. 담당 교관과 교수에게 마인드컨트롤로 암시를 줘서 자신에게 좋은 평가를 내리게 했다. 그리고 냉정하게 일부 기억을 암시 속에 묻어 버렸다. 어쩌면 담당 교관과 교수의 일상생활에 큰 문제가 생길 수 있었지만, 조금도 자비를 베풀지 않았다.

개는 개가 무엇을 좋아하는지 잘 안다. 그래서 오직 알리제 신자만이 같은 알리제 신자를 죽일 수 있지. 김은정은 자신의 생각에 고개를 끄덕이며 지프차에 올라탔다.

지프차가 해당화 화단을 따라 이동했다. 차가 지나가자 마른 가지들이 흔들렸다. 화단 너머에서 헌병대 장교가 교장과 대화하고 있었다. 김은정은 헌병대 장교에게 특별한 표시는 없지만 한눈에 에스퍼라는 걸 알아봤다.

마인드컨트롤은 집중력과 체력 싸움이기에 장교에게 이길 자신이 없었다. 헌병 대원들에게 이미 체력을 뭉텅 베어내어 사용했다. 마인드컨트롤은 사용자의 생명력을 갉아내는 기술이었다. 지프차가 고속으로 학교를 벗어나 역으로 향했다.

"병사, 이제 그만 나를 잊어라."

김은정은 말을 마치자마자 차에서 내려 역으로 뛰어들었다.

김은정은 역 안으로 들어가 지갑에서 보관함 열쇠를 꺼냈다. 왜곡파 도주 담당자가 오늘 같은 날을 위해 역 내 보관함에 백팩, 운동화, 옷과 폰을 미리 준비시켜 놓았다. 김은정은 커다란 종이봉투 안에 든 내용물을 확인하고는 보관함 문을 닫다가 평범한 일상을 보았다.

평소처럼 피곤에 찌들었지만, 무사히 하루를 끝낸 표정으로 돌아가는 중년 남자. 왠지 모르게 신나는 청년. 불타는 밤을 보낼 느낌이었다. 아이와 함께 손잡고 걸어가는 중년 여성. 전광

판의 아이돌 광고. 홍보용 VR 홀로그램이 아지랑이처럼 귀여운 동물 캐릭터를 띄워 올렸다. 어디선가 들려오는 사랑 타령 유행가. 다른 학교 학생들이 우르르 군것질 거리를 들고 지나가고, 20대 언니와 오빠들은 데이트하는지 딱 붙어 잠시도 떨어지지 않는데……. 눈앞에서 평범한 인생들이 특별하게 행복해하며 지나가는 걸 보게 됐다. 이 모든 걸 버리고, 대의를 위해…….

벌써부터 후회가 들며 가슴속 한구석에서 한탄이 솟아올랐다. 김은정은 굳은 얼굴로 화장실로 들어갔다. 회색 오리털 파카와 흰 스웨터, 청바지로 갈아입었다. 도주 원칙을 잘 알고 있었다. 최대한 CCTV를 피해야 한다. 하강하는 에스컬레이터를 겨냥하듯이 천장에서 CCTV가 비스듬히 배치돼 있었다. 벌써부터 삶이 괴로워지고 있었다. 그래도 김은정은 종이꽃 접기를 멈추지 않았다. 후회하고 한탄할지라도…… 내 인생에 다른 길은 없다. 김은정은 전철을 타려 에스컬레이터로 향했다.

30분 뒤, 헌병 장교는 여자아이를 우습게 봐서 병사들만 보내서 생긴 일을 알게 됐다. 1시간 뒤, 역을 감시하는 시스템이 발동하여 CCTV를 검색했지만, 탑승 역은 확인되는데 하차 역이 확인되지 않았다. 2시간 후 자정이 넘기 전, 모든 지하철 관계자들과 AI들이 달려들어서 수많은 지하철 CCTV를 일일이 확인한 끝에 발견했다.

CCTV 속의 김은정은 전철로 이동하다가 중간에 하차했다. CCTV를 피하려 했는지 철도로 뛰어내렸다. 데굴데굴 구르더니 아픈 기색도 없이 벌떡 일어나 철도를 비틀거리며 걸어갔다. 용감한 행동이었으나 그래도 CCTV를 피하지는 못했다. 김은정은 역 밖으로 나와 펜스를 따라 걷더니, 손으로 뭔가를 재고, 밤하늘을 살피는 이상한 행동을 했다. 지하철 관계자 중 한 명이 김은정의 행동을 보고 야전에서 위치를 확인하는 기술이라고 아는 체를 했다. 김은정은 한동안 걷다가 다시 위치를 확인하는 듯하더니 펜스 밑을 파헤치기 시작했다.

"개구멍을 만들었네. 이러니 못 잡았지."

　김은정은 맨손으로 흙을 파헤쳤다. 손톱이 깨지고, 손톱 밑으로 흙이 파고들어 아팠다. 발목 깊이로 흙을 파내자 경계석이 뿌리를 보였다. 턱에 흙을 묻히며 땅에 엎어져서 앞뒤로 흔들자 경계석이 딸려 나왔다. 이제 개구멍이 완성됐다. 해냈다. 여전히 '내가 준비가 됐나?'라는 생각에 온몸이 바들바들 떨렸다. 개구멍을 넘어가려는 찰나에 문자가 왔다.

　- 모두 카타콤으로 진격!

　달 탈환 작전이 실패했으니 인류는 저항을 포기할 테다. 자연히 최악의 결말이 온다. 최악의 결말에 맞서는 최악의 해결은 왜곡파 입장에서도 끔찍했다. 그래도 모든 복음은 이미 행동하고 있었다. 이에 대항하려면 소도를 미리 선점해야 한다. 모든 지구 왜곡파 에스퍼들이 집결해야 하는 장소였다.

　김은정은 왜곡파를 위해서 군사 고등학교에 잠입했고, 에스퍼가 됐다. 우리 왜곡파에도 에스퍼가 있다고, 마인드컨트롤이라는 힘을 독점하고 있다고 착각한 자들에게 뭔가를 보여줄 때가 왔다. 김은정이 벌레처럼 꿈틀거리며 개구멍을 빠져나갔다. 두 눈을 감은 게 무서워서가 아니었다. 이렇게 힘들잖아. 난 감당할 수 없는 걸 바랐던 게 아닌가? 늘 기다리던 순간이 왔는데, 아직도 자신이 준비가 됐는지 확신이 들지 않았다.

　모든 복음과 UN 연합사 입장에서는 도주한 에스퍼 김은정이 무슨 짓을 할지 몰랐다. 게다가 왜곡파가 건제하다는 사실도 확인됐다. 직감적으로 뭔가 큰일을 준비하고 있다는 걸 알았

다. 하필 영웅 쓰리잭팟 군이 김은정의 의지동무였다. 의지동무
는 비슷한 성향끼리 매칭된다. 의지동무가 일탈하자, 성서하도
선전에 써먹기가 불안했다. 반알리제이지만, 헛바람을 불어넣자
시키는 대로 말은 잘했다. 그러나 뚱한 얼굴에는 늘 불길한 조
짐이 따라붙었다. 김은정도 겉으로는 잘하는 걸로 보였다고 했
다. 역시 성향이 같았다.

게다가 같이 어울리는 편대도 성향이 의심스러웠다. 반알리
제들을 유배시키는 5단위 위성 소속이라니……. 그렇다고 선전
영웅을 함부로 대할 수는 없었다. 일단 의지동무의 연좌제 특성
을 활용하기로 했다. 그리고 모든 복음은 앞으로 반알리제 성향
이라고 더 이상 차별하지 않기로 결정했다. 상황이 달라졌다.
패배를 지연시킬 장병 한 명이 아쉬웠다. 그래서 에이스를 특별
히 예우하는 마음으로…….

복도에서 여러 명이 뚜벅뚜벅 걷는 발소리가 들려왔다. 헌병
대였다. 선글라스를 중심으로 이마가 뒤로 젖혀져 공격적으로
보이는 중위가 말했다.

"누가 성서하 준위인가?"

입으로는 물어도 이미 뉴스에 나온 얼굴로 고개를 돌렸다.

"자네의 의지동무 김은정 준위 후보생이 살아 있네."

성서하가 그 소식에 환하게 기뻐하자, 선글라스로 눈을 가려
기계적으로 보이는 헌병대 중위에게 잠깐 인간미가 스며들었는

지 표정이 좀 부드러워졌다. 성서하의 눈에 삶이 돌아왔다. 빛이 생겼다. 세상은 끝나지 않았다. 아직 많은 이야기가 남아 있다. 결국 해피엔딩이다.

"단…… 탈영했네. 수송 로켓 발사 직전, 전장이 두려워서 도망쳤네."

"……!"

"의지동무는 성향 매칭이기 때문에, 자네의 성향도 의심받아 다른 곳으로 재배치받게 되었네. 그래도 그간 자네의 전공에 대한 특별한 배려로 자네의 편대도 같이 가게 되었네. 이제 와 새로운 편대 팀워크에 적응하기 힘들 거야. 자네가 상징적인 존재가 된 걸 감안해서 이곳보다 더 안전한 후방으로 가네. 그곳에서 성향에 대한 경계가 풀릴 때까지 자숙하게 되네."

나한테 우주로 온다고 약속했어. 알리제를 걸고 맹세했다고. 우리 친구들이 다 죽었는데, 혼자 도망갔다고? 진지하고, 성숙하고, 그 고지식하고 착했던 사람이……? 그런 사람이라고 생각했는데, 아니었나? 비겁한 배신자.

"……분명 알리제를 걸고 우주로 온다고 맹세했는데……? 알리제 사람이고, 진지하고, 성숙하고…… 절대 거짓말하지 않을 사람이었는데, 그렇게 생각했는데 왜 탈영했지? 편대장님, 난 어떤 여자를 사랑하는데, 잘 알지 못해! 이건 비극이지 않아요?!"

이 녀석, 최악이군. 강천준은 성서하와 마주친 눈을 돌렸다.

"김은정은 우주로 오지 않았어! 나와의 약속을 어겼어! 알리제를 걸고 한 맹세도 어겼어! 죽었다고 생각했을 때가 왜 더 행복할까?! 김은정! 넌 대체 어떤 사람이야? 무슨 생각이야?!"

성서하는 온몸이 녹아내리는지 주저앉아 양팔로 자신을 끌어안고는 꺼이꺼이 울었다.

"네가 죽었을 때가 차라리 더 행복했어. 그때가 우리의 해피엔딩이었던 거야."

강천준의 스마트 시계가 알림을 표시했다. 왜곡파 생존자를 탐색 중인 김수용이었다.

― 왜곡파 80퍼센트 전사로 추정. 지도부 대다수 전사. 지도부 붕괴.

우주 왜곡파와 지구 왜곡파 두 개의 바퀴가 함께 굴렀는데, 한 바퀴가 더는 굴러갈 수 없게 됐다. 최악의 결말에 맞서는 최악의 해결이 실행된다면 모든 복음에서 왜곡파를 사냥하기 시작할 터였다. 우주파가 통신위성을 해킹하여 추적, 감시 장비를 무력화시키기로 약속했다. 우주파가 도울 수 없는데, 지구파가 홀로 해낼 수 있을까? 일방적으로 사냥당할 게 분명했다. 나도 최악이구나. 강천준의 무릎이 힘을 잃고 성서하 곁에 주저앉았다. 머리를 감싸 쥐고 조용히 울기 시작했다.

올빼미 날아오르다

김은정이 탈영했다고 들은 지 1주일이 지났다. 위성 86은 지구가 훤히 보이는 곳이었다. 성서하는 위성 86 장병들에게서 반알리제 위성에서 이리로 전출 온 사람들은 성서하와 편대원들이 처음이라고 들었다. 본래 관광용 위성이었기에 벽면 전체가 디스플레이여서 우주를 구경할 수 있는 발코니 방이 있었다.

성서하는 발코니 방에서 벽면 디스플레이를 통해 지구를 바라봤다. 장갑 덮개가 없었기에 친구들은 범족의 공격에 당하거나, 대기권을 뚫지 못하고 죽었다. 장갑 덮개가 있었으면 생존했을지도 모른다. 불가사리형 기체에 포획 기능이 있는 게 처음으로 확인됐다.

왜 포획하려는 걸까? 상부에서도 뚜렷한 해석은 나오지 않았다. 친구들이 죽은 날에 그레이 데몬이 출동했다고 들었다. 그레이 데몬. 내 친구들의 원수.

"식사했어?"

강천준이 발코니 방으로 들어왔다. 성서하는 잭나이프를 접었다 펴기를 반복하며 고개를 끄덕였다. 잭나이프는 본래 정재승의 물건으로, 군 입대 기념으로 샀지만 쓸 일이 없었다. 강천준과 김수용은 군사 학교 입학 전부터 같이 캠프 학교를 방문했을 만큼 오래된 사이이지만, 정재승은 군사 학교에서 친해진 사이였기에 거리가 있었다. 정재승이 성서하에게 잭나이프를 주면서 자신과 페어 하자고 설득했다.

"……."

관광 위성에서 먹고 자기만을 반복했기에 살이 통통 오른 거만한 성서하는 잭나이프만으로는 부족했기에 대답하지 않았다.

"그럼 네가 리드해. 내가 윙맨 할게."

선배가 리드 자리를 양보하자 그제야 받아들였다.

"편대장님하고 같이 식사하려고 찾아다니다가 못 찾아서 먼저 먹었어요. 편대상님은 식사하셨어요?"

"나랑 같이 먹으려고 했어? 내가 일이 있어서 늦었어. 이거 미안한데."

낯선 위성에서 적응하는 동안 예전보다는 관계가 많이 좋아졌다. 위성 25와 위성 86을 비교하는 이런저런 말을 주고받다가 강천준이 물었다.

"아직도 그 여자애를 미워해?"

성서하는 자신의 사랑을 되돌아봤다.

"왜 도망갔을까요? 무서워서? 성실하고 진지한 사람처럼 보였는데……. 나를 배신했어요. 내 운명이라 믿었는데."

성서하는 바닥을 보며 말했다. 강천준이 말했다.

"저번에도 말했지. 처음 사랑에 빠지면 몸이 뜨겁고 하루 종일 생각나. 느껴 본 적이 없으니 다들 운명이라 착각하지. 너, 첫사랑이었지?"

성서하는 대답하지 못했다. 기초 교육 과정 홈스쿨링 때, 관심이 가는 여자아이에게 메신저로 문자를 보내다가 차단당하고 선생님에게 고자질 당한 뒤 절교했던 일을 떠올렸다. 그 이후로 기초 교육 과정, 중학교, 뚜렷한 것이 없었다. 어영부영했다. 그러다가 김은정을 만나게 됐다. 그러나 지금 성서하는 김은정이 전쟁이 무서워서 탈영했다고 오해하고 있었다. 강천준은 성서하에게 해주고 싶은 이야기가 있었다.

"사람들이 흔히 그러지. 운명과 맞서 극복하라고. 그건 바보 같은 소리야. 운명은 손에 닿을 수도, 제대로 인식할 수 없을 정도로 광대해. 이 큰 우주도 운명의 한 조각을 닮았을 뿐이야. 운명과 싸우는 게 아니야. 운명과 같이 흘러가는 거야. 같이 흘러가다 보면 운명은 인간의 자유의지를 제한해서 상처 입히기도 하지만, 모나지 않게 보호하기도 하지.

성서하. 흐름을 거스르려고 하지 마라. 이미 벌어진 일이다. 일어난 대로 흘러갈 뿐이다. 일어난 대로 받아들여라. 일어난 대로 받아들이는 것은 체념이나 항복이 아니야. 일어난 대로 받아들일 수 있는 것 또한 용기가 필요한 큰일이야."

"용서하라는 뜻이에요?"

"잘 생각해 봐. 남을 바꾸지 않을 용기가 있나?"

남을 바꾸지 않아도, 차이에 위협받지 않고 잘 지낼 수 있는 용기가 있느냐는 물음이었다.

성서하는 김은정이 알리제 때문에 우주로 못 온다고 말했으면 과연 이해했을까? 성서하는 성서하대로, 김은정은 김은정대로 남고, 흘러가는 걸 받아들일 수 있나? 자신과 다른 김은정의 생각을 포용해 줄 수 있었을까? 성서하는 아무 말 없이 어떤 표정을 짓고 있었다. 오만이 쏟아져 내리는 표독한 표정.

강천준은 성서하를 처음 봤을 때도 이런 표정이었는지 되짚어 봤다. 원래부터 오만한 녀석이었던 것처럼 다른 표정이 떠오르지 않았다. 그래도 이런 이야기라도 나누니 예전처럼 서로를 경계하는 건 아니라고 생각했는데…….

"그런데 무슨 일이에요? 저 바보 아니에요."

갑자기 찔렀다. 이 괴상한 녀석은 이상할 정도로 직관력이 강했다. 성서하는 강천준과 편대원들이 내색은 안 했지만 말하지 못하는 커다란 일이 일어났다는 걸 눈치챘다.

"아무 일도 아니라고 하면 저 다시는 편대장님하고 얘기하지 않을 거예요."

강천준은 이 자리에서 설득하기로 결심했다.

"범족은 전쟁을 원하지 않았어. 싸우길 원했던 건 인류야. 애기가 좀 길어."

성서하는 잭나이프 손잡이에 자신의 이름과 자화자찬을 새겨 놓았다. 'ACE OF ACE.' 이 문구를 부끄러움도 없이 뚜렷이 새기다니. 세상 무서운 줄 모르고 보란 듯이 들고 다녔다. 친구들을 잃은 충격으로 먹고 자고 미친 듯이 떠들기만 한 성서하는 턱선을 잃어버린 지 오래여서, 선전 뉴스에 등장했던 날렵한 모습과 점점 거리가 멀어지고 있었다.

오늘 새벽 시간, 왜곡파 커뮤니티에 정보가 올라왔다. 모든 복음에서 알리제 장병들에게 탈영을 지시했다. 그들은 소도를 비롯한 전 세계 곳곳에 있는 인권 보호 구역으로 들어가서 탈영에 대한 면죄부를 받을 것이다. 소도를 서둘러 점령하여 면죄부 판매를 막아야 했다. 최악의 결말로 가는 맥을 끊어야 했다.

그러나 아직도 지구 왜곡파 에스퍼들이 소도에 도달했다는 보고가 올라오지 않았다. 플랜 2번 최악의 해결 과정이 진행되지 않으니 플랜 1번 W플랜에 미련을 걸어도 되지 않을까? 강천준은 대안 학습 캠프 학교를 떠올렸다. 훌륭한 알리제 신자였던 친구들이 어린아이들을 불러 모으고는 교육을 시작했다.

하지 못하게 막거나 혼내는 말이 단 한 번도 나오지 않았다. 스스로 긍정적인 자존감을 갖도록, 절대자에게 매달리지 않고, 우리끼리 서로의 차이에도 위협받지 않는다. 강천준은 자신의 믿음이 실현되는 걸 봤기에 포기할 수 없었다. 최악의 해결을 실행하면, 왜곡파들은 가롯 유다가 돼버린다. 그래서 아직도 최악의 해결을 피할 수 있는 유일한 방법 W플랜을 포기하지 못했다. 혼자서라도 강행할 생각이었다.

이 자리에서 성서하에게 모든 걸 말하고 같이 탈영할 생각이었다. 모든 생명력을 소모해서라도 범족과 마음으로 대화할 생각이었다. '우리와 함께하지 않으면 인류는 최악의 결말을 맞이합니다. 우리와 함께 인류를 구합시다!'라고. 그런데 그때 그 얌전했던 꼬마 아이하고 이 뚱한, 살이 통통 오른 오만한 녀석과 무슨 성향이 같을까? 어떻게 의지동무가 됐을까?

강천준은 이해할 수 없었지만, 컴퓨터가 김은정과 성서하를 매칭한 이유는 그럴만한 논리적인 이유가 있어서였다. 김은정은 사람이 어렵고 알리제 복음이 좋았기에 무성의하게 되는 대로 찍었고, 성서하는 김은정 외에 그 누구도 원하지 않아서 마구잡이로 찍었다. 각자 자기 관심사 외에는 흥미가 없었다. 우연이 아니었다. 자기 길만 우직하게 가는 타입들이었다.

사실 이 전쟁은 범족이 일방적으로 선포한 전쟁이 아니었다. 범족은 인류의 탐사 드론에 자신들의 종족명과 랑데부할 곳을 문자 기호로 실어 되돌려 보냈었다. 알리제의 에스퍼들이 그 문자 기호를 마인드텔레파시로 스캔하듯 읽어 뜻을 알아냈다. 그리고 범족이 제안한 랑데부 장소로 향했다.

범족의 요구는 그다지 무리한 것이 아니었다. 마인드컨트롤로 자기 의견을 남에게 강제하지 말 것. 우주 시민 정신에 어긋난다는 것이었다. No! 그러나 알리제는 그 요구를 거부하고, 오히려 마인드컨트롤을 사용해 범족을 지배하려 했다. 그러나 마인드 기술은 우주 전체에서도 그다지 특이한 기술이 아니었다. 오히려 마인드컨트롤 기술은 범족이 한 수 위였다.

모든 복음은 전쟁이 일어난 진짜 이유를 숨기고 있었다. 알리제는 전도하려는 자신들의 의도는 선하기에 마인드컨트롤을 포기 못 한다고 주장했다! 전쟁이 일어나 수많은 사람들이 죽는 한이 있더라도, 세상을 통제할 수 있는 수단을 절대 포기하지 않았다. 결국 모든 복음의 에스퍼들은 UN에 허위로 보고했다.

"저들은 인류를 말살하고 지구를 정복하려 합니다!"

UN 입장에서는 인류 사이의 수많은 분쟁과 대립을 멈추게 할 공동의 적이 필요했고, 우주로 진출해야 지구가 소모되는 걸 막을 수 있었다. 우주같이 해로운 환경으로 사람들을 내보내기가 쉽지 않았다.

이때 모든 복음이 UN을 위하여 외계인 공포를 조장하여 우주로 갈 수밖에 없는 이유를 만들었다. 외계인에 맞서서 지구를 지키자! 자녀들을 우주로 가는 교육기관에 맡기세요!

지구 곳곳에서도 알리제교와 전쟁 프로파간다를 적극적으로 수용했다. 지구에는 사람들을 개인이 아닌, 같은 생각으로 한데 묶어 놓을수록 이득을 보는 권력자들이 너무 많았다.

그리고 패배 시나리오상 지구에 남는 알리제 군대는 알리제 사람들을 보호하기 위함이 아니었다. 패배 시나리오 최악의 결말을 위해서였다. 알리제를 거부하는 서방 국가와 알리제교에 적극적이지 않은 국가들을 모두 핵으로 기습 공격할 계획이었다. 같은 생각이 아니니 대가를 치러야 한다, 알리제 아니면 아무것도 선택할 수 없다는 오만에 기인한 계획이었다. 강천준은 성서하에게 전쟁의 진실과 패배 시나리오에 대해서 설명했다.

"그리고 범족들은 결국 지구 코앞까지 와 있지. 그 후로 어떻게 될 것 같아? 모든 복음의 알리제 신자들은 탈영을 하려고 해."

강천준은 지구 왜곡파가 보낸 보고를 말해 주었다.

"범족의 진격을 핑계로 이착륙과 낙하산 사용법을 가르치지 않은 건, 파일럿들을 통제하려고 한 거야. 따르지 않을 경우에는 말 안 해도 알겠지? 파일럿뿐만이 아니라 강화보병, 기갑 등 모든 병과, 전 세계의 모든 군사 학교들이 비슷한 제재를 경험했어. 앞으로 모든 복음이 세상을 지배하면 온 세상이 이렇게 반쪽만 배울 거야."

알리제가 아닌 모든 복음이라고 선을 긋기 위해 "모든 복음이 세상을 지배하면……."이라고 말했다.

"가장 중요한 건 모두 모든 복음이 통제한다는 거야. 지구에 있는 UN은 대다수가 이미 넘어와 있어. 마인드컨트롤을 사용할 필요도 없어. 모두 알리제 신자야. UN을 고스란히 접수하여, 알리제 복음 통일 연합을 세울 거야. 모든 복음이 온 세상을……."

"모든 복음이 온 세상을 알리제 아니면 아무것도 선택할 수 없게 만들 거야."

어디서 많이 들어본 말이었다. 성서하는 자신이 예전에 했던 말을 남에게서 듣자 이제야 모든 게 뚜렷해졌다. 김은정. 너, 알리제 복음 통일 연합을 위해서 안 왔구나? 이제야 이해가 되네. 이 나쁜 계집애. 강천준이 말했다.

"그리고 범족에게 인류를 죽일 테면 죽이라고 할 거야. 왜냐하면 범족이 정말 죽이지는 못할 테니까. 인류가 모르는 우주의 비밀이 있어."

우주의 비밀. 인류는 우주 시민 연합에 가입해라. 모든 은하계들은 우주 시민이라는 가치관으로 묶여 있었다. 우주 시민 협약에 생각을 강제하는 행위를 엄격히 금하고 있었다. 범족이 인류에게 마인드컨트롤을 사용하지 말라 하고 자신들도 사용하지 않은 건, 우주 시민 정신에 어긋나기 때문이었다.

그렇기에 범족 입장에서 인류와 20년간 맞서서 대치한 이유는, 인류가 스스로 판단하기를 기다렸기 때문이었다. 우주에서 20년은 그리 긴 시간이 아니었다. 그리고 지구에서는 종교라고 부르는 우주의 다양한 가치관을 받아들이길 원했다. 알리제교는 소통을 내세웠지만, 자신들의 입지를 위협하는 다양성은 받아들이지 못했다. 우주에서 오는 새로운 사상에 알리제교가 도태될까 봐 다양성을 받아들이기를 거부했다. 마인드컨트롤을 포기 못할 때부터 이미 전쟁이었지만, 이 거부로 인해 외계인 대 인류의 우주전쟁이 아니라 종교전쟁이 되어 버렸다. 강천준이 말했다.

"모든 복음은 인류가 패배할 상황을 미리 예견하고 패배 시나리오라는 걸 작성했어. 인류는 앞으로 우주로 나가지 않을 테니 휴전하자고, 모든 복음이 범족에게 제안할 거야. 앞으로 딱 지구만 붙잡고 살겠다, 우리끼리 알리제만 바라보며 살겠다, 너희는 관여하지 마라. 범족이 이 제안을 거부하면, 지구를 핵으로 파괴하며 끝까지 결사항전 할 거야. 우리에게 관여하지 않을 때까지."

우리의 생각을 받아들이지 않으면, 내 몸 내가 자른다! 우리 집 내가 불 지른다! 라며 자해 공갈한다. 결국 우주 시민 정신을 준수하는 범족들은 제안을 받아들일 수밖에 없다.

"결국 선배도 알리제인 거죠?!"

강천준은 성서하가 예전부터 눈치를 챘다는 걸 알고 있었다.

"알리제 복음을 개혁하려는 진보적인 청년 조직이 있어. 모든 복음은 우리에게 왜곡파라는 부정적인 이름을 붙였어. 우리 청년조직은 계획을 세웠어. 우리 모두를 구원할 W플랜! 바로 네가 주인공이지!"

강천준은 극적으로 성서하의 가슴을 가리켰다.

"위키드, 네가 나를 데리고 범족에게 날아가는 거야. 범족과 육성 언어로 대화가 되지 않으니 마음으로 접촉해서 인류에게 잘못을 되돌릴 시간을 달라고 요청할 거야. 그리고 우리 청년조직과 연대하여 모든 복음을 뒤엎자고!"

성서하를 잔뜩 띄워서 오만을 더욱 부풀리려 했다. 오만에 들떠서 "예!"라고 대답하게 하려 했지만, 성서하는 침묵했다. 강천준을 멀뚱멀뚱 쳐다보다가, "결국 알리제네요?"라고 받았다.

예리한 녀석. 강천준은 성서하에게 반론할 수 없었다. 왜곡파가 꼭 알리제 추종자로만 구성돼야 하는 이유는 이 신흥종교를 이해하지 못하는 사람이 많기 때문이었다. 급성장한 수상한 종교는 가장 성공한 자기계발 명상학파 혹은 폐쇄적인 사교 조직일 뿐이라는 비난에서 아직도 벗어나지 못했다. 왜 굳이 존재해야 하는가?

특히 성서하처럼 직관력을 가지고 의문을 품는 사람들에게는 더욱 필요가 없었다. 하지만 보통 사람들에게는 이타적인 삶을 위한 가르침과 소통을 지향하는 명상으로 마음의 안정과 자존감을 심어 준다. 모두가 정신의 지옥을 건널 수 있는 건 아니다. 방향을 찾지 못하고 영원히 방랑할 수도 있다. 불안한 사람들이 더 많으니 알리제 복음은 반드시 있어야 했다.

성서하 입장에서는 알리제교가 어떻게든 살아남겠다는 걸로 들렸다. W플랜이 성공한다면, 알리제는 산다. 그냥 내버려 두면, 지구는 죽고 알리제는 산다. 성서하가 말했다.

"이렇게 나쁜 선택지가 어디 있어요? 알리제는 이래도 살고, 저래도 사는데!"

"야. 잠깐만. 우리 조직은 다르다니까."

"범족이 이렇게 착한 줄 알았다면! 진즉에 안 싸웠어야죠!"

"범족이 그렇게 착하지만은 않아. 문화가 격해서 늘 날이 서 있어. 모든 복음 에스퍼들이 그냥 거짓말한 게 아냐. 너무 호전적이라 사악한 기운이 넘쳐서 믿지 못했던 탓도 있어."

"그래도 자해공갈보다는 낫지. 끝까지 살아남겠다는 알리제보다는 낫지. 책임지고 사라지는 게 정상 아니에요? 알리제가 없어도 예전에 잘 살지 않았어요? 알리제가 없어도 외계인과 소통할 수 있는 답을 찾아낼 거예요. 아니라고 할 수 있어요?"

알리제교가 없어도 인류는 답을 찾을 수 있겠는가? 왜곡파 내부에서도 논의됐던 문제였다. 시간이 걸리겠지만, 그렇다는 답이 나왔기에 강천준은 침묵했다. 하지만 인류는 지금 당장 우주 시민 정신을 받아들일 준비가 되지 않았다. 외계인을 단순히 적으로 본다. 그래서 인류와 외계인들의 사이를 이어주는 역할을 알리제교에게 맡겨 달라고 범족에게 부탁할 계획이었다. 강천준이 말했다.

"그래도 나는 알리제교 없이 살아갈 수 없어."

"저랑 다른 사람들은 알리제교 없어도 잘 살아갈 거예요."

성서하는 단호하게 대답했다. 강천준은 마인드컨트롤을 쓸 수 있지만 쓰지 않았다. 김은정을 미끼로 이용할 수 있지만, 하지 않았다. 타락한 모든 복음과 똑같은 사람이 되기 싫었다. 게다가 성서하는 지금 김은정을 미워하기 때문에 김은정이 왜곡파라고 할 수도 없었다. 성서하는 알리제교의 모든 것을 싫어하기에 왜곡파 때문에 우주에 못 왔다고 하면 더욱 길길이 날뛸 것이었다. 마인드컨트롤로 이 오만한 녀석의 마음을 뚫지 못하는 것은 아니지만, 헌병 비행대로부터 살아남으려면 정신이 온전한 성서하의 비행 실력이 필요했다.

정말 방법이 없는 건가? 내가 받아들여야 하는 건가? 강천준의 마음이 주저앉았다. 모두가 떠받들어 주는 숭배를 받았기에 오만에 중독된 성서하는 알리제교가 없어질 거라고 쉽게 단정 지었다. 그러나 자기도 자기 입에서 나온 말이 미안했는지.

"정말 다른 방법이 없어요? 이대로 그렇게 돼요?"

남은 플랜. 최악의 결말에 맞서는 최악의 해결. 왜곡파 전부가 가룟 유다가 되는 길. 주저앉은 강천준의 마음이 힘겹게 일어섰다.

"아니. 방법이 있어."

"그것도 알리제는 이래도 살고, 저래도 사는 것이에요?"

"아니. 공정하게 사심 없이 해결하는 방법이야."

다른 방법이 있다는 말에 성서하의 안색이 밝아졌다.

"그럼 그걸 하세요! 아무런 사심 없이 세상을 구하는 게 더 알리제 복음 같지 않나요?!"

성서하가 거침없이 선배이자 상관을 가르쳤다. 강천준의 기색을 조심히 살피고는, "그만 주무세요. 내일 봐요." 하고 방을 나가려 했다.

"성서하! 우리가 사는 세상이 외계인에게 점령당할지도 몰라! 너 정말 알리제교에 협력할 수 없어? 딱 한 번만 도우면 우리가 사는 세상을 구할 수 있어!"

마지막으로 붙잡았다. 최후의 질문이었다.

"제가 알리제교에 얼마나 불만이 많은지 알고 계시나요?"

"그것은 모든 복음이 잘못한 거야."

"……모든 복음이든 왜곡파든 본질은 똑같은 알리제잖아요. 알리제같이 극단적인 종교에 인류의 미래를 맡기는 것보다, 외계인들의 우주 시민이라는 가치관이 더 낫죠. 아니 백배, 천배 낫죠. 이것이야말로 진정한 소통이 아니겠습니까?"

"성서하, 너 전에 그레이 데몬이 친구들의 원수라고 했지? 친구들의 원수인 외계인 그레이 데몬이 우주 시민 가치관을 가르쳐 준다고 하면 받아들일 수 있어?"

"……"

강천준이 되받아치자 성서하는 침묵하다가 대답했다.

"……친구들이 왜 우주에서 죽어야 했을까요? 모든 복음의 잘못이라는 핑계를 대지만, 본질은 자신들의 종교를 지키려 했던 알리세 에스퍼들이 허위 보고한 것 때문이잖아요. 알리제의 에스퍼들이 속이지 않았으면 친구들은 죽지 않았어요. 극단적인 종교와 추종자들 때문이잖아요. 생각해 보세요. 알리제교만 없으면 몇 명이 살 수 있고, 얼마나 행복했을까요?"

"……"

이번에는 강천준이 할 말이 없었다. 성서하는 방을 나갔다. 혼자 방에 남게 된 강천준은 디스플레이 속의 지구를 바라봤다.

최악의 결말에 맞서는 최악의 해결법. 패배 시나리오 녹음 파일, 모든 복음에 잠입한 왜곡파들의 보고서, 마인드컨트롤, 알리제 장병들의 탈영, 전쟁의 진실, 우주 시민 가치관, 핵 기습 계획. 모든 비밀을 인류 전체에게 공개한다. 알리제를 대표하는 모든 복음이 세상을 파괴하기 전, 우리가 알리제를 죽여야 한다. 분명 세상은 들끓어 오를 게 분명했다. 속았다고. 인류의 배신자라고. 지구상 이보다 더한 사기극은 나치 이후로 없었다. 그렇다고 알리제 복음을 완전히 파괴하는 건 아니었다. 인류는 알리제가 없어도 범족과 소통할 수 있는 답을 찾아내겠지만, 먼저 해답을 제공해 버리면? 모든 복음이 독점하고 있는 에스퍼 육성 노하우를 빼앗아서 일반 대중들에게 넘겨준다. 인류 다수가 에스퍼 능력을 사용하게 되면, 오히려 알리제 복음을 더 잘 이해할 것이었다.

우리 힘을 비밀로 숨기는 옛날 약속, 구약을 깨버리고, 모두와 공유하겠다는 새로운 약속, 신약을 한다. 그리고 왜곡파는 소도로 들어간다. 세상에 다시 받아들여질 때까지 기다린다. 이것이 소도를 반드시 점령해야 하는 이유였다.

강천준은 언젠가 들었던 유대인들의 일화를 떠올렸다. 로마군이 유대인 도시를 점령하고 학살하려 하자, 유대인들이 간청했다. 한 학교에 랍비들만 들어가겠다. 도시는 다 파괴해도 좋으나 그 학교만은 파괴하지 말라고. 사람들은 다 죽여도 되지만, 랍비들은 죽이지 말라고. 결국 그 학교를 중심으로 유대인들은 다시 일어섰다. 왜곡파에게는 소도가 랍비 학교였다.

모든 종교가 그렇듯 개혁하려면 죽이고 다시 부활시켜야 한다. 모든 종교는 한 번 부러진 후 더욱 강해졌다. 최악의 해결. 가룟 유다가 되는 걸 피하려 했지만, 피할 수 없었다. 정말 운명에 맞서지 말고 흘러가야겠네. 지금은 세상에 없는 조숙한 친구들이 캠프 학교에서 가르친 말이었다.

약속했던 우주 왜곡파의 지원이 없었다. 범족의 기습으로 그들도 힘들 것이라는 추측이 있었다. 추적, 감시 장비를 막을 수 없기에 왜곡파 도주 수칙이 변경됐다. 산악지대나 외진 곳으로만 이동하고 반드시 야간에만 이동할 것. 한 지역에서 20분 이상 머무르지 않고 항상 이동할 것. 김은정이 도주한 뒤, 다음날 첫눈이 좁쌀처럼 흩뿌려졌다.

산에서 산으로 이어지는 계곡이었다. 산악지대는 눈이 제법 와서 발목까지 쌓였다. 눈을 밟을 때마다 운동화 속으로 눈이 파고들었다. 본래 야산에만 움직여야 하지만, 계곡 물을 건너기 위해서 어쩔 수 없이 무리한 시도를 하다가 물에 빠졌다. 너무 추웠기에 김은정은 말도 아니고, 비명도 아니고, 짐승의 울음 같은 소리를 냈다. 죽을힘을 다해 물을 헤치며 빠져나왔다. 다행히 계곡 산 뿌리 부근에서 삼각형 모양의 움막을 발견했다.

김은정은 버려진 담요를 발견하고는 그것으로 몸을 감쌌다. 백팩 가방을 열었다. 지갑과 폰, 중요한 물건은 무사했다. 빵과 우유를 꺼내서 먹었다. 마지막 식량이었다. 도주한 지 일주일이

나 지났지만 소도에 근접하지 못했다. 곳곳에 범족을 핑계 삼아 검문소가 세워졌다. 저들은 우리가 모든 복음의 여러 분야에서 수집한 녹음 파일의 존재를 알고 있다. 모든 복음은 일개 이단에게 역전당할지도 모른다는 두려움에 치열하게 뒤쫓고 있었다. 앞으로 소도까지 대략 25km 남았지만, 지도상 직선 거리일 뿐 실제로는 산악지대이니 더 걸릴 터였다.

물에 젖은 몸이 움막에서 얼어붙고 있는데 과연 갈 수 있을까? 지쳐서 잠들고, 추워서 깨기를 반복하는 사이, 모든 에스퍼들이 일제히 접속해야 하는 시간이 됐다. 나뭇가지들 사이로 보이는 햇살이 누구에게 끌려가듯이 서서히 뒤로 사라졌다. 낮과 밤의 어중간한 사이. 김은정은 폰을 켰다.

- 탈영하여 지구로 복귀하는 모든 복음의 장병들이 태평양 궤도로 떨어질 예정입니다. 거기서 준비된 순양함에 탑승하여 곧장 소도나 혹은 전 세계 곳곳에 퍼져 있는 소도 같은 인권 보호 지역으로 향할 것이라고 합니다. 우리에게 앞으로 24시간밖에 남지 않았습니다.

- 반드시 해내겠습니다!

- 뛰고 있습니다! 우리가 반드시 소도를 점령할 것입니다!

모두들 행동에 들어갔는지 더는 메시지가 올라오지 않았다. 김은정은 움막을 기어 나왔다. 어두운 밤이 되자 어디서인가 짐승의 울음소리가 들렸다. 김은정은 폰 충전 게이지를 확인했다. 충전량이 얼마 남지 않았다. 전력을 아끼기 위해 폰을 끄기 전, 소도로 가는 방향을 눈에 담았다. 김은정은 그 방향으로 걸어갔다. 한 발 내디딜 때마다 눈이 운동화 안으로 밀려 들어왔다. 거짓말처럼 갑자기 캠프 친구들이 떠올랐다.

"은정아, 우리 같이 놀자."

"얼른 이리 와, 우리 같이 알리제 찬양가 부를까?"

알리제의 상징인 마주잡은 양손 마크를 담은 티셔츠를 입고 있는 아이들이 하얀 눈 위를 걸어갔다. 김은정은 자신의 눈을 문질렀다. 캠프 친구들이 걸어가고 있었다. 하얀 티셔츠에 마주잡은 양손, 빨간 티셔츠에 마주잡은 양손, 파란 티셔츠에 마주잡은 양손, 그리고 김은정이 제일 입고 싶어 했던 분홍 티셔츠에 마주잡은 양손. 김은정은 늦게 와서 남아 있는 녹색 티셔츠를 받았다.

"은정아, 잘 지내니?"

그때 죽은 언니와 오빠들도 아이들 뒤를 따라서 걷고 있었다. 절대 아이들에게 "가지 마라. 하지 마라. 뛰지 마라. 조용히 해라."라는 말을 하지 않았디. 김은정은 자신이 이제 그때의 언니, 오빠들과 동갑이라는 걸 자각했다. "가지 마라. 하지 마라. 뛰지 마라. 조용히 해라." 혼내는 말을 한마디도 하지 않고 저 많은 아이들을 대할 수 있을까? 싫은 소리 한마디 하지 않고

저 많은 아이들을 보살폈던 언니, 오빠들과 내가 동갑이라고? 저 언니, 오빠들은 대체 얼마나 좋은 사람들이었나?

팍! 어디선가 나뭇가지에 쌓인 눈이 떨어지는 소리가 들렸다. 김은정이 밤의 저편으로 고개를 돌렸다. 누군가 보고 있다. 김은정은 갑자기 내리막길 아래로 굴러 떨어졌다. 옆으로 데굴데굴 구르다가 뿌리 깊게 박힌 바위에 부딪혔다. "아악!" 어깨가 부서지는 줄 알았다. 바위에 부딪힐 때 느낌이 왔다. 가방 안에서 뭔가 큰일이 벌어졌다. 김은정이 가방을 열자 부서진 폰이 보였다. 지갑은 찢기고, 일회용 배터리들은 깨져 있었다. 모든 게 부서졌다. 이런 날이 있었다.

캠프 학교가 학살당한 날과 똑같았다. 그때도 똑같이 뒹굴었다. 하지만 가지고 온 중요한 물건은 무사했다. 무릎을 대고 몸을 일으켰지만 주저앉았다. 누군가 보고 있다. 김은정은 마인드 텔레파시를 사용해 레이더처럼 사람의 마음을 감지할 수도 있었지만 그럴 기운이 없었다. 영양실조, 고통, 공포 그리고 저체온증. 김은정은 옆으로 쓰러졌다.

나는 이대로 죽는다. 김은정은 무엇이 쳐다보고 있는지 이제야 눈치챘다. 죽음이었다. 안 돼! 일어나려 했다. 하지만 다 일어서지 못하고 옆으로 미끄러졌다. 일어나야 해! 다시 일어서려 했지만, 하체에 힘이 들어가지 않았다. 가야 해! 나를 위해서가 아니야. 우리를 위해서! 그러나 일어설 수 없었다. 김은정은 눈을 부릅뜨고 밤하늘을 쳐다봤다. 쩍쩍 갈라진 입술을 열었다.

"나는 준비가 됐구나."

부서진 후에야 알게 됐다. 김은정은 이제야 자신에게 준비됐다고 말할 수 있어서 가슴이 미어졌다. 누군가 보고 있다. 내가 가야 하는 길들이 떠올랐다. 정말 알리제교가 죽었다가 다시 부활할 수 있을까? 사람들이 모든 복음과 우리 조직을 구별할 수 있을까? 우린 역사에 가룟 유다로 기억될까? 아니면 나치보다 더 한 집단으로 기록될까?

아니야. 우리는 세상을 구하려고 했어. 사람들은 결국 우리를 이해해 줄 거야. 그 날이 올 때까지 부활하리라 믿고 기다려야 해. 그러려면 소도가 꼭 필요해. 몸은 지쳐도 마음속에서는 한 줄기 불꽃 같은 열망이 솟아올랐다.

김은정은 죽음을 앞에 두고 다른 것을 생각하지 않았다. 화초가를 따라 무당이 되고, 신부가 되고, 스님이 되고, 영화 〈시련〉처럼 죽겠다는 다짐은 이루어졌다. 정말 소원이 이루어졌네. 아이러니하게도 정말 이루어져서 비극이네. 넌 비극을 좋아했는데, 왜 이렇게 서러울까.

"쟤, 저건 잘하네."

오지영이 시켜서 집회에서 무표정하게 알리제 복음을 전파했었다. 오지영이 이광희에게 속삭이는 게 다 들렸다.

"쟤, 말하는 것 이상해!"

놀림 받고 무시 받았던 기억들. 놀림 받았을 때, 남의 시선을 의식하고 억지로 웃으려다가 포기했다. 그래. 난 사람 사귀는 게 어색하고, 알리제 복음 외에는 쓸모가 없어. 기숙사 방에서 동기들 몰래 베개로 머리를 감싸고 울었다. 언젠가 끝에 가면 "알고 보면 좋은 사람이었구나."라는 소리를 들으려고 마지막까지 희망을 가졌다.

그런데 이제 다 끝이구나. 사람 사귀는 게 어려워, 소통이 누구보다 중요한 걸 알았어. 나 같은 사람을 한 명이라도 도와주고 싶었어. 끔찍한 기억과 무거운 책임이 두려웠기에, 내가 준비가 됐나? 나를 의심했지만 결국 여기서 나를 증명해 냈어.

내가 아직 겪어 보지 않은 미래의 수많은 낮들이 아쉽지만, 단 하나 오늘 밤 같은 날을 위해서 종이꽃을 접었어. 내 서글픈 처지가 한탄스럽지만, 나는 내 믿음대로, 내 생각대로 살았어. 내 소원이 이루어져서, 그래도 행복하다고 생각해야겠지? 이 길 밖에 없다고 감히 장담했는데…… 진짜 끝까지 걸어 버렸네.

"고통 많은 내 삶아. 다음 생에서도 똑같이 행복해라."

어디선가 나뭇가지가 부러지는 소리가 나더니 뭔가가 빠르게 김은정에게 다가왔다. 그간 지켜보고 있었던 누군가였다. 지독하지만 구수한 냄새가 났다. 기운찬 날갯짓 속에 단단한 뼈와 늠름한 근육이 있다는 걸 느낄 수 있었다. 푸드덕! 날개 치는 소리가 모든 생각을 저편으로 내쫓을 정도로 우렁찼다. 검은색, 흰색, 노란색이 한 몸에 뒤섞였다.

올빼미였다. 올빼미가 쓰러진 김은정 위를 스쳐 갔다. 김은정은 그 옛날, 엎드려서 "살려주세요! 아무 말도 안 할게요!"라고 비겁하게 빌던 자신을 응시하던 올빼미를 떠올렸다.

마침내 그 올빼미가 날아올랐다. 김은정은 아픈 것도 잊은 채 올빼미를 따라 고개를 돌렸다. 올빼미가 날아간 곳에 가로등이 있었다. 가로등? 몸을 일으켜 세웠다.

자신을 가로막는 바위가 무릎에 느껴졌다. 구를 때 부딪혔던 그 바위였다. 김은정은 바위를 손으로 더듬다가 뒤늦게 알게 됐다. 바위가 아니었다. 도로 경계석이었다. 김은정은 소도로 가는 교육을 사전에 받았다. 소도로 가는 도로는 예전에 마라톤 코스로 사용됐다. 그 길을 따라 쭉 걸어가면 소도에 도달한다.

김은정은 벌떡 일어나 도로를 속보로 뛰어갔다. 도로 곳곳에

설치된 가로등이 김은정을 응원하듯이 노란 불빛을 카펫처럼 깔아 주었다. 소도에는 모든 복음의 에스퍼들이 상주하고 있다고 들었다. 지치고 다쳤는데, 이길 수 있을지 김은정은 조금도 걱정하지 않았다.

어디선가 마인드텔레파시로 자신의 마음을 캐치하는 걸 느꼈다. 도로를 달리는 다른 발자국 소리가 들렸다. 김은정은 뒤돌아보지 않았다. 상대도 똑같이 퀴퀴한 냄새가 나고, 부상당했는지 절뚝거리고 있었다. 하지만 뒤돌아볼 필요가 없었다.

또 다른 발자국 소리가 들렸다. 누군가 도로 중간에서 불쑥 튀어나와 합류했다. 결승점을 앞둔 마라토너들처럼 서서히 속도가 올라갔다. 서로가 서로에게 열심히 하는 모습을 보이려는 경쟁심이 솟아났다.

순식간에 8명으로, 10명으로, 우르르 몰려오는 발자국 소리가 16명으로 불어났다. 소도 점령 선발대 총원은 16명이었다. 한 명도 빠짐없이 모두 함께 있었다. 절대자에게 의존하지 않고, 우리끼리 서로를 보살핀다. 봐! 아무도 포기하지 않았어! 우리는 결국 우리의 믿음을 부활시킬 거야!

김은정이 고개를 돌리니, 옆에서 하얀 티셔츠, 빨간 티셔츠, 파란 티셔츠, 분홍 티셔츠, 그리고 녹색 티셔츠를 입은 어린 자신이 옆에서 함께 뛰고 있었다. 뒤돌아보지 않았지만 언니, 오빠들이 대열의 맨 뒤에서 따라오고 있다는 걸 한 치도 의심할 필요가 없었다. 누군가 마인드텔레파시를 사용했다. 모두의 마음이 하나로 이어졌다.

'반가워요! 다들 이렇게 생겼구나 하고 놀랐습니다.'

'앞으로 더 춥고 힘들 거예요.'

'그래도 두렵지 않네요.'

'예. 저도 두려울 건 없네요.'

'우리 스스로를 칭찬해 주고 싶어요.'

김은정은 이 순간을 믿고, 모두를 믿었다. 동지들도 김은정을 믿는다는 게 전달됐다. 소통과 인류애로 화합. 알리제 복음이 증명되는 순간이었다. 김은정은 절대 예전으로 되돌아갈 수 없었다.

'나는 정말 내 믿음, 내 생각대로 살게 됐구나.'

'예. 그리고 우리 모두가 그렇게 살겠네요.'

철컥! 요란한 쇳소리와 함께 소도 앞에 설치된 검문소에서 병사들이 총구를 들이댔다.

"정지! 손들어!"

계획 설명 때 들었다. 모든 복음 입맛에 맞는 사람들만 가려 받으려고 인권 보호 구역 입구에 검문소를 설치했다. 아무도 멈추지 않았다.

"가까이 오면 발포한다! 어?"

누군가 마인드컨트롤을 사용했는지 병사들이 일제히 총구를 하늘 위로 올렸다. 탕! 에스퍼들을 환영하는 축포처럼 하늘을 향해 총이 발사됐다. 김은정과 에스퍼들은 검문소를 지나쳐 소도를 훤히 내다보았다. 갑자기 성서하의 얼굴이 떠올랐다. 알리제 복음만을 따르려 온몸을 내던지는 순간인데, 그간 한 번도 떠올리지 않다가, 사랑하지도 않는데 왜 갑자기 성서하가 스쳐 갈까? 김은정은 그 대답을 알았다.

모든 복음의 에스퍼들은 왜곡파 에스퍼들의 마인드텔레파시를 감지하고는 도주했다. 왜곡파 에스퍼들은 소도의 공동체 안에서 모든 복음 사람들만 골라내어 밖으로 내쫓았다.

"우리가 성공했다는 걸 알려야 해. 빨리!"

동급생에게도 존댓말을 쓰는 김은정이 편히 반말을 쓰는 상대는 왜곡파 에스퍼 중 곱슬머리의 30대 남성이었다. 왜곡파 내에서 김은정의 멘토이자 오랜 동지였다. 그가 소도 내의 통신실에서 통신 장비를 조작하여 우주로 메시지를 보냈다.

- 예정대로 약속의 땅에 도달했습니다.

이제 답변이 올 때까지 기다려야 한다. 16명의 사람들이 한 공간에 몰려 있자 혼잡스러웠다. 그러나 낯모르는 어수선함이 아닌 서로가 서로를 잘 아는 기분 좋은 혼란이었다.

강천준은 통신실에서 지구의 왜곡파들이 약속의 땅에 도달했다는 메시지를 읽었다.

"결국 해냈네."

"다른 여지는 없다, 이거지."

김수용이 단호하게 말했다. 언제나 웃는 얼굴이었지만 최악의 해결을 가장 대범하게 받아들였다. 앞으로 지구 시간으로 4시간 후, 진실을 알리는 인터뷰와 함께 봉기가 시작된다. 강천준은 보고에 올라가 있는 16명 중 김은정의 이름을 찾아냈다. 성서하의 마음속에서 본 김은정을 떠올렸다. 그 꼬마가 해냈네. 벌써 다 컸구나. 모든 복음은 소도를 뺏겼으니 탈영 계획은 맥이 끊긴다. 또한 모든 복음은 아직 완전한 군세를 확보하지 못했으니 토벌당할 게 분명했다. 지구 동지들이 우리는 모든 복음과 다르다는 점을 분명히 강조해서 우리 조직도 같이 토벌당하지 않게 해야 하는데……. 걱정이 많았지만, 이제는 우리 손을 떠났기에 세상이 어떻게 받아들이냐에 달렸다. 우주 왜곡파의 지지와 함께 개인적인 메시지를 보냈다.

– 그간 우리는 우리끼리 권력을 독차지하고 감추자는 옛날 약속, 구약에 묶여 있었습니다. 오늘 봉기는 최악의 해결법이라 부르기에는 너무 우울합니다. 그래서 저는 이를 새로운 약속, 신약이라고 부르고 싶습니다.

강천준은 송신을 끝내고 사리에서 일어났다. 정기적으로 정찰 비행에 나가야 하는 시간이었다. 인터뷰를 하면 지구가 훤히 내다보이는 이곳에서는 방송 주파수가 잡힐 게 분명했다. 아무리 타락했다고는 하지만 어제의 형제, 자매가 붕괴되는 걸 실시간으로 보고 싶지는 않았다.

감압실로 가는 복도에서 성서하가 기다리고 있었다. 모든 비밀을 알게 됐지만, 아무렇지 않은 태연한 얼굴이었다. 강천준이 설명해 김수용, 정재승도 W플랜이 실패했다는 것을 알았다. 오만에 사람이 닳아 버렸다고 성서하를 원망하고 욕할 수도 있었다. 하지만 아무도 그런 말은 하지 않았다.

오늘은 후배에게 리드를 넘기는 첫 비행이어서, 정재승에게 굴욕적인 날일 수도 있었다. 그러나 정재승은 아무 일 없다는 듯이 대했다.

"여! 알지?!"

"알죠!"

성서하와 정재승은 같이 페어하게 됐다며 단합을 다지려고 수수께끼 같은 말을 주고받았다. 자연스럽게 만들어 낸 유행어 같았다. 강천준은 아무런 내색을 하지 않았다. 자신이 믿어 온 세상이 무너지는 오늘도 평범한 날들처럼 굴었다.

김은정과 에스퍼들, 그리고 뒤늦게 도착한 지구 왜곡파 지부장들은 모두 한 자리에 모여 있었다. 통신실 중앙의 홀로그램 장치로 메시지를 투영시켰다. 우주에서 보낸 프리스페이스의 메시지를 보고는 모두가 한동안 입을 열지 못하고 감탄했다. 김은정은 '역시 오빠야.'라며 뿌듯해했다. 새로운 약속이라니……. 우리 모두에게 희망을 줬어. 칼럼도 그렇고 역시 글을 잘 써. 프리랜서 느낌의 곱슬머리 남자가 말했다.

"우주파도 각오가 됐다고 하니, 계획대로 진행합시다!"

이제 진실을 알리기 위해 기자들을 불러 모을 차례였다.

편대가 정찰 비행을 마치고 위성 86으로 돌아가고 있었다. 4대의 전투기가 편대 쪽으로 접근하고 있었다. 장갑 덮개를 두른 게 코뿔소의 두터운 피부처럼 위압적이었다.

- 여기는 전투 헌병 편대. 성서하 준위, 귀관을 명예 훼손죄로 긴급 체포한다. 성서하가 속한 전 편대원, 순순히 엔진을 꺼라. 명령이다! 성서하, 캐노피 덮개를 개방하라. 우주 유영으로 접근하겠다.

- 여기는 위키드. 명예 훼손한 적 없는데…….

- 네가 칼럼리스트 에이스잖아!

성서하는 오만하게도 초상권에 대한 대가를 지불하지 않는다고 알리제 선전을 깎아 내리는 칼럼을 썼다.

심기가 불편해진 헌병대는 칼럼 기사 하단에 표시된 에이스의 후원 계좌를 조회하다가 믿기 힘든 사실을 알아냈다. 선전 영웅과 불순한 언론인이 같은 인물이었다. 성서하의 폰에 설치된 보안 앱을 통해 샅샅이 수색했다. 포스터를 배포할 때 컬처사에 후원했던 내역이 증거로 떠올랐다. 자신이 아닌 척 세상을 놀려댔지만, 결국 세상은 그의 정체를 밝혀냈다.

'칼럼리스트 에이스는 이렇게 죄인처럼 다루어질 이름이 아니야.' 성서하는 자부심 높은 이름이 죄인처럼 불리자 어찌할 줄을 몰랐다.

- 편대장이다. 성서하, 무슨 일이야? 무전 규칙 무시하고 그냥 말해.

그간 자신이 아닌 척 가면을 쓰고 세상을 농락한 일을 설명하는 데 2분도 걸리지 않았다.

- 너일 거라고는 생각 못했는데, 너라니 모든 아귀가 딱딱 맞아 떨어지네. 네 뚱한 얼굴이 100프로 사고 칠 관상이라고 들었는데 정말이네.

전투 헌병들은 V자 대형으로 바뀌어 성서하가 탑승한 기체를 포위하려고 다가왔다.

- 저 끌려가면 처벌 받겠죠? 영창인가요?

- 재판 받아. 징역 살 거야.

- 저는 에이스 중의 에이스니까, 헌병대 이길 수 있지 않을까요?

- 헌병대 전투기에 장갑 덮개 달려 있는 것 안 보여? 엄청 단단해 보이지 않아?

강천준 편대장의 제안을 버릇없이 거절했던 게 떠올랐다.

- 저랑 범족에게 가길 원했잖아요. 지금이라도 갈까요?

- 기회는 떠났다. 내 뜻대로 알리제는 지옥으로 간다.

강천준의 야박한 말투에 성서하는 기회가 사라졌다는 걸 실감했다. V자 대형이 서서히 다가와 성서하를 사이에 넣었다.

- 성서하, 이제 캐노피 덮개를 개방하라.

성서하는 그간 자신이 쌓아 온 모든 업적들을 떠올렸다. 남들보다 용감하게 조기 지원했지. 데뷔전에서 5대나 격추했고, 글을 써서 세상을 속이기도 했어. 이런 내가? 너무 억울했다. 나 빼고 온 세상을 멸망시킬 폭군 같은 기운이 솟아올랐다. 하지만 별수 없었다.

- 편대장님, 제가 항복해야 되나요?

- 갈 데가 없으니까.

어제까지는 갈 데가 있었지. 내 손으로 그걸 차버렸어. 성서하의 시선이 아래로 툭 떨어졌다. 두고 보자. 앞으로 남은 삶을 온 세상을 증오하는 데 바칠 테다.

전투 헌병대의 전투기 중 한 대가 캐노피 덮개를 열었다. 헌병 파일럿이 우주 유영으로 성서하에게 넘어갈 준비를 했다. 강천준은 이것을 기다리고 있었다. 한 대가 비무장 상태가 되었다. 적의 전력이 줄어들었다.

- 전 편대원들에게 전한다! 이제 세상이 바뀐다! 곧 알리제가 망할 세상으로 이 녀석을 돌려 보내자!

성서하가 고개를 번쩍 들었다. 편대원들이 불을 뿜으며 매섭게 달려 나갔다. 곧 알리제가 망할 세상? 선배들 다 알리제인데? 어젯밤 일을 전부 알고 있구나. 그런데 모르는 척해 줬어. 아무 일 없듯이. 내 주위에 이렇게 좋은 사람들이 있었구나.

성서하는 즉시 기수를 틀어서 자신을 체포하려 했던 헌병 파일럿과 부딪혔다. 광! 헌병 파일럿은 로데오에서 이탈한 기수처럼 튕겨져 우주 저편으로 날아갔다. 성서하는 파일럿을 잃은 전투기를 눈여겨봤다. 장갑 덮개가 있으니 바꿔 타면 지구로 탈영할 수도 있었다. 박스악어가 소도라는 곳이 있다고 했지. 그러나 1인용이어서 혼자서만 가야 하기에 미련을 버렸다.

전투 헌병들은 도그파이트에 능숙했다. 선배들이 꽁무니에 달라붙으면 옆 구르기 같은 롤링으로 선배들의 시야에서 빠져나갔다. 성서하도 똑같이 롤링을 하며 전투 헌병을 뒤쫓았다. 전투 헌병이 쫓아오는 일자 관계를 벗어나려 했지만, 성서하의 레이저 발사가 더 빨랐다. 레이저 고온이 장갑 덮개 사이로 스며들어 결합 부위를 달구었다. 이제 한 발만 더 맞으면 누적된 게 터진다고 생각한 순간, 어디선가 뭉툭한 깡통을 닮은 투척 어뢰가 날아와 전투 헌병을 정확히 명중시켰다. 쾅!

그레이 데몬이 나타났다. 범족의 스캐너들이 우주 곳곳에 살포되어 있었다. 차출 장병과 전략 물자들이 오는 걸 정확히 예상했던 건 바로 이 스캐너들 덕분이었다. 범족은 그간 자신들 전투기를 격추시킨 성서하의 비행 패턴을 추격하고 있었다.

그레이 데몬은 장갑 덮개를 장착한 전투기를 한 방에 격추시키는 법을 잘 알고 있었다. 타자의 방망이에 맞기 전, 갑자기 하강하는 변화구처럼 정확한 뇌격 기술이었다. 보통 파일럿이 아니었다. 에이스 그 이상이었다. 전투 헌병들은 저항하는 범죄자 파일럿과 그레이 데몬 사이에서 빠르게 포기했다.

- 우리는 간다. 잘해 봐라.

전투 헌병들은 부스터를 작동시키며 순식간에 멀어졌다.

그레이 데몬이 전자전을 걸었지만, 편대원들의 안티 전자전이 방어했기에 재밍은 일어나지 않았다. 하지만 편대원들의 전자전 공격도 그레이 데몬의 안티 전자전 때문에 재밍을 일으킬 수 없었다.

- 여기는 템플러. 위키드, 내가 유인할 테니 놈의 데드식스를 잡아라!

정재승이 무전을 보내고는 그레이 데몬에게 달려들었다.

- 여기는 위키드. 템플러, 위험하다.

- 알지?

자신들만의 유행어가 나오자 성서하가 대답했다.

- 알죠!

정재승이 기체를 상승시켰다. 그레이 데몬은 불가사리 중앙의 내부 무장 창을 열고는 또 다른 투척 어뢰를 꺼냈다. 정재승을 지나쳐 김수용에게 접근했다. 김수용이 기수를 불가사리에 고정하고 레이저를 발사했다. 정재승은 불가사리를 뒤에서 맹렬히 뒤쫓았다. 정재승이 말했다.

- 성서하! 선배가 보여줄게! 이 형이 말이야!

김수용의 기체가 미사일 발사구를 오픈하는 찰나에, 불가사리가 기수를 올리며 180도 급반전하여 뒤집혔다. 뒤집힌 모습으로 다시 왔던 길을 되돌아갔다. 쫓아오던 정재승은 아래에서 마주 오는 꼴이 돼버렸다. 불사가리가 투척 어뢰를 놓자 어뢰가 배기구에서 기체를 분사하며 스스로를 아래로 밀어냈다. 쾅! 정재승은 단 한 번에 찢겨 나갔다.

성서하는 거짓말같이 아무런 감정이 들지 않았다. 그러고 보니 저놈이 주홍연과 김민섭, 서종범의 원수지? 뒤늦게 원수라는 사실을 떠올렸으나 분노할 기운이 솟아나지 않았다. 사람이 죽을 때는 뭔가 이유가 있어서 죽고, 죽어가야 했다. 이제 막 친해진 사람이 한순간에 사라지는 걸 보니 이 우주에 뭔가 실수가 있는 게 아닌가? 실수니까 선배가 되살아나지 않을까? 하는 생각만 들었다. 하지만 그런 일은 없었다. 정재승의 기체는 갈기갈기 찢겨 우주의 먼지가 돼버렸다.

- 여기는 프리스페이스. 시간차 공격이다. 편대 전원 나를 따르라!

편대장의 말에 각 기체들은 거리를 두고 일렬로 섰다. 강천준을 선두로 내세우며 불가사리에게 달려들었다. 강천준은 유도 미사일을 발사했다. 불가사리는 큰 반원을 그리며 시원스럽게 회피했다. 굽은 반원을 향해 김수용이 산탄 미사일을 발사했다. 불가사리는 옆 구르기 같은 롤링으로 선회 경로에서 이탈했다. 성서하가 이탈 경로를 포착하고는 레이저를 난사했지만, 불가사리는 옆으로 스르륵 미끄러지며 빠져나갔다.

- 여기는 프리스페이스. 한 번 더 시간차로 간다.

저런 수준의 회피 기술은 처음이었다. 성서하는 늘 그랬듯 자신감이 넘쳤기에 오히려 불타올랐다. 시간차 접근법이 잘못된 거야. 다른 방식으로……

어? 이 세상의 실수 같은 일이 또 한 번 벌어졌다. 무전을 보낼 사이도 없이, 강천준과 김수용의 기체가 갈기갈기 찢겨 먼지가 되고 있었다. 단 한순간에 성서하는 우주에서 혼자가 됐다. 불가사리가 성서하에게 달려들었다.

성서하는 기수를 돌려 달아났다. 뒤에서 쫓아오는 불가사리가 후방 카메라에 잡히자 이제야 충격이 따라잡았다. 이게 진짜 죽고, 죽이는 전쟁이구나. 무서웠다.

저 선배들, 세상을 구하려고 했는데. 충격이 메마른 오만을 찢어서 뭔가를 불어넣었다. 난 왜 그렇게 무례하게 굴었지? 알리제가 제일 소중할 텐데, 어젯밤 일을 모르는 척해 줬어. 무엇으로 이 은혜를 갚지?

버려진 헌병대 전투기에 옮겨 타는 데 성공하면, 장갑 덮개가 있으니 지구로 돌진하면 대기권을 뚫고 살아남을 수 있었다. 소도라는 곳이 있다고 들었다. 군인이 탈영해도 되는 곳. 나 혼자만 살려고 비겁한 짓 해도 용서받는 곳.

그런데 저놈이 주홍연과 김민섭, 서종범의 원수지? 그리고 선배들의 원수. 난 가지 않는다. 친구들과 선배들과 같이 남겠다. 성서하의 정면에 푸른 지구가 보였다. 이대로라면 지구 대기권 부근까지 간다. 거기서라면 할 수 있다.

서서히 위로, 옆으로, 아래로, 다시 위로 기체를 움직였다. 옆으로 늘어진 스프링 같은 수평 나선을 그리며 전진했다. 그레이 데몬은 성서하가 조준을 피하려는 줄 알았는지 똑같이 수평 나선을 그리며 쫓아왔다.

성서하는 한순간 급브레이크를 걸어 속도를 급격히 줄였다. 그레이 데몬이 성서하를 추월했다. 그레이 데몬이 앞서게 됐다. 나선을 그리는 추격에서 먼저 등을 보이면 격추당한다. 그레이 데몬은 데드식스를 잡힐까 봐 호들갑스럽게 이탈하려 했다. 성서하는 눈치 없는 사람처럼 둔하게 그레이 데몬을 외면하며 푸른 지구로 하강했다. 그레이 데몬은 냉정을 되찾았는지 한 박자

늦게 따라붙었다. 스파이럴 다이브.

땅이 없으나 비슷하게 중력이 작동하는 곳. 지구 대기권. 우주는 위아래, 좌우 구별이 뚜렷하지 않기에, 그레이 데몬은 다시 수평으로 쫓고 있다고 생각하겠지만, 성서하의 계산은 수평에서 유인하다가 꺾어서 지구로 향하는 수직이었다.

땅 대신 대기권에 스크루처럼 내리꽂힌다. 수직 나선은 믹서기처럼 성서하와 그레이 데몬을 뒤섞었다. 믹서기 안에서 위아래, 좌우가 뒤섞였다. 자신을 드러내지 않는다. 드러내려는 욕구와 싸운다. 그러나 그럴 수 없다면 본능이 드러날 때까지 발가벗어서 다 드러내야 한다.

성서하는 의식을 멈추고 박스악어의 조언대로 본능이 가는 대로 내버려 두었다. 얼굴에 사람 흔적이 사라지고, 아무것도 남지 않았다. 조종간을 당겨 속도를 늦추자 그레이 데몬이 앞질렀다. 모니터에 경고 비프음과 함께 중력 영향력을 표시했다. 성서하의 조종석 전방 네모난 HUD 끝에 그레이 데몬이 살짝 잡혔다. 삐- 요란한 비프음이 울렸다. 레이더가 그레이 데몬을 감지했다. 이렇게 열심히 했던 날들이 떠올랐다. 김은정에게 훌륭한 파일럿이라 자랑하려고 최선을 다해 훈련했다.

"누가 제일 비행 잘해요?"

언젠가 이렇게 물어봐 주길 바랐다.

"제가 제일 잘하죠."

언제든 이렇게 대답하려고 늘 성실했다. 삐삐- 이번에는 그레이 데몬의 운동에너지를 통해 멀티 락온 측정값이 잡혔다는 비프음이었다. 성서하는 열심히 했던 날들 중에서 또 한 사람을 떠올렸다. 훈련 시간, 성서하는 시뮬레이터에서 내리자마자 비닐봉지를 입에 댔다. 김은정 때문에 구토할 정도로 열심히 했다. 주홍연이 걱정스럽게 쳐다봤다. 그러고 보니 주홍연은 늘 자신을 보고 있었다. 한 소녀는 도망가고, 한 소녀는 죽었다.

두 개의 락온이 일치했다. 그리고 레이저 조준선을 일치된 락온에 갖다 댔다. 그레이 데몬. 너만 오지 않았더라면. 우주의 비밀, 전쟁의 진실은 몰라도 재밌게 살아갔던 평범한 날들이 떠올랐다. 평범한 날들이 수직 나선 회오리에 휘말려 가루가 되어 흩어졌다.

세 개의 동그란 락온들이 하나로 겹쳐지자 삼각형으로 변했다. 삐— 삐— 삐— 쓰리잭팟이 성립됐다. 유도 미사일과 산탄 미사일, 레이저가 동시에 발사됐다. 그레이 데몬이 속도를 높여 대기권으로 날려들지 않으면 산탄에 찢기고 레이저에 맞을 수밖에 없었다. 그리고 유도 미사일이 쫓아오기에 속도를 줄일 수도 없다.

그러나 그레이 데몬은 전부 다 피했다! 불가사리가 본래 나선 반경에서 더 크게 돌아 유도 미사일을 흘려 보냈다. 본래 위치로 되돌아올 때, 산탄 미사일 바로 뒤로 돌아왔다. 레이저를 발사해 산탄을 폭발시켰다. 양쪽 풋 페달을 사용했는지 좌우로 뒤뚱거리며 성서하의 레이저가 추월하게 내버려 뒀다. 중력이 멱살을 잡고 빠르게 끌어당기는데도 이 모든 걸 단 한순간에 해냈다.

아무거나 던져도 절대 명중인 쓰리잭팟인데, 어떻게 저걸 피할까? 성서하는 억울하고 안타까워서 숨이 턱 막혔다. 삐— 삐— 비프음이 울렸다. 중력 영향력이 최고였다. 방법이 있네. 난 여기 남겠다고 했잖아? 친구들과 선배들과 함께!

성서하는 환희에 휩싸였다. 그레이 데몬이 대기권 중력에서 빠져나가려 속도를 줄이고 기수를 꺾으려 했다. 그 순간, 성서하가 부스터를 작동시켜 최대 속도로 그레이 데몬을 들이박았다. 불가사리는 옆구리에 삼각형 전투기가 박히자 저항할 기력이 없는 듯 얌전히 중력에 끌려 들어갔다.

대기권에 진입하자 오렌지색 불길이 활활 타오르며 두 전투기를 감싸 안았다. 불가사리가 다섯 꼭짓점을 손가락처럼 사용해 신기전을 꽉 끌어 쥐었다. 성서하는 눈앞의 캐노피가 불가사리에게 덮이자 아무것도 볼 수 없었다. 신기전의 진동이 불가사리에게로, 다시 불가사리의 진동이 신기전에게로, 서로에게 죽음을 전달했다.

이렇게 죽는다. 주홍연, 김민섭, 서종범, 우리 학교, 박스악어, 강천준, 김수용, 정재승. 엄마, 아빠, 되돌아보니 그리운 것들만 가득하네. 김은정. 나와 친구들을 배신했다고 해도, 너 혼자 알리제와 잘 살겠다고 해도……

성서하는 상상했다.

하계 교복을 입은 김은정이 해당화가 활짝 핀 화단을 따라 걸어가고 있었다. 성서하는 모든 일을 끝내고 돌아왔다. 김은정은 성서하가 자신을 쫓아오는 걸 알고 뒤돌아선다. 누구도 입을 열지 않는 침묵이 길어진다. 성서하가 먼저 침묵을 깬다.

"왜 그랬어요?"

"미안해요. 나, 성서하 군에게 용서받고 싶어요."

성실하고 진지한 김은정이 단정한 태도로 고개를 숙인다. 이 모습에 용서하지 못할 일은 없었다.

"다 잊어 줄게요."

그러자 김은정은 활짝 웃는다.

성서하는 떠오른 상상에 눈시울을 붉혔다. 마음속 깊이 이렇게 너를 용서하고 싶었어. 왜냐하면 나에게 넌 이 세상에서 가장 소중하니까. 진동과 고열이 조종석을 지옥으로 바꾸어 버렸다. 산 채로 타죽는구나. 성서하는 눈을 감으며 양손으로 자신을 감쌌다.

이제 끝내 주세요. 조종 패널에서 불꽃이 튀었다. 조종간은 자기 멋대로 덜컹거리더니 죽은 듯이 한쪽으로 기울어졌다. 아닌데? 나, 거짓말하고 있구나. 성서하는 자신이 거짓말하고 있다는 걸 깨달았다. 자신을 놓아 버리자, 오히려 자신이 드러났다. 성서하는 김은정보다 더 중요하게 여기는 걸 떠올렸다.

위성 25에서 김은정과 주홍연에게 줄 선물을 챙기던 날, 방에서 혼자 까불거리다가 갑자기 진정으로 원하는 게 떠올랐다. 그때 침대 옆에 무릎을 꿇고 고개를 파묻었다. 자신이 떠올린 생각이 두려웠다. 성서하의 눈앞에 뭔가 새하얀 것이 떠올랐다.

오렌지색 불길이 대기권에 빨려 들어가는 두 전투기를 감싸고 있다가 사그라졌다. 사령부 위성은 헌병대의 증언과 위성 86의 관측을 통해 성서하를 포함한 편대원 전원이 전사했다고 결론지었다.

그대를 바꾸지 않을 용기

범족들과 알리제 신자들 중 극소수만이 공유하는 진실이 있었다. 범족은 모든 복음의 에스퍼들에게 50년간 생각할 시간을 준다고 말했다. 모든 복음은 50년 중 20년을 온 세상을 알리제로 물들이는 데 사용했다. 온 세상을 알리제 복음으로 물들여서 우주 시민 정신 같은 건 필요 없게 만들 생각이었다. 예정된 50년이 되면 인류 전체가 투표를 통해 우주 시민 정신을 거부하고, 모든 복음이 지구를 지배하는 시나리오가 준비돼 있었다.

태양계에 몰래 흩뿌려진 범족의 스캐너들이 이런 세태를 관측했다. 인류는 같은 생각을 하라고 강요받아 자신의 가족, 친구들을 주저 없이 전쟁에 내보냈고, 서로를 감시하는 걸 당연하게 여겼다. 앞으로 남은 30년 뒤, 인류의 삶이 더욱 끔찍해질 것이 분명했다. 범족이 전쟁을 오래 끌수록 인류는 우주 시민에 가입할 수 있는 선택권을 모르고 고통받는다.

인류가 그레이 데몬이라고 부른 파일럿의 이름은 히페리온이었다. 범족들 사이에서 보기 드물게 멋진 회색 털을 가졌다. 히페리온은 신기전에 떠밀려 중력에 끌려갈 때 최선의 선택을 했다. 기체를 둥글게 말아서 신기전을 감쌌다.

본래 수송 작전 때 학생들을 이렇게 포획해 전투를 멈추려고 했다. 그러나 결과는 대실패였다. 어뢰처럼 투하되듯이 대기권을 통과했다. 그간 정찰을 통해 그들은 안전하게 대기권에 진입할 수 있는 궤도를 알고 있었다.

인류가 보기에는 공격과 납치였겠지만, 공격당할 것을 각오하고 범족이 차출 장병 수송 작전에 끼어든 이유, 다른 종족에게 머리 숙여 가며 나노 신기술을 빌려 온 이유, 그 모든 희생을 감수한 이유는, 우주 시민 정신에 의하면 자유 의지를 가진 지성체가 우주 시민 연합에 가입하지 못하게 막거나 기만하는 건 중대한 범죄이기 때문이었다.

히페리온이 듣기로는 인류의 대다수가 이 전쟁의 진실을 알지 못한다고 들었다. 영장류들의 행성 지구를 상대할 때는 격추보다는 포획 쪽으로 가닥을 잡았다. 인류가 보기에는 공격이나 납치하는 것같이 과격한 방식이었지만, 범족은 자신들 방식대로 인류를 구하려고 노력했다.

성서하는 불가사리에게 꽉 잡혀 있었다. 쓰리잭팟. 자폭 돌격. 그럼에도 이 괴물에게 상처 하나 입히지 못했다.

"뭘 더 어쩌란 말이야!"

만약 김은정이 진짜로 무서워서 오지 않은 거라면, 이제야 이해가 됐다. 광대한 우주에 이런 괴물이 얼마나 더 있을까? 소년은 이제야 오만에서 깨어났다. 어리석었어. 저런 걸 이길 수 있다고? 나도 도망치고 싶어.

히페리온은 조종석 모니터를 통해서 카메라를 향해 울부짖는 영장류를 봤다. 우주 시민 정신을 실현 중인데…… 저 영장류를 굳이 죽일 필요가 있을까?

'너, 제법이었다.'

범족이 자랑하는 에이스 파일럿 히페리온이 영장류를 파일럿 대 파일럿으로 존중하고 격려해 주었다. 불가사리의 사지를 모두 풀어서 놔주었다. 그리고 어디론가로 날아갔다.

대기권 진입 때 신기전의 엔진이 고장 났다. 성서하는 그대로 추락했다. 비상탈출 레버가 SPACE에 맞춰져 있었다. SPACE에서 AIR로 레비를 돌리자, 다음은…….

다음은 없었다. 반알리제 위성에 배치된 신기전이라 장갑 덮개를 떼어 갈 때 비상 탈출용 낙하산도 회수해 갔다. 낙하산이 없어서 좌석이 사출되지 않았다. 성서하는 일단 조종간을 아래로 내려 기수를 땅으로 향하게 만들었다. 누런 대지가 점점 가까워지더니 땅과 산 사이의 선을 뚜렷이 했다. 하얀 눈이 콩고물처럼 흩뿌려져 있었다. 어느 산맥 위를 날고 있었다.

난 신기전으로 이착륙할 줄 몰라. 늘 AI가 제어했어. 낙하산도 탈 줄 몰라. 반쪽만 배웠지. 나머지 절반을 모르니 그냥 죽어야 해. 이게 알리제 놈들이 만들려던 세상이야.

성서하는 강천준이 말했던 걸 떠올렸다. 절반만 배운 계층. 그 이상은 모든 복음이 통제한다고. 거역하면 그냥 이대로 떨어져 죽게 만든다. 조종간을 다그치듯이 조작하여 기수 끝을 대각선으로 만들었다.

산 비탈을 미끄럼틀 타듯 내려갈 생각이었다. 절대 이렇게 죽지 않아! 성서하는 알리제 놈들이 만들려고 했던 세상을 미리 체험하고 있다고 생각했다. 앞으로 얼마나 살지, 어떻게 죽을지 알 수 없었지만 오늘, 지금, 이렇게 죽을 수는 없었다.

산맥 정상이 점점 가까워졌다. 성서하는 있는 힘을 다해 조종간을 아래로 밀었다. 신기전은 꽈당 내리막길에 주저앉았다.

산 뿌리까지 미끄러졌다. 한쪽 날개가 나무를 베어 내고는 멈춰
섰다. 나무의 통곡처럼 눈이 한 바가지 쏟아져 내렸다.

"봐! 난 살아남았다! 이 개새끼들아!"

성서하는 살아남은 기쁨을 표현했다. 그에 화답하듯 추락에
자극받은 산사태가 우르르 일어나 전투기를 뒤덮었다.

진실을 알리는 폭로가 시작되자, 모든 복음은 알리제 신자들
에게 피난령을 내렸다. 서방 국가들이 알리제교에 대해 거부감
을 표현했어도, 자유 국가들이기에 알리제 신자들이 있었다. 폴
란드 농부들은 피난 준비를 하다가 추락하는 전투기를 보게 됐
다. 눈을 헤치며 전투기에 다가갔다. 한 파일럿이 전투기에 기
대어 앉아 있었다. 손가락으로 농부들을 가리켰다. 정확히 농
부들이 입은 방한복에 새겨진 마주 잡은 양손 마크를 겨누었다.
농부들은 이 파일럿이 같은 알리제 신자라고 생각했다.

"지는 강.친.준.입니다. 모든 복음의 지시로 탈영했습니다."

성서하는 통역 앱을 통해 에바와 대화 중이었다. 자신의 폰
은 헌병대가 중지시켰는지 작동되지 않았다. 에바의 폰을 통해
통역했다. 성서하는 지구에 있을 때 5단위 차별을 몰랐다. 강천
준이 겉으로는 알리제 신자가 아닌 척했기에 우주에서는 반알리
제로 분류됐다는 걸 지구 알리제들은 모른다고 예상했다. 그래
서 수많은 알리제 단체 어딘가에 아직도 강천준의 이름이 등록
되어 있을 것이라고 도박을 걸었다.

에바 그라보프스키는 흑발을 뒤로 단정하게 묶은 여성이었
다. 레이스가 달린 단정하고 깔끔한 치마와 상의를 입고 있었
다. 이곳 조그만 목제 건물 여관이 알리제교 폴란드 지부의 거
점이었다. 이곳을 오가는 알리제 신자들은 구김살 없이 해맑은
얼굴이었다. 대가족 같은 친밀함이 느껴졌다. 에바가 어딘가와
통화하고는 확인이 끝났는지 손을 내저으며 환영했다.

"미스터 강, 안 좋은 때 만났지만 그래도 환영해요. 이단들에
게 폭로 당했기에 우리의 모든 계획은 취소됐어요."

성서하는 강천준의 설명으로 어림짐작해 추측할 수는 있었지
만, 정확히 무슨 일이 일어났는지는 알 수 없었다. 가장 신경 쓰
이는 것은 선전에 나온 자신의 얼굴을 에바가 알아보느냐였다.
인종이 다르고 살이 쪄서인지 알아보는 기색이 아니었다. 일단
추락으로 부상 당한 몸을 추스르기 위해 방을 배정받았다. 잠시
만 눈을 감고 있으려 했지만, 온갖 고생을 한 성서하는 3일 내내
죽은 듯이 잠들어 깨어나지 못했다.

깨어난 성서하는 3일 전 뉴스부터 찾아보았다. 침대에 기대
어 자리 잡고는 스마트 텔레비전을 조작해 사용자 언어를 한글
로 바꾸었다. 뉴스에 자막이 달리기 시작했다.

- 알리제 개혁 청년 조직 기자 회견 현장입니다. UN과 세계 각국 정상
들이 마인드컨트롤 기술을 사용하기 위해 모든 복음과 협력하여 인류를 기
만했다는 주장과 함께, 증거가 되는 녹음 파일과 문서를 공개했습니다. 일

명 패배 시나리오라고 부르는 계획에 의하면 알리제를 따르지 않는 국가에
는 핵 공격을⋯⋯.

카메라 중앙에 프리랜서 풍의 곱슬머리 30대 남자가 탁자를
앞에 두고 앉아 있었다.

"현재 모든 복음을 지지하는 신도들은 전 세계 각지의 안전 가옥으로
대피하고 있다고 알려져 있습니다."

성서하는 자신이 어디 있는지 이제야 알았다. 알리제 신자들
이 대피해 있는 안전 가옥이었다. 기자들이 곱슬머리 남자에게
연이어 질문했다.

"조금 전 폭로에 대한 근거가 있습니까?!"

"당신들은 누구입니까? 소문으로 들었던 왜곡파입니까? "

곱슬머리 남자가 대답했다.

"아닙니다. 그건 우리가 왜곡됐다고 거짓 선전한 모든 복음이 붙여준
이름입니다. 우리는 알리제 개혁 청년 조직입니다. 우리끼리는 우리를 벤
데타라고 부릅니다."

성서하는 스마트 텔레비전의 검색 엔진을 이용해 벤데타의
뜻을 검색했다.

'자신에게 주어진 생의 업, 운명, 숙명처럼 목숨을 다 바쳐서
라도 반드시 해내야 할 복수.'

강천준. 첫 대면에 비범해 보인다고 느꼈는데, 역시 그랬어.
왜 알리제 사람이 반알리제인 척했는지 알게 됐다. 모든 복음에
대항하니까. 선배들은 충분히 잘살 수 있었는데, 차별을 감수하

며 투쟁했구나.

강천준, 김수용, 정재승. 아직도 전투기 파편들과 함께 이 이름들이 우주를 떠돌고 있을 터였다. 자신들의 신념을 위해서라면 산산조각 나는 것도 두려워하지 않았다. 성서하는 뒤늦게 선배들이 어떤 사람들인지 알게 됐다. 연이어 진실이 폭로됐다. 우주의 비밀, 우주 시민 정신, 전쟁의 진실……. 전쟁을 원한 건 범족이 아니라 인류였다.

"근거가 있습니까?"

"어떻게 녹음 파일과 문서를 구하셨습니까?"

기자들은 충격에 휘말리다가 정신을 차리고는 적극적으로 달려들었다. 한 턴씩 주고받는 게임처럼 리듬감 있게 충격을 먹어치웠다. 성서하는 몸 바깥에서 파고들어 오는 차가운 소름이 느껴졌다. 장난처럼 써왔던 칼럼이 아닌 진지한 언론의 모습이었다. 이런 게 진실을 알리는 건가?

"그들은 아직도 죄를 인정하지 않고 우리를 이단이라 부르고 있습니다. 그건 사실이 아닙니다. 현재 우리와 뜻을 같이하는 알리제 신도 내 급진파, 진보파 등 핍박을 받던 다른 계파들이 우리를 지지하려고 이곳 소도로 오고 있습니다."

곱슬머리 남자가 말을 멈추었다. 뒤에 서 있던 누군가가 생수병을 곱슬머리 남자에게 갖다 주었다. 그리고 잘하라는 듯이 곱슬머리의 어깨를 살짝 토닥였다. 김은정이었다.

"아……."

모든 복음이 아니라 여기였구나. 왜곡파였어. 강천준 선배와 김은정은 정말 알리제를 사랑했다. 그런데 스스로 파괴했다. 앞으로 어쩌려고?

"앞으로 우리는 소도에 있을 겁니다. 세상이 우리를 용서할 때까지 이곳에서 나가지 않겠습니다."

어느 기자가 예리한 질문을 했다.

"알리제교는 계파가 분리되지만, 끝까지 살아남겠네요? 아예 해체하지 않을 생각이십니까?"

곱슬머리는 남자는 작은 목소리로 대답했다.

"우리는 계속 존재합니다."

성서하는 씁쓸하게 웃었다. 그런데도 끝까지 살아남는다고 선언하네. 김은정의 얼굴은 고생했는지 초췌하고 창백했지만, 뿌듯한 기운이 감돌았다. 곱슬머리 남자에게 질투가 솟아올랐다. 비결이 뭐야? 저 새침 공주와 어떻게 그리 친할 수가 있는 서야? 이름 모를 곱슬머리 남자와 함께 있는 김은정이 이제야 맞는 그림에 들어간 주인공같이 보였다.

우주로 오지 않은 이유가 전쟁이 무서워서가 아니라 역시 알리제 때문이었네. 그런데 난 알리제 놈들이 만들려는 세상을 체험했어. 낙하산 없이 그 높은 하늘에 펼쳐진 지옥 같은 순간을 헤쳐 나왔어. 김은정, 너희는 모든 복음 탓이라고 하겠지만……너희도 다르지 않아. 죄를 지었으니 해체해야 하는데 안 하네. 결국 세상의 정의보다는 알리제를 먼저 챙겼어. 너희는 모든 복음을 못 이길 거야. 그들이 돌아오면 같은 알리제이니 모두 용서하고 다시 받아들이겠지. 그리고 너희는 또 다른 모든 복음이 될 거야.

다음날이 됐다. 성서하는 하루 종일 방 밖으로 나가지 않고 스마트 텔레비전의 검색 기능을 통해 인터넷을 살폈다.

- 왜곡파는 모든 복음이 만든 소도와 똑같은 용도의 인권 보호 구역으로 숨어들거나 한 지역을 점령하고는 그 지역 밖으로 나오지 않을 테니 권리를 인정해 달라고 생떼를 부리고 있다. 소도에 모인 그 순수한 젊은 이들이 용서받을 때까지 나오지 않겠다고 할 때 감동 받았으나, 모두 속임수였다. 용서에 상관 없이 그래도 존재할 권리를 요구하는 목소리가 점점 더 커지고 있다. 알리제교를 살리기 위해 물불을 가리지 않는 왜곡파. 저들은 정말 모든 복음처럼 되지 않을 자신이 있나?

- 현재 논란의 중심이 되는 소도나 프리하트, 리버티 오브 보이스 같은 인권 보호 구역들은 모두 모든 복음이 세웠다. 그간 억압받는 사람들이 이곳으로 와서 보호받았다. 알리제교와 모든 복음이 그래도 선한 일을 했다는 증거라고 볼 수 있지 않을까? 왜곡파는 자신들이 비난한 모든 복음의 유산에 기대어 있다는 걸 인정할까?

- 알리제교 때문에 일어난 참사이기는 하지만 그래도 알리제 복음을 진심으로 따르는 사람들이 있기에 세상은 분명 더 나아졌다.

알리제를 사랑하거나 미워하거나. 역시 이분법으로 갈렸다. 다른 칼럼이 있었다. 순간 성서하의 눈이 번쩍 뜨였다.

- 인류는 그간 끔찍한 전체주의와 광기, 광신으로 역사에 핏빛 오점을

남겼다. 이것은 본질적으로 권위적이고 폭압적인 형태이지만, 우리 삶 속에 아주 자연스레 녹아들었다. 누군가 예민하게 감시해야 한다. 그 누구는 누구인가? 우리 모두가 우리의 행동과 생각을 경계하고 감시하는 파수꾼이 돼야 한다. 사회의 눈치를 보고 나를 검열하거나, 이웃을 감시하는 감시 사회를 말하는 게 아니다. 우리 각자 자신의 뜻에 맞게 자유롭게 생각하고 행동하는지 그렇지 않은지, 자유를 뺏기지 않도록 하루하루 의식적으로 살아야 한다는 뜻이다. 나는 어떤 가치관을 가지고 있는가? 그리고 내 가치관을 위해 외로워질 각오를 할 수 있는가? 스스로에게 물어봐야 한다. 어떤 대답이 나오겠는가?

성서하는 이 칼럼에서 빛을 봤다. 모두가 YES라고 할 때, 어찌할 줄을 몰랐다. 주홍연과 서투르게 논쟁하다가 사이만 벌어졌다. NO라고 말하고 싶었지만, 말하는 법을 몰랐다. 단점을 들추며 비꼬고 상대를 꺾으려고만 했다. NO라고 말하려면 자신의 논리, 경험, 철학 즉 삶을 담아야 했다. 나도 이런 글을 쓰고 싶어. 사람들에게 자신의 내면을 돌아보게 하고 싶어. 새하얀 무언가를 봤다.

성서하는 이것이 자신의 미래라는 걸 알 수 있었다. 이 길로 넘어가기 전, 아직 완결지어야 할 일이 있었다. 김은정, 나는 나를 과장하는 그릇된 선전에 갇혀 있었어. 우주로 온다는 나와의 약속을 알리제 때문에 어겼지? 너 역시 잘못된 것에 매달리고 있어. 그래도 나는 너를 용서할 거야. 네가 있는 소도로 갈 거야. 그리고 이번에는 너를 구해 내겠어.

이틀 뒤, 안전 가옥의 신자들은 알리제 세력이 장악한 북아프리카로 대피하라는 지시를 받았다. 하지만 성서하는 집으로 가겠다고 말했다. 반대 의견이었다. 그래도 에바는 위조 신분으로 만든 여권과 폰을 내밀었다. 성서하가 놀라서 쳐다보자 에바는 통역 앱을 통해 말했다.

"괜찮습니다. 우리는 같은 걸 믿고 같은 생각을 합니다. 여기에서 파리로, 파리에서 집으로 가는 비행기 티켓을 끊으세요."

알리제를 믿으면 반대하는 의견도 수용한다. 성서하는 그동안 눈치로 배운 서툰 폴란드 말로 에바에게 고맙다고 말했다. 에바는 성서하를 부드럽게 포옹했다.

"잘 가요, 형제님. 절대 믿음을 저버리지 마세요."

같은 신자라고 믿기에 도주 수단을 내주었다.

"형제님, 그래도 언젠가 북아프리카에서 다시 만나게 될 것이라고 믿어요."

성서하는 에바가 자신이 알리제 신자가 아니라는 걸 영원히 모르기를 빌었다. 얼마나 분노할지 상상도 할 수 없었다.

왜곡파 인터뷰 후 사흘째 되던 날. 인류 방위군은 UN 연합사와 연락을 끊고 독단적인 노선을 취했다. 인류 반역죄로 알리제교 신자들을 체포하기로 결정했다. 군사 학교도 예외는 아니었다. 그러나 모든 병과, 모든 교실의 전자잉크 보드에 똑같은 말이 적혀 있었다.

　- 다시 돌아온다.

　동물농장 학생회 회원들과 알리제 신자 학생들, 교장, 교관들. 단 한 명도 찾아낼 수 없었다. 캠프 학교에서 실종된 아이들처럼 어디로 갔는지 그 누구도 알 수 없었다. 실종 사건을 인계받은 경찰들이 학생들 부모를 찾아 나섰지만, 그들은 아무 말도 하지 않았다.

　"뭐가 걱정이에요? 다시 돌아온다고 하잖아요?"

　어느 어머니가 의미심장한 말을 했다. 왜곡파라는 이단들이 말하길 외계인과 소통하려면 에스퍼가 필요하다고 했다. 에스퍼로 훈련시킬 수 있는 노하우는 오로지 모든 복음만이 가지고 있었다.

　자신의 적성을 이미 알고 있었던 김은정은 에스퍼 훈련을 받기 위해 모든 복음에 충성하는 척했다. 이 구도는 현재도 유효했다. 세상은 아직 모든 복음의 도움이 필요했다.

　같은 생각을 하는 사람들끼리만 잘살려고 하는 것은 죄악이 아니라 필요악이었다. 모든 복음 추종자들은 이렇게 이해했다. 다시 돌아온다. 결국 세상과 합의를 볼 터였다. 물론 예전과는 다른 폐쇄적인 삶이 되겠지만, 그래도 알리제 신도들은 얼마든지 견뎌낼 수 있었다. 그 학생들이 다음에는 실수하지 않을 훌륭한 신도가 되어 다시 돌아올 테니까. 게다가 모든 복음은 지시를 내렸다.

　- 소도로 몰려가라. 지지하는 척해라. 왜곡파 틈새에 끼어 요직을 장

약해라.

아무리 타락했어도 뿌리 깊은 권력이 폭로 한 번으로 무너질 거라고 기대하는 건 소박한 소망일 뿐이었다.

인류 방위군은 UN 연합사를 견제하고자 협력 체제를 개편했다. 새로운 부대를 창설하여 아직 탈영하지 못한 알리제 파일럿들을 견제하고자 했다. 학생들이 수송 작전 때 죽은 후 자원입대한 박스악어를 비롯한 일부 교관들이 이 부대를 이끌었다. 무너지지 않는다고 원통할 일은 아니다. 금이 간 권력은 자신을 똑 닮은 더 젊은 세력에게 도전을 받게 된다.

소도 입구는 나무 덩굴에 휘감겨 있었다. 그 위에 플래카드가 바람에 펄럭였다.

- 알리제가 오기 전 이 세상은 절대자에게 의존했다

그러니 알리제는 좋은 종교니 용서하라는 뜻인가? 저게 용서받겠다는 사람들의 올바른 태도인지 성서하는 헛웃음이 나왔다. 성서하는 더는 생각할 필요가 없다고 결론지었다. 이런 사람들 속에 김은정을 둘 수 없어. 약속을 어긴 걸 용서하고 반드시 구해 낼 거야.

큰 사건이 벌어진 소도 앞에 경찰들이 바리케이드를 설치하고 경계하고 있었다. 소도 안팎을 관찰하던 경찰이 성서하를 발견했다.

- 우주용 파일럿복을 입은 누군가 접근 중. 밉살스럽게 보이는 뚱보다.

무전 은어들이 재빠르게 오갔다. 대략 '저 녀석 수상해. 뚱한 얼굴을 봐. 딱 사고 칠 얼굴이야.'라는 뜻이었다. 경찰 입장에서는 성서하가 위험한 행동을 할 것 같았다. 알리제 추종자뿐만이 아니었다. 세상 사람들 모두 다 생각이 다르고, 그에 맞게 선택이 변한다.

인류를 구하기 위해 무자비하게 공격하는 외계인. 자식이 자신과 같은 걸 믿기 원했기에 군사 학교로 보냈던 엄마. 제자에게 도망가는 법을 가르쳐 준 교관. 좋은 자리를 걷어차고 스스로 핍박받기를 원한 편대 형들. 제국군을 버리고 저항군이 되려던 망명자. 이렇게 세상은 다양하다. 그래서 성서하는 말 한마디 통하지 않는 히페리온에게서 살아남을 수 있었다.

방공호에서처럼 생각을 제한하려 하면, 그때는 정말 둘 사이가 마지막이 될 것이라는 김은정의 경고가 있었다. 이번에는 정말 김은정 널 구하기 위해서야. 이렇게 성서하는 다시 한번 김은정을, 세상을 바꾸려 소도로 들어갔다.

반구형 옥상을 가진 건물 뒷마당에 소나무 숲이 조성돼 있었다. 소나무 숲 틈새에 자리 잡은 알리제 흉상이 소녀를 내려다보고 있었다. 알리제 식 명상법이었다. 절대자에게 의존하지 않는다고 했지만, 흉상 앞에서 무릎 꿇는 게 명상 자세였다.

성서하는 김은정을 보고 있었다. 김은정을 처음 본 그날도 알리제 흉상 앞에서 명상하는 엄마를 보며 출발했다. 들숨과 날숨이 반복되며 격한 감정과 반가운 감정이 차례차례 지나갔다.

"김은정!"

성서하는 뚝! 일부러 가지를 밟아 효과음을 냈다. 김은정은 고개를 돌려 성서하의 얼굴을 보자마자 크게 놀랐다. 성서하는 김은정이 놀라자 의기양양하게 웃었다.

"네가 약속을 어겨서 내가 만나러 왔다!"

김은정에게 거침없이 반말했다.

"무슨…… 약속?"

놀랐는지 고지식한 김은정의 말투가 어색하게 늘어졌다. 성서하가 후벼 파듯이 다그쳤다.

"우주로 오겠다고 했잖아!"

성서하의 얼굴은 턱선을 잃어버린 뚱보의 얼굴이었다. 김은정이 보기에 만화에서 부자 부모님을 믿고 까부는 얄미운 뚱보 캐릭터 같았다.

"약속을 어겼잖아! 그런데도 널 용서하러 왔어!"

김은정은 예전 잔디밭에서의 일이 다시 떠올랐다.

"다 용서해 줄게. 알리제는 네 생각대로 선한 것이 아니야. 나와 함께 이곳을 떠나자."

역시 똑같아. 김은정은 자신의 생각에 고개를 끄덕였다.

"용서받을 일 없어요. 지구도…… 우주고, 여기로 나를 만나러 왔으니 약속은…… 이루어졌어요."

고지식한 김은정이 억지를 부리다니. 성서하는 김은정이 제 뜻대로 되지 않아서 놀랐다.

“그건 사랑이 아니라니까……. 뭔가 되려 했을 뿐이에요.”

소나무 잎이 잔디를 연상케 했다. 성서하는 시야에 들어온 소나무 잎을 보고 언제를 말하는지 단번에 알아차렸다. 폰을 꺼내 자신을 감동시켰던 칼럼을 보여줬다. 김은정은 성서하의 손끝이 닿을까 겁내며 폰을 받아들었다.

– 인류는 그간 끔찍한 전체주의와 광기, 광신으로 역사에 핏빛 오점을 남겼다…….

김은정은 읽는 내내 고개를 끄덕였다.

“좋은 말이네요.”

성서하는 안도했다. 같은 걸 보고, 같은 감상을 느꼈다.

“우리 일이 정의롭다는 얘기네요. 고마워요. 기운이 나요.”

그러나 다른 생각이 나왔다.

“그 얘기가 아니야! 알리제 광신을 경계하자는 소리야!”

“모든 복음의 광신이죠. 우리 개혁 조직은 각자 개인의 의지로 여기에 왔어요.”

“너희가? 너희도 광신에 이끌렸을 뿐이야. 지금 네가 그 칼럼을 보고도 헛소리를 하는 게 그 증거야! 난 광신에 빠진 너를 구해 주려…….”

“구해 줄 필요 없어!”

김은정이 화가 났는지 반말로 딱 잘라 말했다. 그간 존댓말을 써서 성숙해 보였는데, 반말을 쓰자 이제야 제 또래의 여자아이로 보였다. 그것도 말귀 어둡고 바보 같아서 불쌍한 아이.

성서하는 김은정이 진심으로 가엾어서 고개를 저었다.

"너희의 생각은 딱 하나야. 광신. 알고 있어?"

김은정이 냉랭하게 말했다.

"우리의 생각을 보여줄게."

김은정이 한 손으로 얼굴 절반을 뒤덮었다.

성서하는 뇌 속으로 산소가 급격히 들어오자 황홀해졌다. 머리가 풍선이 되어 둥둥 떠오르고, 몸은 아무 힘 없이 달려 있는 느낌이었다. 서로 NO라고 말하기 위해 생각, 경험, 살아 온 삶이 한데 뒤섞였다. 성서하는 김은정과 뒤섞이면서 강천준을 떠올렸다. 조각상같이 비범해 보였던 얼굴. 강천준이 이렇게 뒤죽박죽 섞이는 최면을 쓴 적이 있었다.

'역시 이게 그 마인드컨트롤이었군.'

'아니. 마인드텔레파시야. 내가 마인드컨트롤을 썼다면, 너는 사고 자체를 할 수 없어.'

벤데타들은 모든 복음과 다르다는 걸 증명하기 위해 마인드컨트롤은 일반인에게는 절대 쓰지 않기로 맹세했다.

'단지 보여주기 위해서야.'

김은정이 보았던 뉴스가 성서하에게도 떠올랐다.

"알리제에 분노한 수많은 시민들이 몰려들었지만, 알리제를 옹호하는 수많은 시민들 역시 모여들었습니다. 그들에게 왜 아직도 알리제를 옹호하는지 묻자, 사욕은 벌을 받아야 하나 인류애를 위한 노력은 진심이었다고, 많은 도움을 받았다고 말했습니다."

'봤지? 모든 알리제 신자들이 사악한 게 아니야. 언젠가 우리는 용서받을 거야.'

지역 축제 날, 성서하는 김은정과 데이트하고 있었다. 어디서 무엇을 먹을지, 어떤 영화를 볼지, 세세하게 계획해 놨기 때문에 괜찮은 하루로 끝났다. 성서하와 김은정은 육교 위를 올라가서 저녁노을이 정면으로 보이는 곳에 자리 잡았다. 이제 곧 지역 축제 피날레를 위해 폭죽이 쏘아진다. 성서하는 좋은 위치를 선점하자 안도했다. 크게 숨을 내쉬며 긴장을 풀었다. 김은정은 성서하의 노력에 킥킥 웃는다. 그래도…….

"고마워."

고마워. 성서하는 이 짧은 한마디에 육교를 뛰어내려 하늘을 닐아길 듯이 행복해졌다. 귀여운 강아지가 나타나 쫄래쫄래 육교를 활보했다. 김은정이 "와!" 하며 반가운 기색을 보였다. 성서하는 강아지를 얼른 낚아채고는 김은정에게 내밀었다. 김은정이 조심스레 받아들었다.

"애 좀 봐. 너무 귀엽지 않아?"

성서하는 미소 짓는다. 성서하와 김은정 사이에 붉은 노을이 떠올랐다. 김은정이 성서하의 미소를 보고 정색한다.

"야. 그렇다고 강아지 사주지 마. 부담스러워."

그래도 김은정은 스스로 알 것이었다. 언젠가 갑자기 성서하가 강아지를 들고 나타나리라는 것을.

자기 의견에 반대하는 사람들을 깔아뭉개 죽이려고 한 시위대 사람들이 떠올랐다. 그리고 신기전이 추락하고 있었다. 바람이 윙− 하며 조종석으로 파고든다. 온몸이 공포로 차가워져 아무것도 느껴지지 않는다. 이게 알리제가 만들려고 했던 세상이야. 낙하산도, 이착륙법도 가르쳐 주지 않았어. 절반만 가르쳐서 노예로 만들려 했어. 나머지 절반을 모르기에 그들이 내버리면 죽을 수밖에 없어. 알리제교가 없어도, 인류는 어떻게든 외계인과 화해하고, 우주 시민에 편입될 방법을 찾아낼 거야.

"모든 복음에서 보낸 사람들이 왜곡파에 잠입하고 있다고 합니다! 개혁 조직이 어떤 판단을 내릴지……."

성서하가 보았던 뉴스가 떠올랐다. 그래도 너희는 같은 신자라고 용서하겠지.

지역 축제? 육교? 난 저런 연애 스폿과 연애 감정을 잘 몰라. 육교하고 강아지는 처음부터 끝까지 네 생각일 뿐이야. 김은정은 낯설기에 외면했다. 왜곡파라고 주장하는 스파이를 어쩔 거냐고? 우리 벤데타 개혁 조직을 따르면 다 받아준다. 당연한 것 아니야? 같은 알리제 신자이니 용서받을 기회를 줘야지. 성서하의 진저리치는 피부를 통해 혐오감이 전달됐다. 야! 성서하가 김은정이 편하게 "야!"라고 부르는 순간을 기다렸다는 게 고스란히 전달됐다. 김은정은 비웃으며 고개를 저었다.

김은정에게는 친구가 하나 있었다. 생각이 어려서 속 썩이지만, 알리제 복음 단체에 꼬박꼬박 나오는 기특한 친구다. 나오지 않으면 기억나지 않는다. 성서하는 단지 그뿐이다.

단지 그뿐이라니. 성서하는 가슴이 찡했다. 김은정은 손끝으로 얼굴을 짓누르며 표정 하나 변하지 않았다.

'낙하산 없이 떨어뜨려 버리는 그런 날은 오지 않아. 본질에 집중하니 이제 다 바뀔 거야. 왜 우리가 모든 복음을 쉽게 용서할 것이라고 마음대로 단정해?'

'너희에게 '어떤 사람인가?'는 중요하지 않아. 너희는 '같은 생각을 하는가?'를 더 중요시했어. 알리제를 믿는다 하면 모든 복음이든 살인마든 강간범도 상관치 않고 다 용서하겠지. 같은 생각을 하는 사람들을 위해 다른 사람들의 피와 눈물을 무시하는 것, 이건 분명히 악이야.'

'같은 생각이니까 더 잘 이해하는 게 당연한 거야.'

'칼럼에서 그랬듯 사람들은 집단보다 개인을 돌아보는 자신만의 과정을 가져야 해. 나도 그런 글을 쓸 거야.'

성서하가 스마트패드를 터치하며 뭔가를 쓰고 있다. 김은정의 눈앞으로 ACE라는 글자가 지나갔다.

'너 자신도 못 보는 게 누구한테 훈계야?'

잔디밭에서 했던 말이 뒤섞인 소통 속으로 떠오른다. 김은정이 그때의 성서하에게서 무엇을 봤는지 이제야 또렷해졌다.

'너, 나를 좋아한다는 감정 자체가 좋아 뭔가 되려는 것 같아. 나를 좋아하는 네 모습에 취해 있어.'

"맞아! 인정해!"라고 말하듯 주위에 떨어진 잔디같이 뾰족한 소나무 잎이 증인처럼 버티고 있었다. 성서하의 마음속으로 새하얀 뭔가가 떠올랐다.

김은정과 주홍연에게 줄 선물을 챙기던 날. 방에서 혼자 까불거리다가 갑자기 진정으로 원하는 게 떠올랐다. 내가 뭘 했지? 처음으로 진지하게 글을 썼다. 그리고 글을 쓰는 게 기분 좋았다. 아니 그 이상이었다. 김은정을 좋아하는 것보다 더 행복했다. 이 생각이 두려워서 침대 옆에 무릎을 꿇고 고개를 파묻었다. 성서하의 마음을 읽고 있던 김은정이 비웃었다.

'너, 잔디밭에서 나밖에 없다고 하더니…… 다 거짓말이네.'

새하얀 뭔가의 위로 글자가 떠올랐다. 김은정이 냉랭하게 물었다.

'글을 쓴다고요?'

'언론인, 작가가 될 거야.'

'그으래~? 이제 뭐가 될지 알았으니 계속 네 마음 받으라고 졸라댈 필요는 없잖아? 이 거짓말쟁이야.'

'너를 만나기 전의 내가 떠오르지 않아.'

'그러거나 말거나. 넌 네 생각으로 나를 가르치러 왔어. 우릴

모욕하려고 왔어. 혹시 나와 함께 알리제님을 믿을 수 있어?'

'아니.'

'그럼 나도 아니야. 나를 용서하고 데려간다고? 누가 누구를 구할 필요가 있을까? 나는 나 나름대로 세상을 도울 거야. 너는 글을 쓰든가 말든가, 우리는 이제 볼일 없다.'

'맞아. 이제 볼일은 없겠지. 그러나 네가 나의 시작이자 끝이었어.'

소나무들이 벽이 되고, 천장이 되어 영상관으로 변해 버렸다. 땅바닥이 스크린으로 변하더니 빛났다. 성서하는 그간 김은정을 위해 많은 노력을 했다. 스크린에 성서하의 노력이 상영되기 시작했다. 김은정이 발끝으로 스크린을 살짝 짓누르니 비명 소리가 흘러나왔다. 김은정은 놀라서 발을 뗐다.

스크린에 비행 시뮬레이터가 떠올랐다. 시뮬레이터가 고속으로 회전한다. 성서희의 고개가 아래로 꺾어 있다. 뱃속에서 위액이 터져 나온다. 더러운 위액이 입에 묻고 줄줄 떨어진다. 계속 회전한다. 막으려 하지만 위액이 계속 나온다. 지저분하다. 하지만 참을 수 있다. 닦아 낸다. 또 토한다. 또 닦아 낸다.

기숙사 방 안에 있는 성서하는 약을 먹고 있다. 한 알이 아니다. 위약, 두통약, 진통제. 한 알씩 넘길 때마다 마시는 물만 봐도 배가 부를 듯하다. 하아— 긴 한숨을 뱉어 내며 바닥에 주저

앉아 천장을 본다. 눈앞에 잘게 쪼개진 빛들이 스쳐 가고 천장이 노래진다. 비행 천재라 불렸던 소년의 양다리에 파란 정맥이 선명하게 돋아 있다.

주말, 남학생들은 보통 축구를 하거나 게임을 하며 시간을 보냈다.

"문 열어, 인마! 시내로 놀러 가자!"

주홍연이 문을 부서져라 두드리지만, 성서하는 책상 앞에 우직하게 앉아서 비행 이론 공부를 하고 있다. 삶을 진지하게 살아가려고 노력하고 있다. 왜?

'널 진지하고 성숙하고 특별한 사람이라고 생각했거든. 네가 그런 사람이라는 걸

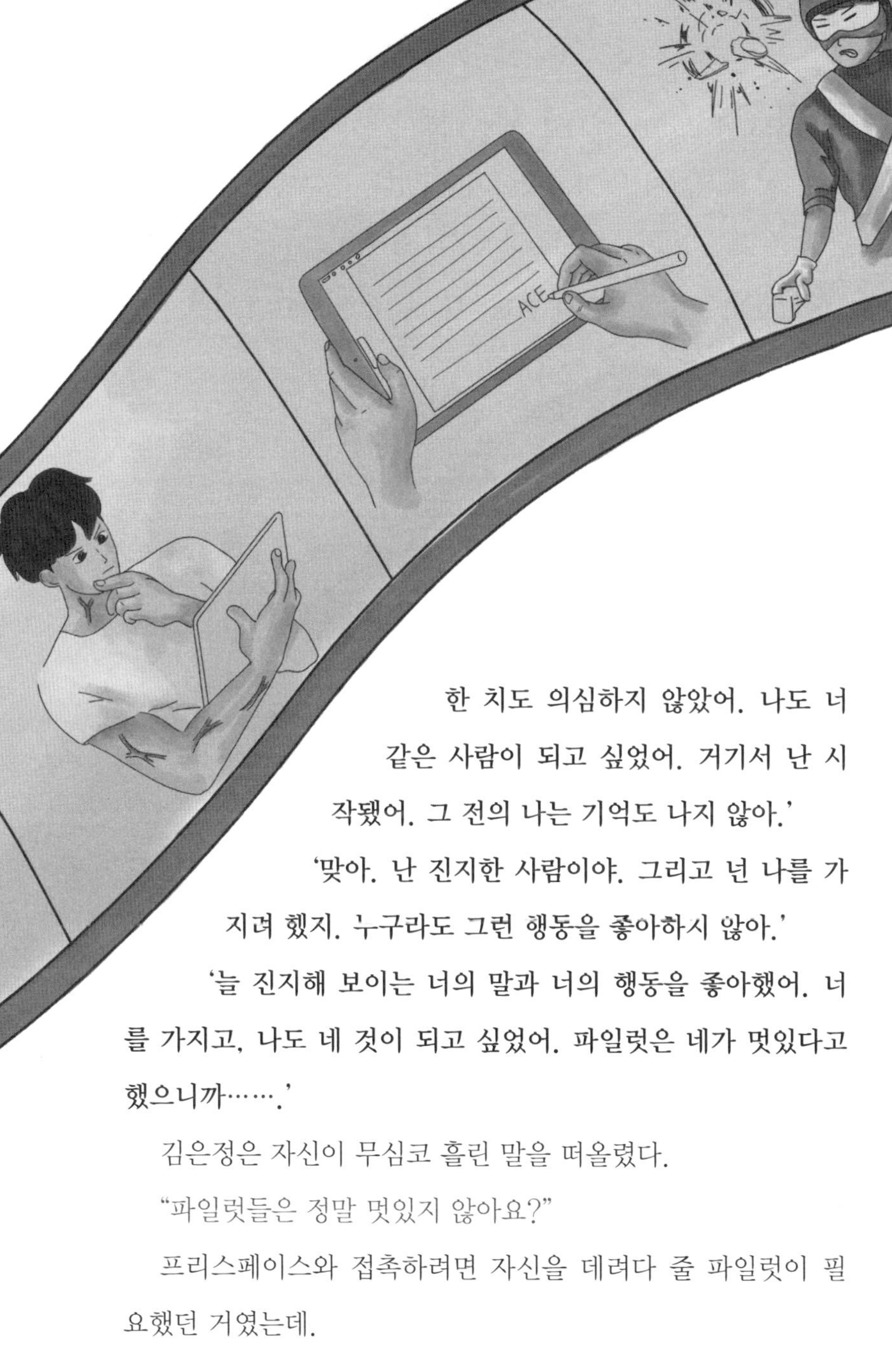

한 치도 의심하지 않았어. 나도 너 같은 사람이 되고 싶었어. 거기서 난 시작됐어. 그 전의 나는 기억도 나지 않아.'

'맞아. 난 진지한 사람이야. 그리고 넌 나를 가지려 했지. 누구라도 그런 행동을 좋아하시 않아.'

'늘 진지해 보이는 너의 말과 너의 행동을 좋아했어. 너를 가지고, 나도 네 것이 되고 싶었어. 파일럿은 네가 멋있다고 했으니까⋯⋯.'

김은정은 자신이 무심코 흘린 말을 떠올렸다.

"파일럿들은 정말 멋있지 않아요?"

프리스페이스와 접촉하려면 자신을 데려다 줄 파일럿이 필요했던 거였는데.

성서하가 스마트 패드로 비행 이론을 공부하다가 팔을 주무른다. 이제 목까지 푸른 정맥이 솟아 있다. 김은정은 저런 미련함을 본 적이 있었다. 동물농장에서의 맹세.

"우리의 믿음이 우리의 삶을 이끈다! 맹세한다! 우리가 믿는 바에 따라 심장이 멈출 때까지 행동하리라!"

언젠가 모든 복음에 발각되어 순교자가 될 각오를 하고 그 자리에 서 있다.

성서하가 스마트패드를 터치하여 글을 쓰고 있었다. 진지하게 글을 쓴 뒤 읽어 본다. 글 아래쪽에 ACE라고 서명한다.

스크린에 불가사리형 전투기가 떠오른다. 그레이 데몬이 쫓아온다. 선배들이 순식간에 죽었다. 성서하는 김은정을 떠올린다. 성서하가 기억하는 김은정의 웃는 얼굴이 스크린에 떠오르더니 반짝인다. 이제 전쟁이 무엇인지 확실히 안다. 전쟁은 무섭다. 그리고 자신도 곧 죽는다. 그리고 '김은정이 정말 무서워서 안 왔다면…… 다 용서하고 이해한다.'고 성서하는 자신을 설득한다.

김은정은 성서하가 죽을 때도 자신을 위해서 스스로를 설득하는 게 너무 미련하다고 생각했는데…….

'너에게 길들여졌거든. 죽는다 해도 너의 일부가 되고 싶었어.'

성서하가 반박했다. 김은정은 성서하에게서 자신을 닮으려는, 자신과 닮은 미련한 모습을 보게 되자 우주에서 지구로 되돌아와 물고 늘어지는 이 집요함도 더는 애 같지 않았다.

'아무리 그래도 너와는 이어질 수 없어. 이유는 말 안 해도 알잖아. 그래도 다행이지 않아? 너도 글을 쓰겠다며……'

'너한테 인정받고 싶었어. 진지하고 성숙하게 자신의 길을 가는 사람. 너하고 대화가 통하는 그런 사람이 되고 싶었어. 언젠가 눈만 마주치면 말하지 않아도 다 아는 날을 기다렸어. 우리가 영상관에서 함께 존재한 그때가 영원히 이어지길 바랐어. 그래서 그 칼럼을 보여줬어. '좋은 글이구나. 이렇게 좋은 작가가 되고 싶다고? 멋진 사람이 되겠구나.'라고 칭찬받고 싶었어.'

'왜 나한테 인정을 받아?'

'네가 애라고 했으니까. 아니라고 보이고 싶었어.'

'그래. 너 이제 애 아니야. 인정할 수 있어. 그런데……'

그러나 하나의 길빈 걸을 수밖에 없는 삶이 있다. 화초가 노래를 부르며 종이꽃을 접겠다, 그렇게 살아가겠다고 맹세했다. 그렇기에 김은정은 단호해진다.

'나는 네 길을 칭찬할 수는 있어도 네 길이 될 수는 없어. 너의 길을 가야지.'

'너를 사랑하는 노력에 취해 있었는데, 너보다 너를 사랑하는 내 모습이 더 좋았는데.'

다른 것을 더 좋아하게 되니 더는 열정적이지 않았다. 사랑과 인생에는 오르막길과 내리막길이 있다. 높이 오를수록 더 급격하게 떨어지고, 깊게 내려가면 다시 올라오기도 힘들다. 성서하는 김은정과 함께 평탄한 길을 걷는다. 다큐멘터리처럼 밋밋하다. 성서하가 미안해서 묻는다.

"내가 다른 것에 정신이 팔려서 재미없지? 미안해."

"너야말로 괜찮아? 나도 너보다 종교에 더 열중하잖아."

김은정이 묻고는 긴장한다.

"괜찮아."

성서하가 서둘러 말한다. 김은정이 금세 긴장을 풀고 웃는다. 성서하가 이렇게 말할 줄 알고 있었다는 게 느껴진다. 남들이 보기에 재미없어도, 서로가 서로를 알기에 평범하지만 소박한 길을 지치지 않고 함께 간다. 연애 드라마 같은 불꽃은 없지만, 서로에게 우직하고 성실하다.

너보다, 너를 사랑하는 내 모습을 좋아하다가, 불꽃이 사그라지니 너를 온전히 볼 수 있게 됐어. 내 관심과 열정이 다른 곳으로 향할지라도, 다른 길을 걸어갈지라도, 더는 활활 타오르는 불꽃은 없을지라도, 진심으로 너를 아낄 거야. 이건 분명해. '너를 좋아해.'라고 다시 말할게. 나와 이런 세상에서 함께하지 않을래? 잔디밭에서 시작되어 우주를 거쳐서 이제야 제대로 된 고백이 나왔다. 김은정이 즉시 대답했다.

'**YES**. 나도 네 세상에서 살고 싶어. 그러나 여기 이 소도에서의 나는 **NO**야. 왜냐하면 나는 네가 생각했던 대로 매우 진지한

사람이거든.'

성서하는 김은정과 뒤죽박죽 뒤섞였기에 왜 NO라고 했는지 이해할 수 있었다. 자신이 생각했던 대로 진지하고 성숙한 사람이어서 맹세와 각오를 어기지 않는다. 화초가 노래를 부르며 종이꽃을 접는다. 헌병대에 쫓길지라도, 눈 속에서 고통받고, 가슴 속에 한탄이 가득할지라도, 몇 번이고 종이꽃을 접는다. 그래서 우주로 오지 않았다.

누구와 경쟁하다가 김은정을 놓친 게 아니었다. 자신처럼 김은정도 자신만의 여정이 있었다. 이렇게 혼자서도 잘 빛나는 사람을 억지로 곁에 묶어 두면 안 된다. NO라고 말하면 NO라고 받아들이자. 그렇다고 내 생각이, 내 삶이, 패배하는 게 아니다. 그 칼럼을 너는 너대로, 나는 나대로 각자 생각대로 읽는다는 걸 받아들이자. 땅바닥의 스크린이 서서히 빛을 잃었다. 마인드 텔레파시가 끊겼다.

너는 너대로 모든 복음을 상대하겠지. 네 삶을 다 바쳤는데. 나처럼 여정이 있었는데. 네가 그들을 모두 용서해도, 네 생각대로 네가 선택했으니. 그리고 책임질 것이니. 내가 뭐라 할 수 없지. 나는 나답게, 너는 너답게 살아갈 것이다. 남에게 비굴하지 않고, 휘둘리지 않는 삶을. 나는 나대로, 너는 너대로. 남을 바꾸지 않을 용기가 생겼다.

이제야 완전히 떠난다고 생각하니 성서하는 좋았다. 알리제

흉상 앞에 쓰리잭팟 기념물이 놓여 있었다.

네가 가져갔구나? 그것만도 고마워.

네 생각을 제한하려는 날이 우리의 마지막일 거라고 들었는데, 오히려 이해한 날이 마지막이 되었네. 김은정은 고개를 숙이고 스크린이 소멸하는 것을 보고 있었다.

앞으로 전쟁이 끝나고 신세계가 올 것이 분명했다. 성서하는 이제 파일럿복을 벗을 때가 됐다고 생각했다. 일단 신원을 회복하고 대학에 가서 더 많이 배우고, 그 다음은 진심을 담아서 좋은 글을 쓰자. 김은정이 자신의 칼럼에 감동받았다. 앞으로 세상에 진심을 다해야 하는 가장 큰 이유였다.

방공호에서, 모두가 죽어 버린 멸망한 세계에서는 같이 있어 줘서 고맙다고 서로에게 감사했다. 앞으로 살아갈 신세계에서는, 너와 내가 헤어지면서 감사해야 하는 거네. 강천준이 한 말이 떠올랐다. 눈물을 흘려야 어른이 된다. 성서하는 울면서 어른이 되고 있었다. 성서하는 미소 지으며 김은정에게 경례를 하고 뒤돌아서 자신의 길을 갔다.

김은정은 뒤늦게 성서하의 경례를 봤다. 성서하는 이미 멀어지고 있었다. 마인드텔레파시 속에서 알 수 있었다. 칼럼리스트

ACE는 성서하였다. 난 네 글이, 너의 용기가 좋았어. 나는 너를 비난했는데, 너는 나를 존중해서 침묵했네. 내가 정말 매정하게 대했구나.

너와 내가 이해했다고, 서로 마음의 벽을 뛰어넘었다고 얼싸안고, 한쪽 의견에 통합되는 건 강요된 환상이다. 각자의 길밖에 걸을 수 없는 순간이 있다. 나와 너의 차이에 위협받지 않고, 바꾸려 하지 말고 각자의 삶에 기도하자. 그리고 용기 있게 각자의 내일로 나아가자. 김은정은 김은정대로, 성서하는 성서하대로 흘러간다. 누가 구하고, 누가 구원받을 필요가 없었다.

김은정은 도주할 때 지갑과 함께 챙긴 중요한 물건이 있었다. 쓰리잭팟 기념물. 그날 자신도 모르게 되돌아가서 몰래 주워 왔다. '나중에 정신을 차리면 돌려줄 거야.'라고 스스로에게 변명했다. 솔직히 누구에게 고백받은 게 자랑스러워서 갖고 싶었다. "그거 어디서 났니?" 하고 누군가 물어봐 주기를 은근히 바랐다. 소노를 섬녕한 날, 눈이 쌓인 도로를 뛰어가다가 싱서하의 얼굴이 갑자기 떠오른 게 당연했다. 너, 이미 나에게 들어왔었어. 이대로 가면 되돌릴 수 없기에 잠깐 네가 의식됐어.

김은정은 상상했다. 지역 축제나 육교는 잘 모르지만, 도서관은 잘 안다. 도서관 담당은 김은정이었다. 방과 후 도서관 정리를 하러 왔다. 온라인 자료실에 E북이 더 많기에 학교 도서관은 인기가 없고 언제나 텅텅 비어 있었다. 학교에서도 중요한 책이 아니면 종이로 출판된 새 책을 구매하지 않는다. 매일 오는 남학생이 있다. 늘 뚱한 얼굴. 책을 뽑아 휘리릭– 펼치더니 다시 덮고 책장에 꽂아 둔다. 뭐야, 맛만 보는 거야? 검색 컴퓨터를 보며 키득대기에 뭔가 싶었더니, 책 소개만 보고 혼자 좋아서 웃는다. 얘, 뭐야?

그래도 책을 제 위치에 잘 꽂아 넣는다. E북 때문에 도서관은 예전 같지 않아서 도서관 예절도 소멸했다. 데스크 앞 매대에 던져 놓으면 김은정이 정리했다. E북이나 홈스쿨링이 일상화되기 전에도 사람들은 도서관 예절을 잘 몰랐다고 하는데, 종이책 시절에 도서관 예절을 모르다니……. 김은정은 상상이 되지 않았다.

오늘은 그 남학생이 오지 않았다. 왜지? 그 남학생이 매일 왔기에 의식하지 않을 수 없었다. 책을 맛만 보고 꽂아 넣어도, 마음에 드는 책을 고르면 매번 같은 자리에 앉아 진지하게 끝까지 읽고 갔기에 의외로 성실하다고 생각했다. 신경 쓰인다.

오늘은 늦게 왔다. 남학생이 가방을 벗어 얌전하게 정리해 놓고는 서가로 향했다. 가방을 얌전하게 내려놓는 것만 해도 김은정에게는 가산점이었다. 그런데 시간이 흘러도 서가 속에서 나오지 않았다. 무슨 일인가 궁금했다.

난 도서관 담당이야. 그러니 알아볼 의무가 있어. 자신에게 변명하고 서가로 향했다. 역사, 철학, 소설, 한국소설, 외국소설, 에세이 등 다양한 분류표가 붙어 있는 서가 사이를, 어떤 열차를 타야 할지 혼란스러운 역처럼 헤맨다. 안 보인다. 갔나? 싶은 순간, 남학생이 뒤에 서 있었다. 책을 무심하게 휘리릭— 펼치다가도 한순간 집중하는 모습이 멋있다. 김은정은 남학생의 명찰을 봤다. 성서하. 하지만 알면서도 모르는 척 왠지 입이 열린다. 봤으면서도 왜 물을까?

"이름이 뭐예요?"

시작하기 위해서.

만약에 알리제가 없고, 모든 복음이나 왜곡파 벤데타도 없는 세상에서 널 만난다면, 도서관에서 무슨 재미야? 이렇게 남들에게 재미없고, 이상하게 보일지라도……. 밋밋한 다큐멘터리라고? 평범한 길이라고?

NO! 우리들만의 블록버스터가 시작됐을 거야. 어쩌면 우린 정말 최고의 연애를 할 수 있었을 거야.

김은정은 조용히 혼잣말처럼 노래를 불렀다. 이렇게 한탄하지만 오늘밤에도 난 종이꽃을 접을 거야. 이런 내 생각을 바꾸려 하지 않아서 고마워. 나를 있는 그대로 존중해 줘서 감사해. 애라고 생각했는데 어느새 훌쩍 커서 돌아왔어. 너같이 성숙하고 마음씨 넓은 사람이 내 삶에 한 번 더 올 수 있을까? 김은정의 양 볼에 눈물이 흘러내렸다.

"너도 나를 아쉬워했으면 좋겠다."

해당화야 해당화야 명사십리 해당화야

네 꽃 진다 설워 마라 명년 삼월 다시 오면

너는 다시 피련만 우리 인생 한번 가면

어찌 그리 꽃과 같이 다시 돋아날 줄 아느냐